KB059366

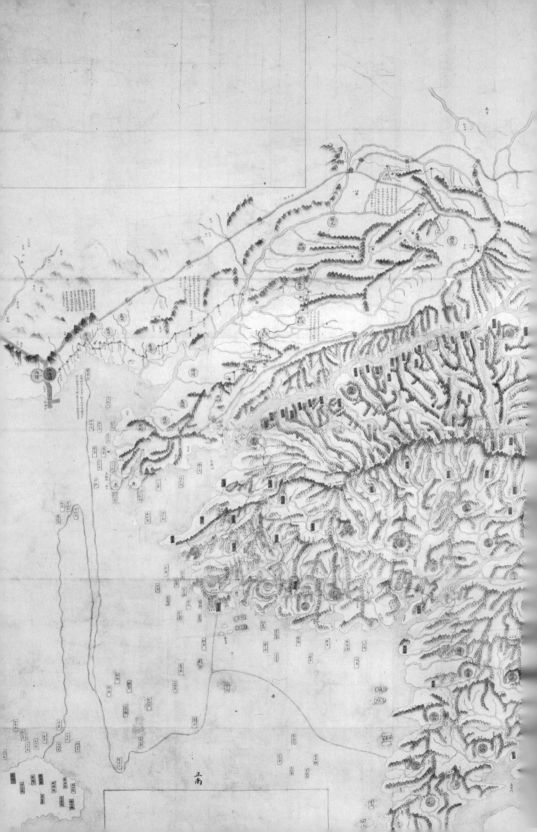

正南

잃어버린 풍경^2 1920_1940
백두산을 찾아서

처음 펴낸 날 | 2005년 11월 15일

지은이 | 민태원 외
엮고쓴이 | 이지누

편집 | 홍현숙, 조인숙, 박지웅
펴낸이 | 홍현숙
펴낸곳 | 도서출판 호미

등록 | 1997년 6월 13일(제1-1454호)

주소 | 서울시 마포구 서교동 339-4 가나빌딩 3층
편집 | 02-332-5084
영업 | 02-322-1845
팩스 | 02-322-1846
전자 우편 | homipub@hanmail.net

디자인 | (주)끄레 어소시에이츠
필름 제판 | 문형사
인쇄 | 대정인쇄, 중앙 P&L
제본 | 성문제책

ISBN 89-88526-51-1   03810
값 | 11,000원

호미 생명을 섬깁니다. 마음밭을 일굽니다.

잃어버린 풍경² 1920_1940
백두산을 찾아서

민태원 외 지음 | 이지누 엮고 씀

[호미]

나는 아직 그 곳에 가 보지 못했다

내가 아직 백두산에 가 보지 못한 것이 그리 자랑스러운 이야기는 아니지만 그렇다고 부끄러운 이야기도 아니다. 한 해 동안 5만 킬로미터가 넘게 남녘 땅을 돌아다니지만 나는 아직 금강산과 백두산을 가 보지 않았다. 그것은 언젠가 선배와 한 약속 때문이기도 하다. 그림을 그리는 그 선배 또한 아직 가지 않았으니 서로 약속을 지키고 있는 것인지 둘 다 게으른 것인지는 잘 알지 못하겠다. 약속은 간단한 것이었다. 남녘 땅을 쏘다니듯이 그렇게 자유롭게 다니지 못할 것 같으면 가지 말자는 것이었다. 불쑥 생각나면 지리산을 오르거나 설악산을 가듯 그렇게 가지 못할 것이라면 아예 사랑을 시작하지 말자는 것이다.

제한적인 사랑을 시작하기보다 차라리 애틋한 그리움으로 남겨 두는 것 또한 깊은 사랑 못지않은 진한 사랑의 방법이니까 말이다. 아마도 그 약속은 1990년 민족미술협의회의 화가들과 함께 경의선모임을 만들어 경의선의 복원을 주장하며 사진 작업을 하고 있을 때의 어느 술자리였거나 아니면 1994년부터 지속적으로 해 오고 있는 휴전선 일대의 촬영과 답사를 하면서 한 것이지 싶다. 어쨌든 그 약속은 오늘까지도 지켜지고 있는 셈이지만 이제 그리움은 한계에 다다른 듯하다.

　가고 싶은 것이다. 하지만 나는 아직도 그 선배와의 약속 이전에 나와의 약속이기도 한 그 약속을 깨뜨리고 싶지 않다. 그 이율배반적인 갈등은 늘 준비만을 하게 만들었다. 왜냐하면 통제와 제한은 길 떠나는 사람에게 있어 최대의 난관이기 때문이다. 여행이란 일상을 담보하고 얻은 자유의 가치로 무한한 상상력의 꾸러미를 들고 돌아오는 것이다. 그러나 민통선과 비무장지대 일대의 사진 작업을 하던 예닐곱 해 동안 나는 지독한 통제의 곤혹스러움을 톡톡히 겪어야 했다. 내가 보고 싶은 것과 가고 싶은 곳 또 머물고 싶은 시간은 간데없고 그 곳을 관리하는 사람들에 의해 미리 마련된 곳에 한정적인 시간만을 머물러야 했을 뿐이다. 주체적인 의지는 그 곳으로 향하기 전 어딘가에 묻어 두고 다녀와야 했으며 돌아오고 나면 그것은 우후죽순처럼 불만으로 자라나 있었고 우울하기까지 했다.

　불만이 커지면 커지는 만큼 그 곁에는 자유가 그보다 더 크게 그늘로 드리웠으니 도무지 자유롭지 못한 그 어떤 곳에도 가기 싫다는 생각이 내 속에 자리잡기 시작했던 것이다. 하지만 이제 견디기가 힘이 든다. 어떻게 하든 짙은 그늘을 걷어 내야 했고 그 방법으로 택한 것이 바로 옛 사람들의 기행문 읽기였다. 그것은 북녘 땅에 대해서 내가 할 수 있는 가장 적극적인 애정 표현이었으며 그 무엇보다 누구의 통제도 받지 않은 채 자유롭게 톺아볼 수 있는 방법이었다. 그러나 그 타임머신이 조선시대로 거슬러 올라가는 것은 마뜩치 않았다. 조선시대의 산수유기와 같은 고전을 읽으며 우리의 시대에 대입한다는 것은 여간 어려운 일이 아니기 때문이었다.

적어도 나의 삶의 끈이 닿을 수 있는 시기에 쓴 글들을 찾다가 만난 것이 한국전쟁 이전, 주로 일제 강점기의 글들이었다. 그 시대의 잡지들과 신문들을 뒤적이며 한편 한편 글을 찾아 읽을 때마다 묘한 감동이 나에게 일었다. 비록 요즈음의 글처럼 세련되고 경쾌하며 재미있지 않았지만 그의 투박함은 거친 매력으로 나에게 다가왔다. 그리곤 한동안 그에게서 헤어나지 못했다. 그는 한문투성이이며 표기법도 지금과는 다르고 게다가 인쇄 상태는 조악한 채로 갖은 까탈을 부렸지만 나는 결국 그들과 사랑을 나누고 말았다. 이 책에 실린 것들은 그 사랑의 결과 중 백두산과 그 인근 지역에 대한 것들이다.

일제 강점기의 백두산 기행은 당시의 신문들이 앞다투어 싣는 인기 연재물이었다. 그 중 최남선이 1926년 7월부터 1927년 1월까지 조선교육회 주최로 백두산을 오른 뒤 동아일보에 연재했던 「백두산근참기」만이 책으로 출판되어 널리 알려졌지만 그 전에도 대규모의 백두산 탐험은 있었다. 그 중 하나가 1921년에 수필가이자 언론인이던 민태원이 쓴 백두산 탐험기이다. 그는 함경남도 도청 주최로 열린 백두산 탐험에 동아일보 사진반의 산고방결이라는 일본인 사진 기자와 함께 참가한 후 그 감상을 동아일보에 연재했다. 당시 참가 인원은 20여 명으로 알려졌으며 그 후 동아일보는 자체적으로 백두산 탐험대를 꾸렸다. 1935년, 조선중앙일보는 도보로 탐사하는 대신 비행기를 이용해 백두산 탐험 비행을 감행했으며, 그 기록을 자사 신문에 16회에 걸쳐 연재했다. 조선일보 또한 1936년 8월, 서춘 주필을 단장으로 하여 동식물학자들이 참가하는 대규모의 백두산 기행을 기획하여 34회에 걸쳐 자사 신문에 연재를 하기도 했다.

하지만 이 책에 그 모든 것을 다 싣지는 못했다. 최남선의 「백두산근참기」와 조선일보의 백두산 탐험기는 책 한 권 분량을 족히 넘으니 그렇게 할 수 없어 아쉬움이 크다. 특히 조선일보의 그것은 동물학자인 김병하의 백두산 곤충들에 대한 기록이며 식물학자인 장형두 그리고 역사학자인 사공환의 글까지 덧보태면 당시로서는 가장 완벽한 백두산에 대한 모든 것이라고도 해도 지나치지 않은 것이어서 더욱 안타까운 마음이 크다.

이 책에 실렸든 그렇지 못했든 그 동안에 읽은 백두산 탐험기 중 그 어느 것 하나 고맙지 않은 글이 없었다. 그 중에서 가장 정이 가는 것은 대은 스님의 기행문이다. 스님이 백두산에 오른 것은 부처님이 수행하던 설산, 곧 히말라야에 가 보려 했으나 그 곳에 가지 못하는 안타까움을 대신할 곳으로 백두산을 찾은 것이니 개인적인 목적이 뚜렷했던 셈이다. 최남선 또한 백두산을 불함문화론에서 이어지는 단군 신앙의 근원지로 삼은 것이니 그의 근참기가 돋보이는 것이다. 그처럼 스님의 기행문은 오로지 불법을 구하기 위한 구도 열정이 고스란히 드러난 것이기도 할뿐더러 그렇기에 천지에서의 감상 또한 남달랐다.

최남선이 「심춘순례」에서 금강산을 옥으로 깎은 선녀의 입상이며 변산은 흙으로 빚은 나한 좌상이라고 했지만, 대은 스님은 천지에 올라 백두산을 두고 관음형이며 나한형이요, 천지는 곧 아누달阿耨澾 용왕의 못이며 팔공덕수八功德水라 하였다. 이는 불경인 「불설홍도광현삼매경佛說弘道廣顯三昧經」과 「불설아미타경佛說阿彌陀經」에 나오는 것을 비유로 든 것이다. 스님이 아니면 그 누구도 상상할 수 없는 것이니 다른 여느 사람들이 말한 아름다움에 더해 또 다른 아름다운 눈 하나를 더 얻은 것이나 같다.

또한 노산鷺山 이은상이 최남선의 「백두산근참기」를 읽고 평설을 한 것은 흥미롭다. 그러나 그 보다 더 흥미로운 것은 그 스스로도 무수한 기행문을 남긴 이은상이 기행문에 대한 정의를 내린 것이다. 그것이 반드시 옳다고 할 수 없겠지만 그가 남겨 놓은 기행문을 읽는 데도 도움이 될 뿐더러 최근 무수히 쏟아지는 기행문을 쓰는 사람들이 한번쯤 눈여겨봐야 할 것이지 싶다. 그러나 상허尚虛 이태준이 「문장 강화」에서 말하는 기행문은 이은상의 그것과는 다르다. 이태준의 그것은 매우 논리적인 반면 이은상은 감성적으로 말하고 있기 때문이다. 같은 시대를 산 탁월한 문인이었던 두 사람의 기행문에 대한 생각을 넌지시 견주어 볼 수 있었음도 이 책을 엮으며 가졌던 작은 기쁨이었다.

　들리는 소식으로는 지금의 백두 산록은 이 책에 실린 글들이 묘사한 정경과 많이 달라졌다고 한다. 그러나 앞으로 나아가기 위해 기억해야 하는 것은 내가 도달해야 할 곳만이 아니라 과거라는 것을 나는 믿는다. 과거와 현재의 지원을 받지 못하는 미래는 우리를 유혹하는 허방다리가 되고 말 것이다. 그런 점에서 이 책이 백두산으로의 기행을 꿈꾸는 사람들에게 도움이 되었으면 한다. 머지않아 그리운 땅인 북녘을 통해 백두산으로 오를 수 있다고 하니 그 때쯤이면 나도 길을 나서 기행문을 한 편 쓰고 싶다. 마음 내키는 곳에서는 하루고 이틀이고 마음껏 머물며 말이다.

　이 책의 글들은 모두 잡지나 신문에 실린 원문을 옮긴 것이다. 본디의 글맛을 해치지 않으려 애를 썼지만 한문으로 연속되는 곳은 어쩔 수 없이 읽기 좋게 다듬었다. 또한 당시의 시대 상황에 따른 표현이었을 내지內地와 일본해日本海와 같은 단어들은 모두 고쳤으며 신문 연재의 특성인 단락마다 붙이는 작은 제목들도 없애고 되도록이면 날짜별로 읽을 수 있게 매만졌다. 그렇기에 더러 매끄럽지 못한 곳도 있다. 너그럽게 헤아려 주시면 고맙겠다. 묵어서 잊혀진 것들에서 고른 글 한 편으로 우리가 잃어버렸던 것들을 함께 되새기는 시간을 가질 수 있으면 더할 나위 없겠다.

내가 가지 못했으니 사진도 없다. 그것이 아쉬워 아등바등거렸으나 오히려 사진이 없는 것이 정직하다는 생각이 들었다. 언젠가 북녘 땅을 마음껏 다닐 수 있을 때 이 책을 펼쳐 보면 그것이 곧 말없는 분단의 현실을 대변하는 것이지 싶기도 하다.

잘 보이지도 않는 글을 입력하느라 애를 쓴 홍현숙 선생과 김준호 군, 그리고 책을 엮는 데 도움을 주신 호미와 끄레의 많은 분들에게 감사의 말 글 한 줄로 대신하며 마친다.

2005년 가을
李凮屢

차례

잃어버린 풍경² 1920_1940
백두산을 찾아서

백두산행 | 민태원

동아일보
1921년

전체적으로 평범한 기행문이지만 넓은 시각이 돋보인다. 백두산이
목적지이기는 하지만 그 곳까지 가는 동안에 그가 본 것은 매우 다
양하다. 북청에서는 가옥의 형태가 다른 것들에 대해 눈길을 주는
가하면 함흥을 지나 홍원에 다다라서는 여자들의 강한 생활력에 대
해 말하고 있는데 이는 북관을 여행하는 사람들이라면 한결같이 입
을 모아 하는 말이다. 그런가 하면 포태동에서는 경북 의성에서 간
도로 갔다가 다시 돌아온 어느 남정네의 눈물겨운 사연을 들었으며
허항령에서 만난 국사당에 대해서도 자세히 이야기하고 있다.

함남 도청의 주최로 백두산의 거룩한 품에 안겨 보기를 원하며 모여든 사람은 스무 명이었다. 일행은 예정대로 8월 8일에 혜산진을 향하여 함흥으로 출발하게 되었다. 그 중에는 백두산의 거룩한 소문을 전해 듣고 일생의 경영으로 그 신비스러운 기운에 접하고자 하여 참가한 이도 있고, 또는 자기가 본 것, 들은 것을 다만 자기만의 꿈으로 그치게 하지 않고 널리 강호에 나누어 그 즐거움을 같이하려는 사람도 대여섯이나 참가하였다. 나는 그 중의 한 사람이다.

붓을 싣고 백두산을 향하여 출발한다. 아니 제군은 부질없이 웃지를

1921년 8월 6일 동아일보 기사

마라. 여록如祿의 큰 붓을 실으나, 한 자루 몽당붓을 실으나 싣는 점에 있어서는 다 마찬가지이다. 그러므로 문필에 서툰 나와 같은 자로서도 거침없이 붓방아를 찧으며 쓸 용기가 난다. 옛말에 인자仁者는 요산樂山이라 했다. 나도 산을 즐긴다. 그러나 내가 인자로다 하고 말함은 아니다. 영웅은 호색도 하지만 호색한이 다 영웅이 아닌 것과 같이, 인자는 산을 즐기지만 산을 즐긴다고 다 인자가 될 것은 아님이로다. 그러나 태어날 때부터 즐기는 산을 지금까지 한 번도 구경하여 본 예는 없다. 겨우 있다고 하면 경성에서 멀지 아니한 북한산의 봉우리쯤이나 보았고, 기차 여행을 할 때에 차창으로 바라본 일이 있을 뿐이다. 정말 한 번도 산을 보기 위하여 등산을 한 적은 없었다.

우리 조선에는 금강산이라는 천하 절승의 자랑거리가 있다. 그러나 나는 지금까지 구경한 일이 없다. 그러나 그것은 다만 기회가 없어서 그러

한 것도 아니요, 겨를이 없어서 그러한 것도 아니다. 기회를 만들고자 하면 그만한 기회는 얼마든지 있었을 것이요, 여가로 말하면 일주일이나 이주일의 틈이 없어서 금강산을 구경하지 못하도록 바쁜 몸도 아니다. 그러나 옷을 들고자 하면 옷깃을 들어야 바로 들릴 것이요, 물을 맑게 하고자 하면 먼저 그 근원을 알아야 할 것이다. 그와 같이 조선의 산수를 보고자 하면 먼저 백두산을 보고 난 다음에 금강산을 보아야 할 것이다. 백두산은 조선 산악의 조종이며 두뇌요, 금강산은 척추렷다. 그러므로 나는 될 수 있으면 금강산을 보기 전에 백두산을 보고자 원한 것이다.

그러나 숙원을 성취하기가 그렇게 용이하지 않고 명산에 오르는 것 역시 평범하지 않다. 함흥으로 출발함에 있어 제일의 난관이 목전에 있었다.

오전 8시에 집합하여 자동차 네 대에 분승하고 일사천리의 형세로 떠나고자 하던 우리의 예정은 자동차가 불통이라는 소식에 멈춰야 했다. 며칠 동안 내린 호우로 함흥과 홍원洪原 간의 도로가 파괴되어 오가던 자동차를 홍원으로 되돌아가게 한 결과, 자동차의 집합이 반수밖에 못되었다. 따라서 이 날의 여행도 되돌아오는 것을 면할지의 여부는 보장할 수 없는 형편이었다.

그러나 원기 왕성한 일행은 그만한 일에 주저하지 않고, 한편으로는 다른 방편을 강구하는 동시에 한편으로는 앞길을 살필 선발대를 조직하여 두 대에 나누어 타고 출발하게 되니, 때는 오전 11시였다. 나는 사진반의 방결 군과 같이 선발대에 참가하였다. 시가를 떠난 자동차는 아카시아의 녹음이 한창 무르녹은 탄탄한 대로를 질주하여 나간다. 그러나 길 가의 진흙 수렁은 시가를 벗어나면서부터 더더욱 심하게 되어 제대로 운전하기가 곤란하며, 비 온 끝의 길 위를 가로지르며 흐르는 흙탕물은 차체의 절반까지도 넘보는 일이 자주 있었다. 승객은 옷을 벗고 빈 차만이, 단계檀溪를 넘던 유비의 적로赤盧와 같이, 전속력을 다하여 빠져 나가는 광경은 마치 한 편의 활동사진을 보는 듯한 기이한 광경이었다.

이와 같은 모험적 전진은 불안 중에 계속되었으나 약 30리쯤을 돌파했을 때에 다행히 앞길의 소식을 듣게 되었다. 어제 홍원으로 돌아갔던 자동차가 위험을 불구하고 일찍 출발하여 함흥으로 오려고 하다가 진흙탕 속에 빠져 헤어나지 못하고 구조 대책을 강구하는 중이라는 것이었다. 우리 일행은 곧 총동원을 행하여 그 자동차를 구출하려고 약 반 시간의 시간과 노력을 허비하였으나 우리의 품으로는 어찌할 수 없었다. 다만 앞길의 소식을 안 것만도 기꺼워하면서 다시 행진을 전개하였다.

도중의 곤란은 과연 예사롭지 않았으나 좌우간 일행의 자동차는 북관北關의 일대 험로인 함관령咸關嶺에 당도하였다. 이 함관령은 간도로 가는 지름길을 택한다 해도 아래위가 20리의 준령이며 차로로는 실로 30여 리의 장정이다. 신작로는 산허리를 따라 아찔하도록 멀고 굽이가 심해 가는 듯하다가 다시 돌아오며, 막다른 곳인가 의심하는 곳에서 다시 앞길이 열려 구절양장을 이루었다. 이 도로는 산의 남쪽으로부터 고개의 북쪽을 넘어 4, 5정町을 내려오기까지는 총독부의 직할로서 수년 전에 준공하였고, 그 나머지는 함경도에서 닦았다고 한다. 도로는 폭이 약 2칸이고 굴곡이 잦으며 협소하여 심한 곳은 이 쪽과 저 쪽의 간격이 약 8칸밖에 되지 않는다. 또 한쪽으로 절벽을 끼고 다른 한쪽에는 단애에 임하였은즉 이 구간을 통과하는 운전수도 여간 조심하는 것이 아니다.

고생이 다하면 즐거움이 오는 것은 떳떳한 이치이다. 초조한 주의로 조심조심 숨을 몰아쉬며 고개 마루에 당도한즉, 한 폭의 아름다운 그림이 홀연히 눈앞에 전개되었다. 빼곡하게 좌우로 포위하며 이어진 산봉우리는 그 태가 수려하고, 그 세가 끊이지 않고 이어져 마치 베를 짜 놓은 것과도 같다. 한 가닥의 도로는 고개 아래로부터 콸콸 흐르는 계류를 끼고 좁고 평탄하게 전개되어 나가는 홍원의 들을 꿰매었으니 좌우로 점철된 것은 인가와 수목뿐이다. 푸른 물결 넘실거리는 동해와, 크고 작거나 물에 잠기고 뜬 섬을 배경으로 펼쳐진 한 폭 청록의 산수는 먼 길 떠나는 나그네로 하여금 심신을 황홀하게 한다.

일행이 그림 속의 길을 질주하여 홍원으로 향할 새, 도로에 감겨 흐르는 계류는 중간에서 노면을 횡단하여 좌로부터 우측으로 흐른다. 비 온 후의 물살이 자못 거세긴 하나 맑은 계곡물은 가히 밑바닥의 모래알도 셀 만하다. 빈 차로 지나가는 것은 전례로 보아 응당 무사할 줄로 믿었더니 불행히 도중에 고장을 일으켰다. 차체는 반 이상이 물 속에 있고, 따라서 양측에 가득 실은 여러 사람들의 행장도 역시 물에 잠기는 재앙을 면치 못하였다. 그 중에서도 나와 본사 사진반 방결 군의 행장은 전부가 수중에 잠겼으며, 승객이 총동원되어 활약하여 그 짐들을 길 위로 꺼냈을 때는 약 20분이 지난 뒤였다. 노상에 풀어 놓고 검사한즉 트렁크와 상자 안에는 물이 가득히 담겨 있다. 이는 실로 엄청난 타격이다. 어떠한 의미로는 치명상이라고 할 것이었다. 의류와 잡품은 비록 오손될지라도 강한 햇볕을 쬐기만 한다면 오히려 사용하기 족하려니와, 전혀 수습할 길 없음은 10여 종의 응급약품과 수십 타打의 사진 종판種板이다.

나는 원래 유약한 체질인 데에다 더욱이 병을 앓고 난 다음의 몸이라,

근 열흘 밤의 노영 생활 중에 건강을 해칠 염려가 없지 않기에 응급약품 만큼은 실로 주도면밀히 준비했다. 그 종류만 해도 의사 김용채 군이 '김용채 내과병원 백두산 출장소'라며 조롱을 할 만큼 많이 준비하였다. 그것이 지금은 두어 서넛의 물약을 제하고는 전부 수포로 돌아갔다. 그러나 그보다도 더 큰 목전의 낭패는 사진 종판이다. 종판은 본래의 성질상 조금만 습기가 차도 기능을 잃는 것이며, 또 습기를 제하기 위하여 햇볕을 쬐는 것도 불허하는 것이다. 전혀 구원할 수 있는 방법이 없으며, 또 종판의 전부가 쓸모없게 되면 사진반 역시 무용지물이 되는 것이다. 우리는 출발하자마자 실로 큰 희생을 낸 격이었다. 그러나 이만한 희생에 굴복할 수는 없다. 우리는 여행을 계속하였다.

수난을 겪은 일행은 다시 행진을 계속하여 홍원에 당도하니, 속담에 "가는 날이 장날"이라고, 이 날이 마침 장날이었다. 홍원은 함흥 이북으로 유수한 시장이 서며 시장이 설 때마다의 거래는 4, 5천 원에 달한다고 한다. 그러나 저자에 모인 사람은 약 8할이나 여자이다. 북선北鮮의 여자는 꾸밈없이 수수하다. 그네는 살림에 능하고 노동에 성실하다. 노상에서 만난 그네들은 머리 위에 수십 근의 무거운 물건을 이거나 손에는 소와 말의 고삐를 잡은 일이 허다하다. 그네의 몸은 굵고 크며, 신체는 건강하고, 기상은 다소곳하다. 원래 북선의 풍속은 일가의 생활을 유지하는 책임이 부인에게 있고, 그 이상 저축의 책임은 남자에게 있다고 한다. 그러니 북선의 여자들은 사실상으로 외교내치外交內治의 당사자이며 경제 생활의 주인공이다. 따라서 그네의 시골에는 새삼스럽게 부인의 직업 문제도 일어나지 아니하고 남녀 평등 문제도 일어날 리가 없다.

그네들은 결코 남자의 부속물이 아니요, 독립된 하나의 인격자이다. 비록 법률이야 어떻게 제정되었거나 형식이야 어떠하거나 그러한 것은 실상 문제가 안 된다. 또 그네는 정조 관념이 견고하여 비록 창기나 첩이라도 현재 상대자가 있는 이상에는 결코 타인에게 몸을 허하지 아니한다고 한다. 물론 그 중에도 얼마간의 예외는 있을지나 예외는 예외로 하고 나는 북선의 뛰어난 여자들에 대해 찬사를 드리지 않을 수 없다. 한편으로는 이러한 것은 근래에 부쩍 소리 높은, 소위 부인 문제를 해결하기에 가장 유력한 참고가 될 것이다.

나는 이것을 보며 이와 같이 말하고 싶다. 형님네여, 여자에게도 일과 책임을 맡기어 보오. 그러면 그네들도 형님네만큼은 활동을 하리다. 또 부지런히 여자를 가르쳐 연약하다 하지 마오. 그네도 활동만 하면 강건하여지리이다. 또 누님네여, 그대는 남녀 평등을 바라는가. 만일 그러하거든 몸을 아끼지 말지어다. 허영심을 버릴지어다. 의지하는 마음을 버릴지어다. 팔을 걷어붙이고 이마에 땀을 흘릴지어다. 또 남녀가 유별하다는 내외병內外病이 있는 여러 어른에게도 한 마디 고하고 싶다. 당신이 요구하는 정조는 내외로만 보전됨이 아니외다 하고 말이다. 아무튼 소위 '남남북녀'의 출처는 세간에서 이르는 바와 같이 그 용모의 단정함과 피부의 윤택함만을 가리킴이 아닌 것은 분명하다 하겠다.

홍원읍을 출발한 자동차는 여울에 부딪치는 물결 소리를 들으면서 해안을 끼고 돌아 북청으로 향하여 간다. 왼편으로 남산을 바라보며, 바른편으로는 창파를 굽어보면서, 불어 오는 해풍에 가슴을 헤치고 화살처럼 달려감도 역시 흥겨운 일이다. 섬은 멀리 혹은 가까이 늘어서 있고, 외로운 돛단배는 수평선 즈음에 출몰하며, 물결이 하얀 눈같이 일어났다가 난파에 부딪쳐 옥같이 부서지는 해안의 아름다움도 좋고, 그러한 해안에 두어 집 혹은 예닐곱 집씩 모여 있는 어촌의 생활도 그림 속인가 싶다.

우리는 오후가 훨씬 넘어서 신포新浦에 당도하였다. 이 곳은 명태의 산지로 유명한 곳이며, 대판大阪의 상선과 조선 우편선의 기항지이다. 수백 호의 인가가 부둣가에 늘어섰으며, 해변 일대에는 북어를 건조하는 어가魚架의 기둥들이 돛대들과 섞여 서 있는 것도 역시 장관이다. 고기 잡이철을 맞이하여 신선한 고기들이 가득하고, 선박이 폭주하며, 고기를 판 어부들과, 술과 함께 창부들이 모여들 때에는 그 번성함을 가히 상상하겠더라.

신포를 떠나 약 한 시간을 전진한 때로부터 도로는 해안을 떠나 북으로 향한다. 눈에 가득 차오르도록 날리는 물결을 놓아 두고 산간으로 들어가니 때는 석양이라. 예닐곱 명의 촌아이들이 마침 소를 몰고 집으로 돌아가는 길이었다. 혹은 앞세우고, 혹은 허리에 타고, 혹은 궁둥이에 걸터앉아, 외나무다리 제쳐 놓고 시냇가로 건너갈 제 등걸이 잠방이에 종아리를 내놓은 동무가 앞서고, 당홍 적삼, 물항라 치마에 더벅머리 나풀거리는 이쁜이가 다음에 가고, 꾀보 길동이가 뒤따라서 한가하게 돌아가다가 우리를 바라보고 왜 그렇게 바쁘냐는 듯이 싱글벙글 웃고 간다. 참 흐뭇한 모습이었다. 모든 것 갖춘 다음에 동남풍이란 격으로, 한갓 부족한 것은 풀피리나 젓대 소리뿐이다. 자동차의 붕붕거리는 소리로는 대용할 수 없는 일이라 그대로 지나칠 수밖에 없었다. 그러나 이 지방을 여행하는 이는 누구나 흔히 만나는 장면이다.

첫날, 8일의 행정은 오는 길에서의 수난으로 인하여 밤 10시에야 비로

소 예정지인 북청에 도착하였다. 해발 2, 3천 척의 웅장한 산이 첩첩한 중에 이 골에 세 집, 저 골에 너덧 집 이렇게 분포되어 있다. 이 산중에서 생장한 북청인은 진취성이 풍부하고 활동력이 많다. 그러므로 다른 군에서는 북청 출신 사람을 '덤베 북청'이라고 조롱한다. 경성의 물장수가 전부 북청 사람인 것과 경성이나 동경의 유학생 중에서도 고학생이 제일 많은 것도 역시 그 진취성의 발로이다.

둘째 날인 9일은 오전 9시에 북청을 출발하게 되었다. 오늘 갈 길은 처음부터 계곡 사이를 흐르는 계류를 달려 상류로, 상류로 올라가게 된다. 이 북청읍은 지리적으로 남북의 경계선이다. 따라서 농작물이나 가옥과 같은 살림살의 차이도 어지간히 현저하다. 산천을 보건대, 함흥의 산세는 수려하여 앙상하지 아니하고, 헐벗지 않았으

1921년 8월 12일 동아일보 기사

며 앞으로는 평야를 끌어안아 경지가 충분하므로 화전이나 산을 경작하느라 인위적인 훼손도 하지 않았다.

함관령 이북 홍원의 산천은 함흥에 비교하면 다소 험준한 곳도 있으나 역시 명미한 태를 잃지 아니하며 석질도 대개 장석長石으로 구성되었으나, 북청의 반을 나누어 그 북쪽부터는 산세가 높고 험하며 앙상하며 석질도 역시 화강석으로 변하였다. 따라서 농작물도 홍원 경내에서는 기장, 조, 수수 등을 경작하나, 북청의 북반부부터는 거의 전부가 귀리이며

그 밖에는 보리와 감자 등이 있을 뿐이다. 또 북청으로부터는 가옥의 건축도 다소 다르다. 집을 짓는 모양은 대개 5량 혹은 7량의 홑집이며, 규모는 북진할수록 점점 크고 높아 적어도 8칸은 된다. 그리고 가장 나그네의 주의를 끄는 것은 초가가 전무한 것과 지붕에 가리를 만재한 것이다. 이는 소나무 껍질이나 자작나무 껍질로써 지붕을 덮는 것인데 바람막이 삼아 쌓아 놓은 것이라 한다.

북청으로부터 100여 리, 혜산진리 후치령厚峙嶺 아래에서 자동차를 버리고 도보로 산을 오르니 후치령은 해발 4천여 척의 준령이며 산세가 높고 가파르다. 자동차와 말의 통행로는 멀고도 아득하며 구불구불하여 자동차로 오르는 것이 오히려 시간이 더 걸린다고 한다. 그래서 지리에 익숙한 아랫마을 사람을 길잡이 삼아 땔나무를 간벌한 샛길로 가로질러 약 1시간여 만에 고갯마루에 다다랐다. 발 아래에는 구름이 일고 소맷자락에는 산들바람이 들어찬다. 이름도 모르는 갖가지 풀과 꽃들은 지금이 한창이라, 붉고 흰 꽃들이 산에 가득한 기이한 모습이 실로 고산 지대의 특색을 보여주고 있었다. 고개 위에는 너덧 집의 민가가 있는데 그네들은 아직도 봄옷을 갈아입지 아니하여 여름으로부터 봄철에 들어온 느낌이 있었다.

후치령 꼭대기로부터는 새로 생긴 군인 풍산군豐山郡의 관내이며 고원 지대의 시작이다. 이로부터는 산야의 광경이 갑자기 변한다. 식물로는 벚나무, 자작나무, 낙엽송 등이 있고, 밭에는 보리가 푸른색을 잃지 않아 남선南鮮의 4월과 비슷하다. 원래 후치령은 남으로서 보면 수천 척의 준령이나, 북에서 보면 일개 평범한 고원일 뿐이다. 풍산은 군의 전체가 고원 지대이다 보니 여름날에도 오히려 솜옷을 입게 된다고 한다. 그러므로 이르기를 "하늘 아래 첫째 골"이라 한다.

　일행은 풍산에서 하룻밤을 자고 다음 날인 10일 오전 8시에 출발하여
혜산으로 향하였다. 오늘 갈 길은 도로가 탄탄하여 비교적 안온하였다.
오후 6시경, 혜산 부근에 당도하니 단원 중의 한 명이 멀리 구름 사이를
가리키며 저것이 백두산이라고 한다. 구름 사이에 반이나 들어 있어 자
세히는 보이지 아니하나 오히려 웅장하며 훌륭한 기상이 보인다.

　다시 가던 길을 재촉하여 하나의 작은 봉우리를 넘어간즉 강물과 잇대
어 다닥다닥 붙은 수백 호의 여염집들이 있으니 이 곳이 곧 혜산이다. 흐
르는 강물은 국경을 그은 압록의 물이라 한다. 아, 이것이 국경인가, 저
기가 민국령民國領인가. 산천의 경색도 같으며 강물의 경계라는 것도 정
말 일엽대수一葉帶水에 불과하다. 다만 이 수십 칸의 강물을 사이에 두고
살아가는 사람과 풍속이 어찌 그리 다른가 하고 생각하니 역사의 위력이
얼마나 큰 것인가 새삼스러이 느낀다. 혜산에서는 관민이 마중을 나와
주었으며 또 성대한 환영연이 있어 주객 간에 이야기를 나누었다. 이 곳
에서 잠을 자고 내일은 보천보保天堡에 갈 예정이다.

　오늘, 11일부터는 정말 도보 등산이 개시되는 날이다. 단원과 경비대
원 전부가 모이고 짐을 실을 말의 준비를 완료하고 보니, 인원이 60명이
요, 마필이 19두다. 오전 8시에 혜산진을 출발하여 보천보를 향하니 이
어지는 산봉우리에는 녹지 않은 눈이 빛나고 맞은편의 여염집에는 아침
짓는 연기가 그윽하다. 짐 실은 말들의 울음소리와 흐르는 강물 소리가
서로 어울려 일행을 이끄니, 중첩한 흰 구름 사이를 향하는 우리의 앞길

은 자못 속세를 떠난 감이 없지 않다.

우리는 영산 백두白頭 탐승의 첫걸음을 혜산진에서 출발하였으니 그 것만 하여도 이 혜산진은 기념할 곳이 될 것이다. 본디부터도 이 혜산진 은 백산白山의 영기가 비치는 곳이라 하여, 예전에 갑산甲山 부사가 백산 에 제를 올릴 때에는 혜산 후묘後廟에 단을 만들고 망제를 행하였다 한 다. 그 밖에도 백산과 서로 응한다고 전하는 산은 장진長津의 연화봉蓮花 峯이다. 이 연화봉은 백산과 형제 산이라 하며 무엇이든지 백산 위에 변 화가 생길 때에는 연화봉에도 그와 동일한 변화가 있다고 전한다. 아무 튼 우리가 이러한 전설의 땅에서 출발하게 된 것은 재미있는 일이다.

북청 이북으로부터 높고 험준한 태를 보이던 산악은 국경 부근으로부 터 형태가 일변하여 웅대한 산세를 나타내게 된다. 산이 높되 험준하지 아니하고 가파르지 아니하며, 따라서 잇대어 늘어선 산의 조망 또한 톱 으로 잘라놓은 것같이 날카롭지 않고 원만하여 넉넉하다. 마치 대양의 파도와 같이 굼실굼실하며, 기쁨과 노여움을 드러내지 않으며, 크고 작 은 것들을 포용하는 동양의 영웅과 같이 늠름하다. 뾰족한 모서리를 감 추고 온갖 파란을 겪어 우직한 듯, 둔한 듯 엎드려 있다. 따라서 이러한 배경 아래에서 살아가는 주민의 풍채와 기개도 차라리 굼뜨고 숙맥일지 언정 악착스럽지 아니하다. 또 꼼꼼하지 못한 채 살아갈지언정 정밀하기 어려운 것은 이에서 받은 영향 때문에 그러한 바라 할 것이다.

이로부터는 도로가 위태로우며 험하나 사람이나 말의 통행에는 크게 무리가 없는, 약 3척 정도의 도로 폭을 가진 돌길이다. 본래 이 곳은 갑 산으로부터 무산茂山으로 향하는 큰 길로서 나그네의 왕래가 끊이지 않던 곳이나 최근 몇 년 이래로는 마적이 있으며 또 무장단武裝團의 출몰이 빈번하므로 마침내 폐로가 되었다. 인가는 점점 없어져 5리 혹은 10리에 두서너 집, 혹은 서너 채의 인가를 볼 뿐이다. 그러던 것이 보천보 이북으로부터는 더욱 희소하게 되어 혜산으로부터 100리쯤 되는 포태산리胞胎山里에 이르러서는 집에서 나는 연기가 뚝 끊어지고 만다. 그러니 인가를 구경함은 오늘과 내일 이틀뿐이다. 그로부터 전진하면 전혀 무인지경을 가다가 아무도 없는 곳에서 잠을 자게 된다고 한즉, 가끔 보이는 두서너 채의 인가가 더욱 유심히 보인다.

이 날은 먼 길을 떠나는 최초의 날이라 하여 40리쯤 떨어진 가까운 곳의 보천보에서 하룻밤을 지내기로 하였다. 이 보천보는 예전의 국방 기관의 하나인 보堡의 소재지이며, 지금은 보전리堡田里라 칭하여 헌병 분견소의 소재지가 되었다. 중앙에는 분견소의 청사와 소대원의 막사가 있는데 호사스럽게 지었으며 분견소를 둘러싸고 십수 호의 민가가 있다. 이 분견소는 맞은편의 민국령으로부터 침입하는 마적의 침입을 막는 것과 전염병의 방지가 주요한 사명이라고 한다. 또 이 곳에서 뜻밖이다 싶은 것은 사립 보통학교가 있는 일이었다. 십수 호밖에 없는 산간벽촌에 소박하나마 보통학교의 설비가 있으며 출석 아동도 열일고여덟 명이 된다고 함은 누구나 지금의 조선에 있어 희귀한 일이라 아니할 수 없다. 마침 지금은 휴가 중이어서 교수의 실황은 보지 못하였으나 교사의 설비를 보건대, 교사는 일자로 지은 집을 이용하였고, 각 반의 칠판 아래에는 너덧 혹은 예닐곱의 책상이 놓여 있다. 만일 수업 실황을 목도할 수가 있었더라면 진기한 감이 있었을 것이다.

보천보에서 하룻밤을 보낸 우리는 다음날인 12일 오전 7시에 출발하여 가림천佳林川이라는 압록강의 지류를 따라 포태리를 향하니, 땅의 모습은 더더욱 심원하여 눈에 보이는 것은 아득한 산봉우리뿐이며 귀에 들리는 것은 흐르는 물소리뿐이다. 중중첩첩한 산간에 저 홀로 떨어져 씨가 되고, 저절로 장성하여 인적이 이르지 못하고, 도끼가 들어가지 아니한 무진장의 원시림이 이로부터 전개된다. 따라서 이 부근은 영림창의 본무대라고 한다.

이제부터 나흘 동안 약 2백여 리에 걸친 행정은 이러한 삼림을 뚫고 가야 한다 한즉, 그 면적이 얼마나 광대한지를 가히 상상할 수 있다. 또 그 광대한 산림에서 나오는 무진장의 재목은 실로 상상 이상의 부富를 만들 수 있는 재원이다. 근래 조선 측은 영림창에서, 중국 측에서는 일중합병의 채목공사에서 매년 막대한 재목을 벌채하여 압록강 물에 뗏목을 띄우게 되었으며, 혜산진과 장백부長白府 등은 이 뗏목으로 인한 혜택을 입음이 막대한 것이다.

길을 떠난 지 10여 리 만에 계류가 굽이치고 촉촉하게 젖은 골짜기 한 곳을 만나니 이 곳이 영림창의 청림동靑林洞 작업소다. 계류에 잇대어 궤도를 부설함은 산골짜기로부터 벌채한 재목을 반출하기 위함이요, 하류를 막아 제방을 쌓음은 잘라 놓은 나무들을 흘려보내려는 준비이다. 영림창에서는 겨울에 재목을 벌채하여 작업소 부근에 모아 놓았다가 봄여름에 수량이 불어나면 약 100동가리 내외의 목재를 한번에 묶어 흘려보낸다. 그렇게 작업소를 떠난 뗏목은 약 20일이 지나면 신의주에 도달한다. 그러나 이 부근의 계류는 비록 수량이 증가되는 때에라도 큰 뗏목들이 흘러갈 만큼 수량이 풍부하지 못하다. 그러므로 미리 제방을 축조하여 물을 담아 두었다가 뗏목을 흘려보낼 때에 그 제방을 무너뜨려 한꺼번에 물을 흘려보내는 수력을 이용하는 것이다.

청림동과 헤어져 전진한 지 10여 리에 통남리通南里라는 마을에 당도하니 약 7, 8정보의 산전에는 기장, 조, 수수, 귀리와 같은 갖가지 밭작물이 길길이 자랐으며, 중앙에는 한 채의 반듯한 집이 가히 수십 칸이나 되어 자못 여유가 작작하다. 동행에게 물은즉, 이는 박朴 초시初試 희종禧鐘씨의 댁이라 한다. 이 박씨는 본래 타향 사람으로 이주한 지 10여 년에 쉬지 않고 열심히 일을 한 덕분에 가세가 부유하며, 비록 이러한 산간 벽지에 붙어살고 있으나 후진의 교육을 잊지 않고 두 명의 자식들 중 형은 함흥에, 아우는 혜산진에 각기 유학시킨 독지가라고 한다. 이러한 벽지에서 이러한 독지가를 발견함은 실로 오늘 길을 나서서 얻은 흐뭇한 일 중의 하나이다.

일행은 보태리寶泰里에서 점심을 마치고 다시 전진을 계속하니, 보태리와 포태동 간은 포태산 장군봉將軍峰의 산기슭을 횡단하는 험로이다. 그리 험하거나 가파르지는 아니하나 한 가닥의 좁은 길은 하늘을 덮어버린 숲을 통하는 고로 대낮에도 오히려 컴컴한 감이 있다. 빼곡한 삼나무처럼 들어선 고목의 가지에는 알처럼 생긴 겨우살이인 송라松蘿가 혹은 빼곡하게 혹은 느슨하게 아래위로 매달려 있어 장엄한 신전의 장식을 보는 듯한 느낌이 들기도 했다. 그런가 하면 습기 가득한 찬 기운이 옷 속으로 스며들어 신령스러운 땅을 걷는 듯한 신비한 기분이 농후하다. 이러한 신비경을 걸은 지 수십 리에 포태리에 도착하니 때는 이미 석양이다. 저녁 연기는 국사당 곁에 비껴 있고, 낙조는 산과 산 사이로 흔적을 남길 뿐이더라.

  포태산의 밀림 속을 통과할 때에 우리는 도끼로 나무를 자르는 듯 떵떵 하고 울리는 소리를 들었다. 처음에는 딱따구리인가 의심하였다가, 급기야 정체를 발견한즉, 허리춤에 모젤 권총을 차고 손에는 도끼를 든 전기공이 전주를 다스리는 소리였다. 아아, 이러한 밀림 중에, 이러한 무인지경에 전기 가설이 무슨 필요가 있고 무슨 까닭인가. 일 년 동안 통행하는 사람을 모두 합한다 해도 수십 명에 불과할 이 곳에, 산중에 사는 거주민을 모두 합해도 30, 40명이 될 것도 같지 아니한 이 심산 중에서 무장한 전기공이 작업하는 것을 봄도 의외이며 전기의 가설도 의외이다.

  들은즉, 이것은 우리가 향하여 가는 포태동의 순사 주재소에 전기를 가설하는 것이라 한다. 무장단의 내습에 대하여, 마적의 출몰에 대하여, 제1선의 중대한 의의를 가진 포태동에 대하여 보급의 편의를 부여함이라 한다. 누구나 국경 방면을 여행하는 이는 모든 것이 경비 본위인 것을 발견할 것이다. 종일 걸어가도 사람의 그림자를 볼 수 없고, 여러 해가 지나도 행인이 별로 없는 산중의 도로가 잡초도 나지 않고 2, 3척의 폭도 줄지 않고 뱀처럼 구불구불 가로놓인 것은 무엇을 말함이며, 빼곡하게 우거진 밀림 중에 한 가닥의 전기가 걸려 있는 것은 무엇을 말함인가.

  서양 신발은 뒤축이 두텁고, 경비는 국경에서 허술함 없이 치밀하다. 이것은 어디를 가든지 면하지 못할 현상일는지 모른다. 그러나 이와 같이 치밀한 경비가 과연 얼마나 유효한지는 국경 방면에 여러 해 거주해 온 어느 일본인의 단가 '압록곡鴨江曲'을 빌어서 설명하고자 한다.

토벌대가 위풍당당히 진격하면
적군의 종적은 그림자도 없고
극한極寒 눈보라와 전투하여서
우군은 또 감기에 고생한다.

이것이 국경 방면의 경비 상황을 여과 없이 그려 낸 노래이다. 침소봉대의 보도가 아무리 도회의 인사를 공포에 떨게 할지라도 기실은 항상 이에 지나지 않는 것이다. 어떤 때는, 깊은 잠에 빠진 순사의 목을 베기도 하고, 밀림 중의 매복이 죄 없는 탄환을 허공으로 날리기도 하지만 결국은 역시 이에 지나지 않는 것이다.

무인지경에 다시 무인경이 접하고, 밀림에 밀림이 계속하여 수백 리의 국경이 되어 있거늘, 숲 사이를 병영으로 알고 무인경을 안전 지대로 아는 그네들이 하필 주재소 앞길로만 찾아다닐 것도 같지 않다. 또 밀림 중의 한 가닥 철선이 만일의 급한 경우에도 여전히 유용한 대로 보존되어 있을는지는 더욱이 의문이다. 그렇지만 이 공사가 준공되는 날이면 포태동의 주임 순사는 수백의 우군을 얻은 감이 있을 것이다.

포태동에는 예닐곱 채의 인가가 있다. 인가는 여기에서 끝나고 뒤로는 수 백 리의 높은 산과 밀림이 펼쳐져 있을 뿐이다. 고개 위의 흰 구름과 짝하여 아침 연기가 일어나고, 주위를 둘러싼 산에서 일어나는 짙은 안개와 함께 하루 일을 마감하며, 한 줄기의 찬 계곡물을 마시고 거울 같은 푸른 하늘을 바라보는 것이 이 곳에 사는 사람의 생애이다. 밭만 일구면 그 외는 탐하지 아니하여도 족하고, 해마다 값이 오르면 황제의 권력이 있고 없음을 생각하지 않는 그네들도 근일에는 주재소의 덕택으로 여러 가지 귀중한 경험을 한다. 미래의 중화中華 경군警軍 창장하오(長江好)의 임시 군영도 되어 보고, 민국 관병 2백 명의 내방도 받아 보았다. 빈 골짜기에 반향되는 총성도 들어 보고, 허공에 말을 전하는 전화도 구경하며, 숙손통叔孫通이 태어나던 날의 한가漢家 군신 같이 관가의 위엄이 어떻게 무서운지도 알게 되었다. 이제부터 그네들은 근심 없는 편안한 행복도 누린다. 질서와 체통 있는 사람다운 생활도 하는 것 같다. 묻노라, 무릉도원에서 세상을 피해서 사는 제군도 일찍이 이러한 행복을 누려 보았는지.

포태동에서는 영림창의 직원 예닐곱 명과 같이 어떤 민가를 빌어 자게 되었다. 당초의 예정으로는 이 날 저녁부터 각기 자취 생활을 하기로 하였으나 인가가 있는 이상에는 잠시라도 편하고 싶은 꾀가 나서 음식의 원료를 주인에게 제공하고 요리를 부탁하였다. 그러나 요리의 성적에 대하여는 미상불 다소의 불신임이 없지 아니하다. 우선 항상 귀리를 먹는 그네들이 흰 쌀밥을 만족히 지을 것 같지 않다 하여 동행한 모 군은 밥물의 많고 적음까지도 지휘를 한다. 마흔 살이 되었음직한 주부 역시도 자신이 없어서인지, 손님의 의사를 존중해서인지 유유낙락하게 지휘대로만 동작한다. 오직 방관하던 한 이웃 사람이 이를 민망히 여겨 주부에게 물어 말하기를, "아주머니, 이왕에 쌀밥을 많이 지어 보았지요" 하니 대개 그 뜻은 주부를 변호하는 동시에 모 군의 꼼꼼한 간섭을 조롱함이라. 불신임을 노골적으로 표시하던 그 모 군도 이에 이르러서는 반성의 미소를 지으며 간섭의 손을 거두었다.

의문 중의 만찬도 뜻밖의 좋은 성적으로 마친 뒤에는 길을 오느라 피곤한 일행이 각기 잠자리에 들었다. 다만 창으로 막은 정주간에서 미미한 말소리가 들리는지라 창을 열고 들어가니 동네 사람들이 흙 난로인 '등듸' 가에 둘러앉아 잡담을 교환하는 것이었다. 좌중에 성명을 통하고 말석에 참가하니 혹은 나이를 묻고, 혹은 경성의 형편을 묻되, 개중에서도 박 모라 하는 이가 자못 상세한지라. 나는 박씨가 토박이가 아님을 짐작하고 그가 머문 경력을 물으니 군은 감개무량한 어조로 과거의 행적을 이야기한다.

군은 본래 경북 의성 사람으로 주경야독으로 공부하던 사람이라. 힘든 노동을 마다하지 않고 하던 일을 바꾸지 아니하며 가난하고 곤궁한 생애를 보냈지만 십 수년이 되어도 세상일은 날마다 달라지고, 인심이 하루가 다르게 변하여 생명을 보전할 길이 없었다고 한다. 그러던 중 국경 서북쪽에 땅은 넓고 사람은 드문 간도間島라는 낙토가 있어 경작도 임의요, 세납도 없으며 겸하여 땅이 비옥하여 일차 파종만 해 놓으면 한 자크기로 자라는 조를 거두기를 앉아서 기다린다는 말을 전해 들었다고 한다. 이에 솥단지와 살림살이를 팔아 노자를 장만한 후 대를 이어 거주하던 고향 산천을 하직하고 남부여대하여 산도 생소하고 물도 생소한 간도로 향하였던 것이다.

다섯 걸음에 한번 돌아보고, 열 걸음에 한번 멈추며 차마 떨어지지 않는 발길을 억지로 끌어가면서 경성을 지나고, 평양을 지나고, 의주를 지나 필경 압록강 물을 건넜을 때에도 무지하고 몰각한 처자에게 슬픈 모습을 보이고 싶지 아니하여 얼굴에 미소를 잃지 않았다고 한다. 그러나 내심으로는 피눈물을 머금은 것이 한두 번에 그치지 아니하였다니 얼마나 애달픈 걸음인가. 이와 같이 향하는 곳이 어떠한 곳인지도 알지 못하고 몇 천 리의 여행을 계속하여 급기야 간도에 당도한즉, 과연 땅은 넓고 사람은 드물고 땅도 비옥하나 눈에 가득 차는 황망한 넓은 벌판을 볼 때에 고독과 공포가 사위를 압박하여 공연히 전율을 참지 못하니, 눈에 암암한 것은 고향의 풀 푸르고 물 맑은 광경뿐이었다. 귀에 쟁쟁한 것은 농사꾼들의 육자배기뿐이지만 후회도 미칠 길이 없었다. 그러나 그리 하고만 있어서는 아니 될 바이므로 없는 생각, 헛된 말로 처자를 독려해 가면서 고독한 중에 곤란한 대로 일 년의 농사를 경영했다. 그러나 아무리 생각하여도 영구히 거주할 자신이 없어 차츰차츰 밟아 나온 것이 지금 이곳에 잠시 거주를 정하고 있다 한다.

그 경력을 슬픈 어조로 들을 때에 나는 몇 번이나 몰래 눈물을 머금었다. 그리고 위로할 말이 없어 "인생이란 언제든지 분투이니 아무튼지 고생을 고생으로 알지 말고 분투하시오" 하는 한 말로 위로하였다. 아아, 이러한 경험담은 이 박씨에게만 그치지 아니할 것이다. 이 산중에 살아가는 사람들 중에는 얼마든지 있을 것이다. 대개 이 근처의 인가는 점점 증가되며 그 중에 대다수는 타향으로부터 이주하는 자라 함은 이 길을 떠난 뒤로도 몇 번이나 들은 바였다.

오늘은 13일, 먼 길 떠난 지 3일째이다. 오늘부터는 노영 생활에 들어가는 날이다. 예정대로 허항령盧項嶺에서 노영하면 40리에 불과하고, 10리를 더 나아가 삼지연三池畔에서 노영을 할지라도 50리에 불과한즉, 하루에 갈 길로는 극히 용이하다. 그러나 노영지를 선택하고 그 준비를 하려면 불가불 일찍 도착할 필요가 있으므로 걸음을 재촉하여 아침 일찍 출발하기로 하였다. 출발 시간이 되어 다시 일행을 헤아려 보니 혜산진을 떠난 후로 도중에서 참가한 단원이 있어 경비대원 20명과 마부 12명까지 합하면 실로 76명의 많은 수가 되었다. 거기에 짐말 20두까지 더하면 근 100의 생명을 가진 대부대가 되었던 것이다. 그러나 일행은 점고를 마친 뒤에도 출발을 주저하게 되었다. 함흥을 떠난 뒤로 연일 청명하던 날씨가 이 날 아침에 이르러서는 두꺼운 구름이 사방에서 모여들고 빗방울이 오고가며 형세가 자못 험악했기 때문이다. 심산 밀림 중에서 비를 무릅쓰고 노영할 일을 상상하면 누구라도 염려하지 아니할 수 없다.

이를 두고, 경연硬軟 두 파로 의견이 나뉘어 강경파는 비를 무릅쓰고 출발을 주장하고, 연약파는 형세 관망을 주장하였으나, 필경은 "만일 가랑비가 점점 굵어져 연일 개지 않으면 그 때에는 우리의 목적을 완전히 포기하겠는가?" 하는 질문에 중론이 일치하여 날씨를 무시하고 예정과 같이 출발하게 되었다. 그러나 날씨에 대한 염려는 10리를 전진하기 전에 무사히 해결되었으니 다시 맑고 푸른 하늘을 보게 되었었다.

포태동을 출발한 일행은 남南포태 산허리의 낙엽송 밀림을 지나게 되었다. 우러러보면 빼곡한 천 년 고목이 하늘을 가리고, 굽어보면 양치류의 식물이 지면에 가득하며 오존ozone의 비린내와, 수분을 머금은 차고 습한 공기가 서로 부딪쳐 태고와 같이 고요한 가운데를 묵묵히 전진했다. 발 아래에는 썩은 나무 뿌리가 이리저리 깔려 있어 일분 일초의 방심도 허락하지 않는 터이다. 다만 어느 순간 정적을 깨뜨리는 것은, 저절로 죽어 쓰러진 나무들이 길을 가로막은 것을 치우려고 갑절이나 힘들게 전진하는 사람들이 도끼로 땡땡 나무를 두드리는 소리와, 짐을 실은 말을 부리는 마부의 질타가 저승의 염불 소리같이 빈 계곡에 울릴 뿐이다. 이와 같이 나아가기를 약 30리, 한 곳에 당도하니 숲은 고요하고, 무성한 풀 가운데에 계류가 있어 그 소리가 맑은지라. 일행은 이 곳에서 휴식하고 짐말을 풀어 놓고 점심을 먹었다.

길을 안내하는 사람이 말하는 바를 들은즉, 이 곳은 임연수林延壽의 명산지라고 한다. 임연수는 피라미와 닮은 물고기로 이것을 처음 발견한 사람이 임연수이므로 그 이름을 따서 그렇게 부르는 것이라 한다. 발견자나 발명자의 이름으로 발견 혹은 발명된 사물을 명명함은 세계에 그 예가 없지 않으며, 더욱이 과학 분야에서는 그 보기가 매우 많으니 이는 실로 의의 있는 명명법이라 할지며, 각각의 일을 기념하는 방법으로 장려할 만한 것이다. 이제 조선 어류 중에서 이러한 예를 들자면 북관 명산의 명태가 있고, 경기도 장파長坡 특작의 미수감眉叟甘이 있다. 명태는 명천明川 태씨로부터 어획이 시작되었으므로 그를 기념한 것이고, 미수감은 미수 허목許穆이 즐겼던 것이라는데 미수가 먹어보니 맛이 있다(食而甘之)라 하여 미수감이라고 명명하였다 한다. 임연수의 명산지에서 점심을 마친 일행은 다시 길을 떠나 허항령을 향하니 때는 오후 1시더라.

작년 11월에는 무장단의 내습이 있었고 그 때를 앞뒤로 해서 긴 강줄기를 횡행하며 활보하던 포태리를 뒤에 두고 마적의 근거지라 일컫는 허항령을 향하는 우리는 이미 위험 지대에 들어선 터이다. 길흉 간에 어떤 일이라도 있으면 하는 경비대원들은 다소 긴장한 기분으로 행렬의 앞과 뒤를 경호하며 단원을 단속하여 앞지름과 낙오를 엄금한다. 그 서두르는 모양은 금방에라도 무슨 사건이 돌발할 듯하다. 이 때에 마침 일대 의문이 발생되었다.

노상에 소 발자국이 있다. 소 발자국이 있을 때에는 행인이 있었던 것이다. 적어도 올봄 이래로는 행인이 두절되었으리라는 이 무인지경에 일행을 앞질러서 사람과 가축이 통과한 흔적이 있음은 실로 용이치 아니한 사건이다. 일행 중에서 예민한 신경의 소유자들은 잠시 행진을 정지하고 만일의 경우를 염려하였다. 그러나 조금은 총명한 그네들로도 이것이 오늘 아침 포태동을 출발한 사슴 사냥꾼이 통과한 자취라 함을 뒤늦게 듣고는 잠시라도 놀랐음을 스스로 조롱하는 듯이 서로 돌아보며 실소를 금치 못하였다.

허항령은 함경남북도의 경계이며 혜산진과 백두산 간의 중앙이다. 고개라 일컬으나 주위와 비교하여 그리 높은 지점도 아니며 북으로 삼림을 등지고 남으로는 푸른 골짜기가 둘러 있어 가히 일가의 생활을 유지할 만한 곳이다. 예전에는 집이 한 채 있어 오고가는 사람들의 편의를 도모하더니 수 년 전에 마적이 불을 질러 소실되었다 한다. 불탄 흔적은 허물어진 주춧돌에서 오히려 새롭고, 잡초는 폐허에 더부룩하나 한갓 국사대천왕國師大天王을 모신 한 칸 당우는 그 후 포태동민이 힘을 모아 즉시 중건하여 엄연히 옛 모습을 보전한다.

한 줌의 백미를 신단에 올린 후 재배하고 물러나는 포태동 사람에게 물은즉, 동리에 사는 사람들은 매년 3월, 9월에 돼지고기와 술과 음식을 갖추어 정성스러이 제를 올리며, 부근에 사는 사람들은 당우 앞을 통과할 때마다 백미와 과실을 올리는 풍속이 있다고 한다. 개천왕蓋天王은 단군을 말하며 비로소 교화를 베풀었다 하여 국사國師의 호를 더했을지나 지금에는 보통 간단히 국사당이라는 명칭으로 부르며 그 위패에는 반드시 '국사대천왕신위國師大天王神位'의 일곱 자를 써 놓았더라.

허항령의 국사당. 동아일보. 1921. 8. 30

　백두산 기슭에 들어서면 도처에서 국사당을 발견하나니 혹은 동구에, 혹은 고개 마루에 그 수가 적지 않으나 특히 허항령 위에 있는 국사당은 당우의 규모가 크다. 또 그의 힘이 미치는 지역 또한 광대하여 멀리 맞은 편의 장백부長白府에서도 건축비를 각출한 기록이 있다. 조선의 인민도 단군을 망각한 이 때에, 자그마하며 궁벽한 백두산 기슭에 사는 사람들은 피아를 막론하고 오히려 이를 공경하며 섬기니, 그 망각한 것이나 공경하며 섬기는 것 사이에는 분명 어떤 까닭이 있으리라고 생각한다.

　당초의 예정대로 하면 오늘 행장을 풀 곳은 이 허항령이다. 그러나 해가 저물기까지 시간도 남았고 겸하여 앞으로 10리를 더 가면 삼지연 호반에 적당한 숙영지가 있다고 하므로 내일 70리가량 걸어야 하는 노정도 줄일 겸 10리를 더 전진하게 되었다. 삼지연은 그 이름과 같이 크고 작은 세 개의 못이 있다고 하는 곳이나, 최근 토지 조사의 결과로 크고 작은 못이 여섯 개 있음을 발견하였으며, 또 마을 사람들이 전하는 바로는 스물여덟 개의 못이 있다고도 한다. 대개 이 곳은 서북에 소백산小白山을 등지고, 동남으로 북포태北胞胎와 인접하였으며, 동북의 사이에 삼봉三峯이 있고, 서남에 침봉枕峯이 있어서 둘러싼 산의 기세가 서로 비등한 곳에 평탄한 지세를 이룬 곳이다. 따라서 많은 물이 모이는 곳이므로 시기에 따라 또 강우의 많고 적음 여하에 따라 못이 혹 스물여덟 곳으로 늘어나기도 하고 혹 대여섯 곳으로 줄기도 하나 북쪽에 있는 세 곳의 못은 언제든지 마를 염려가 없으므로 이렇게 삼지연이라고 명명한 듯하다.

그 중에서도 가운데의 큰 못은 둘레가 몇 리나 된다. 수량이 풍부하여 자못 바다와 같은 호수의 모습을 보이고 있으며 못 가운데에 작은 섬이 있어 수목이 울창하니 나무 그림자가 일렁이고 파랑이 끊이지 않는다. 노을이 물드는 정취는 길 떠난 이들의 마음을 족히 달래 주며, 눈앞에 날아오르는 들오리의 무리를 보고 발 아래에 흩어진 순록의 족적을 살필 때에는 문득 이 몸이 세상 밖으로 나온 듯한 초연함을 느낀다.

신무치神武峙는 백두산 동쪽 기슭의 고원이며 두만강의 상류이니 사통오달의 땅이다. 남으로 혜산진을 지나 함남에 통하고, 북으로는 민국 안도현安圖縣에 다다르며, 동으로는 두만강에 잇대어 함북에 닿고, 서로는 연지봉臙脂峯 남쪽을 통하여 민국 만강漫江에 다다르는 산중의 요새지이다. 그러므로 백두산을 오르는 이는 함북 무산로를 취하여 삼장면 농사동農事洞으로부터 두만강으로 오르든지, 함남 갑산로를 취하여 혜산진으로부터 압록강으로 오르든지 필경은 신무치에 다다를 것이며, 민국령의 안도현 남대령南大嶺을 향하는 자 역시 이 곳을 지나지 않고는 다른 길이 없다. 그러므로 국경을 출발하는 마적의 근거지로도 중요한 지점이 될 지며, 마적을 토벌하는 관병의 주둔지로도 극히 중요한 지점이다.

신무치는 신구新舊 두 곳이 있어 남북이 서로 다르니, 그 남쪽을 신신무치라 하여 지세가 평편하며 사위가 트여 있다. 북쪽을 구신무치라 칭하여 사면이 산등성이와 언덕이며 2, 3백 평의 평지가 있을 뿐이다. 신신무치에는 지금으로부터 10년 전까지 민국인의 인가 예닐곱 채가 있어 겉으로는 수렵으로 업을 삼으나 실은 마적의 근거지였다. 그 후 관병에게 쫓겨나 종적을 감춘 뒤에는 그 자리에 일시 헌병 주재소를 세웠으나, 3년 전에 마적이 내습하여 청사를 소각한 뒤로는 전부 폐허가 되고 말았다. 지금은 잡초가 무성하고 무심한 들꽃만 피었다 지곤 한다.

구신무치에는 배후에 산신당이 있으며 전면에 기와를 굽던 가마터가 있다. 가마터 앞에는 기와와 비석이 쌓여 있는 바 이 비석에는 어지간히 복잡하게 얽힌 역사가 있다고 한다. 수 년 전 마적이 출몰할 때에 민국 관헌은 이를 단속하기 위하여 마적 출몰의 목구멍과도 같은 이 곳에 병영을 신설하기로 하고 그 건축 재료로 이를 제조하였으나, 일본 관헌의

신무치의 산신당. 동아일보, 1921. 9. 3

항의로 인하여 목적을 이루지 못하고 산중에 버린 채로 돌아갔으며, 그후 일본 측에서 신신무치에서 주재소를 건축할 때에 버려 둔 비석을 이용하고자 하였으나 금번에는 민국 측의 항의로 인하여 사용하지 못하고 일차 철거하였던 것을 다시 구신무치까지 옮겨서 원상을 회복한 대로 지금까지 왔다고 한다.

신구의 신무치는 이러한 문제가 많은 곳이므로 허다한 인명이 또한 이곳에서 죽었다. 마적과 행인 간에, 관병과 마적 간에, 일본 병사와 마적 간에 충돌이 생길 때마다 피를 뿌렸으며, 요 몇 년 동안의 사상을 총계하면 족히 백 명이나 되겠다고 한다. 우리 일행이 구신무치에서 노영하던 밤에도 일행 중에는 밤이 깊어 고요해지고 난 다음에 웅얼거리는 귀곡성을 들었다는 이도 있다. 이 곳에 행장을 풀 때는 오후 3시이다. 야영을 준비하기에는 아직 시간이 있으므로 경비대원 두 명과 함께 안도현 가로를 따라 서북으로 10여 리쯤을 가 보니, 노상에는 은단 봉투나 성냥갑 등이 버려져 있고 간혹 노영을 한 흔적이 있다. 멀지 아니한 때에 행인이 왕래한 흔적이다. 경비대원이 이대로 보고하니 오늘밤의 노영도 안심하기 어렵다 하여 역시 엄중한 경계 속에서 하룻밤을 지나게 되었다.

14일 오전 7시에 신무치를 출발하여 서쪽으로 무두봉無頭峯을 향하니 오늘 갈 길은 50리라고 한다. 낙엽송의 밀림 속을 걷는 것은 어제와 일반이나 도로는 좀 험준하며 무두봉 부근의 고도는 이미 5천3백 척가량이다. 금강산의 최고봉인 비로봉보다도 1천 척가량이나 높은 지형이다. 그러므로 기온이 떨어지고 바람이 심하여 식물의 발육 상태가 현저히 다르다. 또 낮은 곳에서는 볼 수 없는 특수 식물도 많이 있다. 그 중에서도 스

편지와 같은 알색(卵色)의 이끼가 지면에 가득 자라는 모양은 대단히 미려하며, 간간이 섞여 피어 있는 자홍색 들꽃은 알색 배경과 서로 비쳐 돌나물과의 화모전花毛氈Sedum spurium을 펴 놓은 것같이 보인다. 또 큰 나무 아래의 관목은 이 부근으로부터 극히 희소하며, 낙엽송, 당송 등 교목도 본래의 성질대로 자라지 못하고 그 길이가 3, 4장丈에 그쳐 밀림 지대에 비하면 목질이 극히 열악하다. 무두봉으로부터 5, 6정町만 북진하면 수목은 전혀 볼 수 없고 다만 이끼 같은 선태류만 지표에 깔려 있다. 그로부터 또 10리가량만 전진하면 온통 흰 모래땅이 되어서 소위 백두산은 사철 흰빛을 지닌다고 한다.

들쭉은 후치령 이북에만 있는 식물이며 더욱이 삼지연 이북 연지봉 이남의 약 100리에 걸친 땅에는 도처에 더부룩하게 자라나 가히 온 산에 가득하다고 할 만하다. 그 열매는 산포도와 흡사하고 그 맛과 향, 용도까지도 동일하다. 다만 산포도는 덩굴 풀이되 들쭉은 관목인 차이가 있을 뿐이다. 그 줄기의 왜소함과 가지의 세밀함은 회양목과 유사하다. 열매는 건조하면 건포도와 같고 산조酸造하면 포도주가 된다. 그러니 이용 여하에 따라서는 부를 축적할 수 있는 천연의 자원이라 하겠으며, 무두봉 이북의 나무가 없는 곳에 가면 그 왜소함이 말할 수 없어 선태류와 키다툼을 하게 생겼으나 오히려 암자색의 미려한 열매를 매단 모양은 아주 간지럽고도 사랑스럽다. 또 들쭉과 동일 지대에 번식되는 식물 중에는 금사매金絲梅가 있으니 그 가지와 잎은 영산홍과 비슷하나 매화꽃과 같은 모양의 노란 꽃을 피우므로 이와 같이 고운 이름을 가진 것이다.

이 날도 역시 해가 높은 때에 도착한 고로 야영의 준비도 일찍 마쳤다. 또 내일 가야 할 길은 제법 먼 80리의 험로를 답파할 예정이어서 일찍 출발을 약속한 터였다. 고산의 기압 관계로 답답한 가슴은 풀리지 아니하였으나마 각기 스스로 지은 밥으로 양을 채우고 말을 풀어 계류를 마시게 하였다. 그러고 나서, 아직 황혼이 드리우지도 않았지만 푸른 풀 위에 지은 천막에서 취침하니 사위가 적막하게 되었다. 이 날 밤의 날씨는 하늘이 청명하고 은하수가 맑았는데 밝은 달조차 숲 위로 솟아오르니 사위의 밀림은 더더욱 캄캄하고 보일락 말락 한 것은 다만 우리의 천막뿐이다. 고독한 느낌은 심야의 한기와 더불어 핍박이 심하다. 발 아래에 들리는 빠른 물살 소리를 동무 삼아 깊은 산 속의 달빛을 감상함도 멋진 일이었다.

무두봉에 도착한 후 원기가 왕성한 일행 중에는 내일의 예정을 변경하여 무두봉에서 내려오지 아니하고 산상에서 노영하며 아침저녁의 변화를 관찰하고, 송화강의 발원인 비룡폭포를 탐험하자고 하는 사람들도 있었다. 일행 중의 대부분은 이에 동의하였으나, 이 계획은 약간의 곤란한 문제가 따랐다. 하나는 마실 물과 연료의 결핍이요, 또 하나는 야간의 세찬 바람과 찬 기운이다. 그러나 비록 엄동설한이라도 다소의 방한구가 있는 이상에야 하룻밤을 지내는데 그리 어려운 일이랴 하여 마침내 그리하도록 결정하고 우선 주먹밥을 준비하였다. 나는 산신령의 호의를 얻어 내일도 청명한 날씨가 계속되기를 마음으로 빌며 천막 안에 들었다.

이 날, 16일은 동경하던 천지를 향하는 날이다. 오전 4시에 기상하여 제반 준비를 마치고 세 끼 식량과 모포를 각기 장착한 후 마필과 인부를 뒤에 두고 무두봉을 출발하니 오전 6시다. 계곡에 긴 안개는 자욱할 뿐 아직 걷히지 아니하고 풀 끝에 매달린 이슬은 옷자락을 축축하게 적셨다. 서쪽으로 한참을 나아가니 수목이 이미 희소하며 간간히 홀로 선 삼나무나 전나무도 삭풍과 혹한을 견디지 못하여 모양이 좋지 않을 뿐 아니라 가지와 잎이 구부러지고 꺾여 말라붙은 가운데 겨우 동남쪽에만 성긴 그림자가 머물 뿐이었다.

이 곳부터는 고산 식물과 선태류가 겨우 지표를 덮을 뿐이다. 홀연히 눈 앞이 트여 천 리가 창창한 중에 웅후하며 당당한 하나의 백산白山이 우뚝 나타나니 이것이 곧 백두산이다. 여기부터는 별로 도로라 칭할 것이 없고 그 절정을 눈앞에 바라보며 서쪽으로 전진하니 천지의 바깥을 둘러 싼 산들이 곧 눈썹 사이에 걸려 있으나 오히려 30리나 가야 한다. 파도와 같이 엎드린 사석의 길을 넘나들기 10여 리, 또 급경사의 산맥을 등반하기 10여 리에 백두와 연지봉이 서로 붙어 있는 산정에 오르니 이로부터 절정에 다다름은 지척이다. 대개 백두의 주위는 석벽이 아주 가팔라서 등반할 수 없으되, 홀로 연지봉 사이를 지나 소백小白이 우뚝한 동남쪽의 줄기가 연결되는 곳에 한 가닥의 통로가 있으니 우리 일행의 진로이다.

이에 우두커니 서서 아래를 돌아보니, 가까이는 줄지어 늘어선 산과 그 사이의 계곡이 울창하여 발 아래에 꿈틀대고, 멀리는 아지랑이와 구름이 옥색으로 빛나 눈길에 닿는다. 무두의 봉우리는 큰 표주박만하고, 삼지의 못은 거울처럼 빛을 발하니 크고 작은 연지는 근위대의 총신이라 할 것이요, 소백과 포태는 조정의 대신이라 할 만하다.

다시 걸음을 옮겨 산꼭대기에 다다르니, 아아, 별천지가 눈앞에 전개되도다. 지형은 발 아래에서 천 길이나 떨어져 푸르디푸른 거울과 같은 호수가 되고, 호수의 사위는 주나라의 동정호로 흘러들던 상강湘江의 객사들처럼 병풍 같은 절벽이 둘러 있는데 하늘빛과 구름 그림자, 산의 맵시와 벽의 무늬는 호수에 잠겨 곱게 수를 놓은 듯 찬란하다. 호수와 맞닿은 산기슭과 하늘 위에 담긴 호수 바닥이 현란하게 뒤섞이니 놀란 마음은 넋을 잃은 듯하였다. 황홀한 정신을 수습하지 못하기 얼마나 흘렀을까. 이는 푸른 하늘과 어울렸을 때의 천지이더라.

천지는 주위가 30리요, 그를 둘러 싼 산은 그 주위가 50리며, 북으로 수 척을 나아간 곳에 비룡폭이 있으니 이는 송화강이 시작하는 곳이다. 청명한 날에 산상으로부터 응시하면 다만 태양에 반사되는 윤슬인지, 번쩍거리는 것이 비늘과 같이 보인다. 비룡폭의 장관을 구경하고자 하면 북으로 민국령을 우회하여 험하디험한 길을 가야 한다 하니 이번 길에 그 기회를 얻지 못함은 큰 유감이다.

잠시 후에, 한 조각의 검은 구름이 천지의 서북쪽에서 일더니 눈 깜짝할 사이에 주위를 뒤덮고 수면의 반을 덮어 그믐밤처럼 어두움이 고요하였다. 산 아래에 사는 사람들은 대경실색하여 말하기를, 총성이 난 고

1921년 8월 12일 동아일보 기사

로 산령이 진노함이라 하며 황망히 무산으로 되돌아 내려갔다. 경비대원이 총성을 낸 지 불과 10분 만에 이러한 변화가 있었다. 자고로 이 산에 등정하는 자, 혹 살생을 하거나, 혹 불경한 언사를 늘어놓거나, 혹 재계

가 불량하거나, 총성이나 폭음을 내면 반드시 천벌을 피하여 급히 하산하지 않으면 생명을 부지하지 못한다는 전설이 있는 터이다. 눈앞에서 그 영험함을 보고 황망하여 어쩔 줄 몰라 하는 그들이 그러할지라도 괴이할 것이 없었다. 우박이 계속하여 떨어져서 산상에 머물기 곤란했다. 그리하여 일행은 우박이 잠시 그친 틈을 타서 정성스럽게 축배를 들고 나서 10여 명만 남기고는 하산하니 산상에서의 노영을 약속하던 일은 이미 수포로 돌아가고 말았다.

천지의 경색이 춘하추동을 따라 같지 않음은 물론이다. 하루에도 아침저녁으로 구름과 비, 안개와 우박의 왕래가 무상하며, 개었다가 흐리고 맑음과 어두움이 서로 오고 가나니, 푸른 하늘하며 푸른 물이 모래처럼 밝게 빛나서 상서로운 기운이 넘쳐남도 잠시이며, 먹구름이 뒤덮어 수면이 컴컴하여 어두운 그림자가 가득 들어차는 것도 한때이다. 짙은 안개가 가득하고 파문이 약동하여 답답하게 가로막힘도 잠시이며, 바람이 소용돌이쳐 흩어진 안개가 비를 모아 폭포처럼 날리는 것 또한 잠깐의 일이다. 이는 오전 오후 여섯 시간 동안에 내가 경험한 바이다. 옛 사람들의 기록과 마을 사람들이 전해 주는 이야기를 참고하면, 어떤 때는 천지 가운데로부터 북소리와 같은 소리가 나기 시작하면 홀연히 못의 물이 솟구쳐 오르며 짙은 안개가 앞을 가려 지척을 분간하지 못하는 일도 있다 한다. 더구나 야간이 되면 달빛과 같은 기이한 기운을 토하여 하늘에 닿는 일도 있다고 한다.

우박을 무릅쓰고 산상에 머물렀던 일행 11명은 기다린 지 서너 시간 후에 일기가 쾌청함을 보고 단장 유승흠 씨를 선두로 일제히 천지 동측의 급경사를 내려갔다. 비탈의 높이가 약 1,400척에 지형이 가파르고 급하며 모래자갈이 흘러내려 극히 위험하였다. 조심에 조심을 더하여 서서히 내려가니, 중간에 또 갑작스런 비가 내려 위험과 곤란함이 들이닥쳐 일행 중에서도 다시 서너 명의 낙오자가 생겼다. 드디어 못가에 다다르매 날씨는 다시 회복하여 우리를 환영하는 듯하다.

대개 천지의 인상은 위에서 볼 때와 못가에서 볼 때가 전혀 다르다. 멀리 산 위에서 내려다 볼 때에는 찬연한 기가 사람에게 들이닥쳐 두려움에 숭경하게 하나, 산을 내려가 못가에 서면 물빛이 담박하고 푸르며 물밑이 투명하여 한낱 맑고 아름다운 여느 호수와 같이 안온한 느낌과 친근한 맛을 준다. 또 우리를 놀라게 함은 못에 담긴 물의 온난함이다. 산중에 들어 선 이후로 도처에서 계류를 만났으니 그 차가움과 따뜻함을 이미 알고 있었다. 신무치나 무두봉의 계류는 차갑기가 뼛속을 파고들거늘 그보다 1천 척 이상을 더 올라가서 있는 천지의 물은 온난하기가 복날의 수돗물과 같다. 물론 흘러가는 계류와 고여 있는 못의 물은 차고 따뜻함이 서로 같지 않음이 당연할 터이나, 백두산 꼭대기 천지의 물이 이같이 온난함은 실로 상상 밖의 일이다.

백두산은 원래가 화산이며, 단군 할아버지의 기록이라 하는 "삼일신고 三一神誥"의 삼백예순여섯 문자에 따르면, 당시에 오히려 활동 상태에 있은 것을 증명할 수 있다. 또 산의 서쪽과 북쪽에는 지금도 온천이 용출한다 한즉, 역시 지열이 상승하여 못의 물을 데우거나 또 간헐천이 용출하여 온도를 조절함인 듯하다. 더욱이 물 속에서 간혹 피리 소리 같은 것이 난다 함과 못에 담긴 물이 갑자기 솟구치고 짙은 안개가 잠깐씩 뒤덮는다는 것은 간헐천의 현상인 듯도 하다. 일동은 천지의 신비경을 촬영하기 위하여 기계를 휴대한 동아일보 특파 사진반의 산고방결山橋芳潔씨에게 청하여 기념 촬영을 하고 기념품으로 화산 돌인 수포석水泡石을 조금씩 주운 후 다시 단애를 올랐다. 그러나 그 어려움은 실로 하산할 때의 서너 배이다. 무더운 여름날의 소와 같이 헐떡이며 산상에 올라가 시계를 꺼내 보니 산 아래에서 보낸 시간이 두 시간 반이나 되었다.

동경하던 백두산은 이제 보았다. 이 곳은 단군 신화의 발상지며 이 산은 반도 산천의 조종祖宗이다. 우리 나라 문화의 그 많은 것들이 이 곳에서 비롯하였고, 이 땅에서 살아가는 사람들의 숭앙의 표적지가 역시 이 산이다. 단군 이전에는 풀어헤친 머리와 맨발로 동굴이나 들판 아무 곳에서나 살아가던 원시의 사람들은 불을 뿜고 연기를 토해 내는 우뚝 솟은 높은 봉우리를 보고 신을 두려워하고 하늘을 떠받드는 종교적 의식을 만들었을 것이다. 머리를 묶고 비녀를 꽂으며 비로소 옷을 갖춰 입고 집을 지어 머무는 것을 배우던 백성들이 단체적, 사회적 생활을 비롯한 것도 공동의 숭경체가 되는 이 백두가 있은 까닭이다.

이러한 역사를 가진 백두산은 과연 얼마나 위대한가. 나는 도리어 그 평범함에 놀라고자 하노라. 보지 않았을 때의 상상으로는 그 높이가 9천 척이면 응당 가파르고 험하여 우러러 사모함이 크며 오르는 일이 극히 어려우리라 생각하였더니, 막상 산기슭에 다다른즉 그저 평범하고 평탄한 길이었다. 종일을 걷되 그리 피로를 몰랐으며 여러 날을 전진하되 별로 새로운 것이 없고 부드러우며 평범하여 날카로운 돌부리와 그 흔적이 없으나, 급기야 절정에 다다라서는 비로소 그 웅대함을 알겠고 그 숭고함을 깨달으니 이것이 과연 위대한 것이며 이것이 진정 숭엄한 것이다.

귀로를 재촉하여 무두봉에 도착하니 밤은 이미 10시나 되었다. 다음

날 아침 일찍 출발하여 삼지연과 보태동에서 각각 하룻밤을 묵고 20일 아침, 혜산진에서 해산식을 거행하였다. 다음 날에 자동차를 몰아 함흥으로 향하니 귀로는 실로 일사천리와 같이 빠르다. 금번 탐험 중 푸른 하늘을 빌릴 수 있었음은 하늘의 특별한 배려이거니와 시종 만족한 여행을 마치게 됨은 주최자 측의 노고가 또 컸다고 할 것이다.

민태원

이 글은 1921년 8월 6일부터 8월 20일까지 함경남도 도청에서 조직한 백두산탐험대의 등정 기록이다. 동아일보에 "白頭山行"이라는 제목으로 연재되었으며 1921년 8월 21일부터 9월 8일까지 모두 열여섯 차례였다. 글을 쓴 이는 빼어난 산문인 "청춘 예찬"으로 우리에게 알려진 우보牛步 민태원 (1894-1935)이다. 그는 동아일보 사회부장, 조선일보 편집국장, 중외일보 편집국장을 거친 언론인기도 했으며 이 글은 그의 나이 스물일곱 살 때 쓴 것이다.

전체적으로 평범한 기행문이지만 넓은 시각이 돋보인다. 백두산이 목적지이기는 하지만 그 곳까지 가는 동안에 그가 본 것은 매우 다양하다. 북청에서는 가옥의 형태가 다른 것들에 대해 눈길을 주는가 하면 함흥을 지나 홍원에 다다라서는 여자들의 강한 생활력에 대해 말하고 있는데 이는 북관을 여행하는 사람들이라면 한결같이 입을 모아 하는 말이다. 그런가 하면 포태동에서는 경북 의성 사람으로서 간도에 이주해 갔다가 다시 돌아온 어느 남정네의 눈물겨운 사연을 들었으며 허항령에서 만난 국사당에 대해서도 자세히 이야기하고 있다.

또 '도틔상집' 또는 '돗희장집'이라는 백두산 일대의 가옥 형태에 대해 말하고 있는데 돗희장이라는 것은 도야지 곧 돼지를 일컫는다고 한다. 백두 산록에 흔한 나무를 툭툭 잘라 얼기설기 쌓아올리고 틈새를 흙으로 막아 마치 돼지우리를 짓듯이 한다고 해서 그런 이름을 얻었다고 한다. 그것이 곧 지금 강원도 일대에서 귀하게 찾아볼 수 있는 귀틀집과 엇비슷한 것이지 싶다.

민태원의 관심은 이렇듯 백두산을 끼고 살아가는 사람들의 생활상에 집중되어 있었던 듯, 자연에 대해서는 별반 이야기가 없는 것이 이 글의 특징이라면 특징이다. 울울창창한 밀림에 대해서는 이러저러한 이야기를 하지만 꽃들에 대해서 이야기가 없는 것은 아마 시기를 지난 탓인 듯도 싶다. 대개 7월경에 백두산을 오른 사람들의 글에는 눈부시도록 아름다운 꽃밭을 보고는 넋을 놓지만 이 글은 8월이니 이미 아름다운 꽃밭은 철이 지난 다음이었는지도 모른다. 동행한 산고방결이 찍은 사진에도 꽃밭은 없으니 그렇다고 보는 것이다.

육당의 「백두산근참기」보다 6년이나 앞서 백두산을 다녀온 기록이지만 책으로 묶여 나오지 않아 그 동안 우리가 볼 수 없던 글이라서 그저 고맙고 귀한 마음으로 읽은 글이다. 당시의 신문 기사를 다시 옮기느라 도저히 알아볼 수 없는 부분은 어쩔 수 없이 뺐다. 하지만 그 양은 아주 미미하며 전체적인 흐름에는 아무 지장이 없는 정도이다. 당시 신문에는 "백두산 탐승 화보"라는 제목으로 따로 사진을 연재했지만 상태가 지극히 좋지 않아 이 곳에 두어 점밖에 싣지 못함은 안타까운 일이다. 또 가장 끝 부분에는 백두산 정계비에 대한 이야기가 있었다. 그러나 검은 띠가 신문을 지나가고 있어 읽어 낼 수가 없었다.

동방의 히말라야 백두산 종보기 | 대은

불교
1931년 10월

이 글은 다른 여느 백두산 기행문과는 달리 수행의 연장선에서 이루어진 것이어서 또다른 느낌을 주는 것이다. 백두산을 가게 된 기회 또한 포교사의 일로 함경도의 종성군의 불교부인회로부터 초청을 받았기 때문이었다. 1931년 7월 10일 경성을 출발하여, 22일까지 국경 근처를 돌며 포교를 하고 난 다음 날인 23일부터 백두산으로 걸음을 옮긴 것이다. 그러니 스님의 열정 또한 대단한 것이 아닐 수 없다.

나는 불법을 믿으며 받드는 불자인 만큼 석가모니를 사모함이 크다. 또 그 사모의 정이 클수록 세존께서 수행하시던 설산을 동경함이 보통 사람에 비할 바가 아니었다. 어떻게 하든지 인도의 불적을 순례할 기회가 있으면 설산부터 배견하리라는 생각을 가진 지가 오래 되었다. 설산은 히말라야 산을 가리키는 것이다. 일년 내내 맑고 깨끗한 백설이 녹지 않는 산이므로 히말라야라고 한다. 히말라야라고 함은 범어이다.

히말은 눈의 뜻이요. 아라야는 장藏의 뜻이다. 그러니 히말라야를 번역하면 설장산雪藏山이 된다. 거기에서 '장'을 생략하고 '설산'이라는 두 글자로만 경전에 나타나게 되었다. 이 설산은 누구나 다 아는 바와 같이 넓고 큰 인도 반도 북쪽 경계에 우뚝 솟은 큰 산이다. 그 최고봉은 에베레스트 봉이라는 것인데 그 높이가 영국식 자 수로 2만 9천 자이다. 그 다음은 간딘쟌가 봉이라는 것이니 영국식 자 수로 2만 7천 8백 자라 한다. 인도 반도의 크고 작은 모든 강의 수원은 이 산맥에서 시작하여 흐르는 것이다.

그래서 인도 교도들이 이르는 대자천재大自在天의 극락정토 신앙도 이 설산을 중심으로 하여 자재천궁自在天宮이 히말라야 산 속에 있다고 한다. 또 불교에서 이르는 수미산 신앙과 북주北洲의 신앙도 이 산을 중심으로 표현되고 있다. 우리가 경전 가운데서 얻어 보는 "본록설화"의 설산 동자가 「열반경」의 사구게를 나찰에게서 얻기 위하여 법을 구하기 위해 자신의 몸을 사리지 않았다 함도 이 산에서 일어난 신화이다. 또 혹은 그것이 전설로 전해져 오는 것이니 설산은 열대 지방인 인도의 모든 민족이 이상향으로 동경하는 산인 동시에 우리 세계 불교도가 사모하는 성지요, 신령스러운 곳이다.

그러나 모든 환경이 남의 나라와 같지 못한, 더욱이 경제적으로 넉넉하지 않은 조선의 불도 가운데 한사람인 나로서는 아무리 보고 싶은 인도일지라도 갈 길이 막연하다. 따라서 아무리 오매불망하는 설산이라도 찾아갈 길이 보이지 않는다. 그런 까닭으로 나는 백두산을 제2의 설산으로 상상하고 백두산만 가 보더라도 설산에 견주어 견문하는 소득이 많으리라는 생각을 하였다. 그리하여 언제든지 백두산에 오를 기회가 돌아오기만 기다리고 있었다. 그러던 차에 마침 종성의 불교부인회로부터 전도를 위하여 왔다 가라는 초청이 있었으므로, 이 기회를 타서 백두 성산을 참근參覲하리라는 신념이 불같이 일어나게 되었다. 그래서 7월 10일 밤에 경성을 출발하여 22일까지 국경 연안의 전도를 마치고 23일부터 백두산을 오르게 되었다.

7월 23일

오전 6시, 백두산을 친견하려는 정열이 끓는 사람들이 각지로부터 날짜와 시간을 맞춰서 수비대의 군영 마당에 모여들었다. 수비대 측 40여명, 지방 단원 20여 명, 단원으로 편입하지 않은 사람이 30여 명, 군부와 경찰 측에서 20여 명, 마부와 일을 도와 줄 사람들 50여 명을 합해 근 200여 명이 모여 수비대의 간부 장교로부터 백두산 등척登陟에 대한 훈시와 같은 주의의 설명을 들었다. 그 내용은 백두산은 여느 산악과 달라서 만일 가다가 피곤하여 대오에서 떨어지거나 길을 잃거나 하면 생명이 위태하다는 것이다. 또 백두산 내에 홍의적이라 부르는 마적들이 무시로 횡행하기 때문에 부단히 주의하여 마치 전쟁터로 가는 기분을 갖지 않으면 아니 된다는 설명이었다. 여러 사람들은 이 말을 듣고 두려움에 떨며 긴장된 마음으로 행렬을 지어 늘어서니 미증유의 장관이었다.

우리는 나팔을 불고 나아가는 군대를 맨 앞에 세우고 무산읍을 떠나 두만강의 격류를 오른쪽으로 내려다보면서 진행한다. 마치 적군을 향하여 배수진을 치며 긴 뱀처럼 길게 늘어서서 돌격하는 느낌이 있다. 이렇게 수비대를 따라가는 가운데 나와 일행 네 명은 자유 행동으로 가게 되었으니 그것은 우리가 지방 단원에 들지 않고 따로 자유 단원이 되었기 때문이다. 우리는 하등의 지배와 구속이 없이 마음대로 가게 되었다.

그 네 명은 종성에서부터 동행해서 온 장용상 군, 오세덕 군과 마부 한 명 그리고 나이다. 우리 일행은 모든 식량과 기구를 말에 싣고 수비대를 따라가는 바 그네들보다 앞서가고 싶으면 앞서고 뒤에 가고 싶으면 뒤에 떨어져서 간다. 물론 삼림 지대의 밀림 속에 들어가서는 그들과 같이 움직이지 않으면 아니 되겠지마는, 농사동까지는 인가가 드물게 있는 곳이라 이동할 때에는 자유로운 행동을 취할 수 있다. 그래서 평양의 청류벽과 같은 단애를 돌아서 수월암水月庵 밑으로 돌아갈 때에는 우리는 일부러 군대보다 뒤로 떨어져서 수월암으로 올라갔다.

이 곳에서 부족한 식량과 기구를 더 준비하였다. 이 암자에서 잠깐 동안 쉬었다가 내려와서 삼장을 향해 가는 큰길로 두만강 상류를 끼고 올라간다. 두만강은 강이라는 말을 듣고 보면 강인가 하는 생각이 나기도 하지마는 그런 말을 듣지 않고 아무 생각조차 없이 간다면 누구라도 강이라고 인식할 수는 없다. 또 두만강이 국경이라는 말을 듣고, 마주 보이는 간도 땅도 저것이 중국의 땅이라는 말을 듣고 보면, 그런가싶은 생각이 없지도 아니하다. 그러나 아무 말도 듣지 않고 본다면 아무리 보아도 남의 나라이거니 하는 생각이 들지 아니한다. 왜 그러냐 하면 일엽 대수인 두만강을 끼고 올라가는 간도 땅에 중국 사람은 볼 수 없고 흰 옷을 입은 우리 동포들만 많이 거주하는 까닭이다.

그러나 일체유심조의 격으로 강 같지 않은 강이라도 국경을 대표한 강이거니 생각하면 다 같은 토지요, 평원일 뿐이다. 그러나 저것이 중국의 땅이거니 하는 생각을 가지면 그저 처량하게 느껴지고 쓸쓸하게 보인다. 따라서 부드럽게 보이던 두만강의 강물도 새삼스럽게 격류로 보이며 그 가운데 둥실 떠내려 오는 벌목꾼의 노래 소리도 유달리 슬프게 들린다. 나는 이러한 애상을 자아내며 가는 줄 모르게 가는 동안에 치마대를 지나서 독소리篤所里에 도착하였다. 이 곳에서는 간도 땅의 늑골이라는 동네를 바라보게 되는데 100여 호나 되어 보이는 시장 너머에 우뚝하게 솟은 흙담이 보이며 철도 창고 같은 초가집과 양철집도 보인다.

저것이 무엇이냐고 물으니 중국 군대가 주둔해 있는 병영이라고 한다. 독소리의 도선장으로 배를 건너서 간도 땅을 경유하여 삼장으로 가게 되면 30리를 질러가게 되고, 조선 내지로 갈 것 같으면 20리를 돌아가게 된다고 한다. 그런 까닭으로 수비대와 지방 단원들은 다 독소에서 배를 타고 간도로 건너갔다. 우리도 처음에는 간도로 건너갈까 하였으나 단원에 들지 아니한 우리는 참세站稅라는 것을 내야만 했다. 네 명이 이것을 내게 된다면 80전이란 돈이 들어야 한다. 그래서 모든 것이 경제 시대이니까 그대로 돌아가자 하고 우리는 조선 내지로 돌아가게 되었다. 그런데 사공들이 폭포수 같은 격류에 통배를 띄워서 여러 사람을 태우고 횡단하여 건너가는 것을 볼 때는 말할 수 없는 호기심이 발동하였다. 이것도 국경이 아니고는 볼 수 없는 특별한 모습이었다.

우리는 독소에서 대군 일행과 갈라져서 얼마 동안을 걸어오다가 남촌南村이라는 동리를 지나서 태산 준령을 하나 넘었다. 수비대 일행이 간도 땅을 경유함은 이 높고 험한 고개를 피하여 간 모양이다. 땀을 흘리며 이 고개를 넘어서 연상면延上面 주재소가 있는 곳에 당도하니 거의 두만강만한 냇물이 놓여 있는데 밤새 내린 비에 다리가 떠내려가고 없다. 황토물이 흐르는 터라 물 밑을 알 수 없기도 하고 이 곳 사정을 잘 알지 못하는 우리로서는 함부로 대들 수가 없었다. 우리는 괜스레 강물이 있는 곳으로 오르락내리락 하며 80전을 아끼느라 간도로 가지 아니한 것을 무한히 후회하였다. 그리고 백두산 구경도 다하고 말았다는 비관의 말까지 하게 되었다. 이럴 때에 마침 키가 9척 같은 큰 사람이 나타나서 우리를 보더니 냇물을 건네주겠다고 자원한다. 나는 아래위 옷을 훌떡 벗고 그가 하라는 대로 그의 어깨를 잡고 냇물을 건너가매 수심이 나의 겨드랑이에까지 닿았는지라 하마터면 큰일날 뻔하였다. 산골의 물이라 물살이 빠르고 차다. 또 가운데 바닥에 깔려 있는 돌조차 이끼가 붙어 있는지라 미끄럽기가 짝이 없다.

내가 나를 건네주는 사람을 붙들고 갔다고 하기보다 그가 나를 끌어안고 간 꼴이다. 그는 우리 일행을 다 건네주고 말이며 짐까지 운반하여 주었다. 그는 흔히 볼 수 없는 장사인 동시에 우리 일행에게는 관세음 보살의 화신이었다. 그리하여 그는 우리에게 무외無畏를 베풀고 고통을 덜어 주었으며 즐거움을 주었다. 우리는 그에게 백배 치사하고 사례금을 드렸다. 그리고 홍암동이라는 곳에 가서 점심밥을 먹었다. 무산에서부터 이 곳에 이르기까지는 가옥의 지붕이 대개 기와집을 빼면 흙 밭이다. 집을 새로 지을 적에 하얀 자작나무 껍질로 한 번 지붕을 덮은 뒤에 또 마차로 열 번이나 됨직하게 흙을 쌓아올려 덮은지라 푸른 풀이 무성하게 자라나서 지붕 위에 우거져 있다. 먼 데서 보면 풀 무더기요, 가까이 가서 보면 집이다. 나는 그 모양을 보고 시조 한 수를 지어서 콧노래 삼아 불렀다.

풀 무더기 지붕이요,
지붕이 풀 무더기라.
들면 방이요,
나와 보면 언덕일래.
이 땅의 첫눈 인상은 이것인가 하노라.

우리 일행은 풀 무더기 지붕을 덮은 한 주막에서 참을 먹었다. 그 뒤에 어떤 산모퉁이를 하나를 지나서, 평평한 고원으로 몇십 리가량이나 지나오다가 단애와 같은 내리막길을 지나서 두만강을 끼고 돌아드니, 산중에 마을이 열려 있다. 묻지 아니하여도 삼장이라는 곳이다. 300여 호가 옹립한 산중 도시인 이 곳은 국경의 마지막에 있는 큰 도회라서 수비대도 있고, 경찰서도 있고, 보통학교도 있고, 면역소도 있다. 국경을 방비하는 요새지라 하겠다.

양파수兩派水라 함은 서두수西頭水와 두만강이 합류되어 삼각 지대로 형성되어 있는데 그 지형 결구의 묘함이 비길 데가 없다. 맞은편의 간도 토장土場이라는 곳과 무역 중심지가 되어 있기 때문에 돈을 벌 수 있는 일도 상당히 많은 것 같다. 우리는 이 곳의 서상성이라는 사람이 경영하는 여관에 들었다. 그는 남방에서 들어온 불교 신자라 우리가 승려임을 알고 난 다음부터는 더욱 후하게 대해 주었다. 무산에서 이 곳까지 오는 길은 80리라, 산골짜기 길로 걸어온 우리는 저녁을 먹고 난 다음에 꿈나라로 들어가고 말았다.

7월 24일

오전 6시. 나팔 소리가 새벽 공기를 깨뜨리며 곤한 잠을 깨워 준다. 세수와 참선을 한 뒤에 새벽밥을 먹고 수비대 일행을 따라가게 되었다. 그런데 이 곳의 삼장 수비대원 30여 명이 다시 대오를 만들어 나서고, 청년으로 조직한 백두 등산 자유단 30여 명이 추가되어 따라가기로 함으로써 등산 인원은 무산에서보다 대량으로 늘어나게 되었다 사람과 말을 합하여 240에서 250이나 되는 행렬이 일자로 늘어서서 나팔수를 앞세우고 삼장 뒷산을 올라갈 때에는 까닭 모를 의기가 양양하여 공연히 어깨가 우쭐하였다.

오늘 가야 하는 길은 60리에 불과한지라 능청거리면서 가게 되었다. 그러나 삼장 뒤의 높고 평평한 고원으로 올라갈 때에는 땀통에 구멍이 난 듯 구슬 같은 땀이 한없이 흘러내렸다. 이것이 백두산을 올라가며 처음 시작되는 계단이라고 할 수 있는데 이 고원 위에는 70리, 80리에 걸쳐 황무지가 펼쳐져 있다. 길가에 보이는 것은 보리와 밀 그리고 귀리가 때늦은 푸른 싹을 틔운 모습이고 또 옥수수와 감자 따위가 남국의 초여름을 상기하게 한다. 그런 가운데 더욱 사람의 마음을 끄는 것은 창포 잎과 붓꽃이며 백합꽃이 바람 부는 대로 나부끼는 것이었다. 이 곳은 창포가 많은 고로 속칭 창포원菖蒲原이라고 한다.

우리는 이러한 벌판으로 가다가 내려와서 소홍단 밑에 있는 주점에서 점심을 먹고 홍단을 향하여 올라간다. 홍단이라는 곳은 대홍단과 소홍단

두 군데로 나뉘어 있는데, 대홍단은 농사동에서 40리를 들어가서 있고 소홍단은 농사동에서 30리를 나와서 있다. 이 소홍단 역시 백두산을 올라가는 층층계단에 불과하다. 그러나 홍단 밑에서 고원까지 올라가기는 꽤 거리가 멀다. 이 곳에는 푸른 시내가 격류를 이루어 광분하고 좌우 양쪽에는 자작나무며 낙엽송, 금송, 잡목들이 꽉 들어차서 무성하게 있다.

이 삼림 속으로 한참 올라가면 금벽 단청이 찬란한 한 채의 사당이 나타나는데 이것은 물을 것 없이 백두산의 도산령都山靈을 모셔 놓은 천왕당天王堂이다. 이 천왕당은 자고로 이 지역 사람들의 신앙의 초점이 되어 있는 곳이라, 지금도 함경남북도의 수천 명이 이 곳에 치성을 드리러 다닌다고 한다. 옛날에는 천왕당 앞으로 말을 타고 가는 사람이 있으면 말굽이 떨어지지 않고 딱 붙어 버렸다고 한다. 지금도 영험이 상당하다고 하여 중국 사람도 와서 치성을 드리고, 일본 사람도 와서 치성을 드리고 간다고 한다. 그래서 지방 단원으로 온 사람 가운데서도 이 곳에서 예배하고 묵도하는 자가 적지 않다. 마부들은 너도나도 할 것 없이 모조리 절을 하고 간다. 나는 속으로 이런 시구를 생각하여 보았다.

백두 영기 모인 곳에 정사를 지어 놓고,
도산령을 모셨으니 천왕당이 이 곳이라.
예부터 영험 있어 절하는 이 많더라.

이러한 시구를 흥얼거리면서 사방으로 뺑 둘러쌓은 담 안으로 들어가서 살펴보니 전면의 네 기둥에 "백두종기白頭鐘氣 홍단영사紅端靈社 만고명산萬古名山 일국조종一國祖宗"이라는 글이 나무판에 새겨져 주련으로 붙어 있다. 이 사당은 종래에 민간에서만 신봉하고 축제함이 아니라 관가에서 제향을 받들어 왔다고 한다. 백두산이 민족적으로 받드는 성스러운 산이니만치 이 천왕당도 국가에서 만든 신단으로 숭봉을 받았던 것이 명백한 사실이다. 이런 일을 생각한즉 태백의 위엄스러운 모습을 접한 듯한 느낌이 깊어지는지라, 반듯하게 앉아 묵도하고자 하는 마음이 일어났다. 나도 여러 사람과 같이 예배하고 묵도하였다.

청산은 높고 높아, 녹수는 길고 긴데,
우뚝 솟은 이 영사靈祠를 뉘 아니 숭봉하랴.
절하고 마음으로 기원하노니,
도산都山 걸음도 오소서.

우리는 천왕당을 지나서 높고 평평한 곳으로 얼마 동안을 걸어가며 망망한 귀리 밭을 바라보며 이런 생각, 저런 생각 하는 동안에 고원의 높고 평평한 풍경은 어느덧 다하고 낮은 곳으로 내려가게 된다. 여기서부터는 잃어버렸던 두만강을 다시 끼고 올라가게 된다. 이 곳의 두만강은 참으로 조그마한 개천에 불과한지라, 아무라도 다리만 걷으면 건너가고 건너온다. 여기 와서는 아주 국경이라는 관념조차 일으킬 수 없을 만치 접경지가 되고 말았다. 그럴수록 경비는 다른 곳보다 더 힘써야 된다고 이 곳의 주재소원은 말을 하며 밤이나 낮이나 마음을 놓을 때가 없다고 고통스러운 경험을 털어놓는다.

두만강의 연변에는 집도 없는 물방아가 제멋대로 올라갔다 내려갔다 하며 날이 저물도록 먼 산을 보고 절을 하고 있다. 이것은 국경인 이 곳

밖에서는 볼 수 없는 모습인 바 무인지경이라도 물길만 좋으면 아무 곳이든지 집도 없이 외통나무의 물방아를 걸어 놓고 조나 보리 같은 것을 넣어서 제멋대로 찧고 돌아보지를 아니한다. 그리하여 일고여덟 시간을 경과한 뒤에야 사람이 가서 까불기도 하고 퍼오기도 한다. 도적이 없다는 평화스러운 남방에는 한 시간이라도 방앗간을 비울 수가 없는데 이곳은 오랑캐의 소굴이라 하면서도 무인지경에 혼자 제멋대로 쌀을 찧게 하니 생각할수록 불가사의한 일이다.

우리 일행은 이렇듯 눈에 서툰 물방아를 보면서 얼마를 가다가 여러 단원들과 같이 금잔디 밭에서 쉬게 되었다. 이 곳에서 여러 날 전에 알게 된 종성 군수 서병현 씨가 나를 보더니 우리 지방단에 경성 친구 몇 분이 들어왔는데 혹 아느냐고 한다. 그래서 성명이 누구라고 하더냐고 물은 즉, 한 분은 매일신보에 있는 성해星海 이익상 씨요, 한 분은 화가인 심산沁汕 노수현 씨라고 한다. 이 두 분은 본시부터 안면은 없으나 듣기는 많이 들었던 분이다. 그네들의 작품을 보기도 하고 읽기도 한 터이라 이런 곳에서 만나 보는 것도 기연이라 생각하고 만나 보았으면 했다. 노파심이 사라진 서 군수는 나를 일부러 그네들에게 소개하여 준다. 그래서 서로 성명을 통하니 그네들도 나의 얼굴은 모르나 이름은 알았노라 하며 "다른 명산에는 사원이 많은 고로 대사님을 보기 쉬우나 이 곳에는 사원이 없는 고로 대사님을 볼 수 없더니 마침 대은 법사를 만나게 된 것도 기연이외다" 하며 여간한 호의로써 대하는 것이 아니다.

처음 보는 사이인데도 친절이 지나칠 정도이다. 더구나 심산은 열정적이다. 무슨 이야기든지 내 입으로 나온 말은 무슨 진리나 포함되어 있는 것처럼 불교의 말을 들려 달라고 졸라 댄다. 그래서 나는 서, 이, 노 이 세 사람을 위하여 혹은 경전 설화도 소개하고 혹은 선문 고덕의 전설도 소개하며 짤막한 부처님의 설법인 금구설金口說의 계훈을 쉽게 이야기하였다. 이렇게 이야기하면서 쉬다가 가다가 하는 동안에 농사동에 당도하였다. 농사동은 백두산의 마지막 입구인 동시에 하늘 밑의 첫 동네라 하겠다. 이 곳을 지나면 인가 하나 볼 수 없이 삼림 지대로 들어간다고 한다. 이 곳에서 백두산 천지까지 편도로 230리라 한다. 왕복 460리가 된다. 그런데 이 460리를 갔다 오는 일주일 동안은 산에서 자지 않으면 아니 되게 생겼다.

농사동은 얼른 보기에도 빈한한 촌락이라 여기저기 떨어져 있는 집을 모두 합하여도 50호에 불과하다. 그러나 이 곳이 국경의 가장 끝인 만치 주재소도 있고 약간의 수비대도 있다. 주재소가 있는 부근에 주점 같은 것은 10여 호에 불과한데 사람과 말은 모두 250이 넘으니 집이 만원이다. 우리와 같은 자유단은 어느 곳이나 기댈 곳이 없다. 그래서 우리는 생각다 못하여 어느 집으로 찾아가서 하룻밤을 묵게 되었으니 이 집이 채동준 씨의 집이다. 채씨는 이 곳에서 구장도 지내고 사립 학원의 원장이면서 또 약종상을 겸하고 있는 분이다. 이 곳에서는 중진의 인물이며 따라서 한학의 지식이 상당한 분이다. 그러므로 우리를 대하여서도 각별한 후대를 하며 친절하게 대해 준다. 우리는 이 집에서 무사히 하룻밤을 지냈다.

7월 25일

오전 6시. 나팔 소리에 깨어나 일찍 식사를 마친 뒤에 행구를 차려 수비대를 따라나섰다. 오늘부터는 곁에서 사람을 죽여도 알 수 없는 밀림 지대로 들어가는 날이다. 다른 날보다 배나 긴장되어 수비대에 바짝 따라붙었다. 그리하여 안내자의 지도를 받아서 알 수 없는 황량한 고원으로 들어간다. 일년 열두 달 중에 오직 한 번밖에 사람 구경을 못하는 농사동의 부녀들은 남녀노소를 막론하고 있는 대로 모두 나와서 우리 일행을 목송하며 손가락질도 하고 인물 전람의 품평도 하는 모양이다. 이 곳의 처녀들은 의복이 볼 것 없고 말소리가 좀 거칠지만 얼굴과 자태는 모두 선녀같이 아름답다. 그런 까닭에 우리 일행의 젊은 사람들은 눈이 뚫어지도록 그네를 바라보며 발길을 떼어 놓을 줄 모른다. 야박한 인간 속자俗子가 선녀를 낚음인가? 백두 성모의 대위옥녀待衛玉女가 탕자를 꼬이는 것인가? 서로 보지 못하던 눈이 맞춰지매 세상에서 볼 수 없는 정서를 끌어낸다.

이 곳 노인들에게서 듣자니 해마다 찾아오는 백두산 탐승객 때문에 이 곳 처녀가 많이 놀아난다고 한다. 과연 그러하리라. 보지 못하던 양복, 구두, 하이칼라 머리, 살빛 향기로우니 모든 것이 산골 처녀의 호기심을 끌 만도 할 것이다. 그러나 그대들의 생명은 순진이요 천연이니 세속 남자에게 속지 말고 천연을 지키라. 백두 산색 변하지 않으니 그대 마음 변할 것인가? 우리는 순진을 사랑하며 천연을 찬미한다. 우리 일행은 천진난만한 처녀들의 마지막 전별을 받고 인간계를 떠나서 습지 밀림을 향하여 황무지의 백화원百花原으로 접어든다.

이 곳은 5, 6만 보 이상의 광활한 미답지라서 백초향화百草香花가 마음대로 피어 지천이다. 안내인이 손을 들어 가리키는 곳은 농사동의 농사 시험장이라고 하는데 그 곳에는 벼며 보리, 수수, 옥수수, 귀리, 대두, 소두, 강낭콩, 대마, 파, 목초, 채소 등의 농작물을 재배 시험 중인 바 상당히 좋은 결과를 거둔다 하며, 멀지 않은 장래에는 수만 명의 화전민을 이 곳으로 이민시켜 백두 산록을 개척할 계획이라고 한다. 이것은 함경 북도에서 계획하는 이민 방침이라 확실히 실현되리라고 한다. 하루바삐 실현되기를 바란다. 우리는 이런 설명을 들으며 백화원에 들어섰다.

이 곳 방언으로 비단꽃, 개발꽃, 호미화虎尾花, 개나리꽃, 쇠채꽃, 좁쌀 꽃, 붓꽃, 꿩의 발꽃, 싸리꽃, 민들레꽃, 해당화꽃 등으로 불리는 꽃이 3 리 혹은 5리나 되는 벌판에 빈틈없이 다투어 피고 있다. 양력으로는 7월 이요, 음력으로는 6월이라서 남방 같으면 볼 수도 없는 꽃인데 이 곳에 서는 6월을 마치 3월로 여기는 듯 이렇게도 야단스럽게 꽃이 피어 있다. 신선이 사는 산골짜기는 듣도 보도 못한 향기가 가득하다 하더니, 마치 향적香積 세계를 찾아온 것 같다. 나는 그 온갖 꽃들을 바라보면서 놀란 마음에 시흥이 솟구쳐 변변치 않은 시조 한 수를 읊었다.

성조聖祖 계신 이 옥경玉京에,
무슨 절서節序가 있으오리이까.
3월 춘풍 호시절은 눈 속에서 다 보내고,
6월을 제철인 양하여,
백 가지 꽃이 다퉈 피더라.

우리는 백화원을 지나서 밀림 지대로 들어간다. 그런데 밀림에 들어가 기 전에 중간에 수렁이 가로놓여서 40칸, 50칸이나 차지하고 있다. 이 곳에 군데군데 솟아오른 징검다리 같은 풀포기를 밟고 지나간다. 만일 발 하나만 삐끗하면 넓적다리까지 쑥쑥 빠진다. 사람은 누구나 다 꾀가 있는 동물이라서 빠지지 않고 건너지만 짐을 실은 말은 아주 질색이다. 빈 몸에도 어렵거늘 무거운 짐을 지워 놓고 가자 하니 말들은 고함을 치며 자빠지기도 하고 엎어지기도 한다. 그래서 필경에는 짐을 풀어서 사람이 져 나르고 빈 말을 끌어 낸다. 덕분에 말에 실었던 기구와 행장들은 물투성이가 되어 있다. 누가 사람을 일러서 만물의 영장이라 하였는가. 말에게 하는 것을 봐서는 하잘것없는 만물의 지게미나 될는지….

우리는 무서운 수렁을 무사히 지나서 밀림 지대로 들어간다. 잡목이 얼크러져 지척을 가늠할 수 없도록 길을 막고 있는 곳이다. 근 300명가량이나 되는 일행이지만 뒤에 오는 사람도 보이지 않고 앞에 가는 사람도 보이지 않는다. 사람 소리와 말 소리만 적막한 태고의 천지를 요란하게 할 뿐이다. 이런 곳을 지나서 삼나무가 서 있는 곳에 다다르면 하늘을 찌를 것 같이 곧게 솟은 나무가 수수밭이나 삼밭같이 빼곡하게 늘어서 있다. 그러므로 컴컴한 속을 걸어가매 틈새로 겨우 하늘만 보일 뿐이다.

그런데 이 나무는 몇천 년부터 절로 나서 절로 크고, 절로 커서 절로 죽으며 또다시 절로 나서 절로 크는지라, 성함과 쇠함이 둘이 아니요, 나고 죽는 것이 하나임을 이를 보고 깨닫겠다. 여기서부터 백두산의 동서 남북을 통하여 수천 리 되는 벌판이 이어져 있는데 이것을 일러 천평天坪이라고 한다.

산 절로 수 절로 나무가 절로,
절로 나고 죽음을 번복하난,
망망한 이 창파를,
옛 임도 와 본 양하여,

천평天坪이라 이르더라.

　나는 이러한 시구를 읊고 형용 없는 환상을 그리면서 토끼가 다닐 만한 좁은 비탈길로 삼목 지대를 걸어간다. 그리하여 노름산이란 산을 옆에 두고 올라가는 듯 내려가는 듯 얼마 동안을 가다 보니 조금 높은 언덕이 있는데 이것이 곧 대홍단이라는 곳이다. 이 곳에도 조그마한 집을 지어놓고 "남무백두천왕지위南無白頭天王之位"라는 목패를 세워 놓았다. 그런데 그 밑에는 어떤 사람이 움막을 짓고 기도를 하였던지 문까지 달아 놓고 추위를 막았던 모습이 보인다. 농사동에서 이 곳이 40리라고 한다. 우리는 이 곳에서 점심을 먹고 또다시 밀림을 향하여 간다.

　난데없는 안개가 날리며 소낙비가 쏟아진다. 이 곳에서는 삼지연을 경유하여 혜산진으로 가는 길이 있고, 바로 백두산을 향하여 무봉茂峰이라고도 하는 거칠봉으로 가는 길이 있다. 이 갈림길에서 무산으로부터 온 수비대는 바로 거칠봉으로 향하여 가기로 하고, 삼장에서 떠나온 수비대는 삼지연을 경유하여 그 곳에서 숙영을 하고 혜산진 수비대와 같이 합동하여 백두산으로 올라가기로 한다. 그러므로 지방 단원이나 우리와 같은 자유 부속원 가운데 누구든지 삼지연을 보고자 하는 사람은 삼장 수비대를 따르라고 한다. 그러나 삼지연으로 돌아가면 70리나 80리 길을 더 돌아간다고 한다.

　수비대의 간부로부터 이 말이 떨어지자 행보에 자신이 없는 사람은 모두 무산 수비대를 따라서 무봉으로 향하고, 행보를 능히 견딜 만하고 탐승에 취미가 깊은 자는 삼지연을 향하게 된다. 나도 백두산에 들어온 이상에 이름난 명승지를 빼놓고 가는 것이 무슨 일이냐는 생각으로 삼장 수비대를 따라서 삼지연으로 향하였다. 있다면 있고 없다면 없는, 유형 무형의 길로 올라가는 듯 내려가고 내려가는 듯 올라가기를 한없이 반복하며 밀림을 헤쳐 나간다. 그러다가 목적지까지 가기 전에 날이 저물므로 이름도 모르는 곳에서 식수가 편리하다 하여 노숙을 한다고 한다. 수비대는 행진을 중지하고 노영을 명령한다.

그래서 우리도 짐을 풀어 놓고 어느 아름드리 이깔나무 밑을 차지하였다. 개가죽을 깔고 밥을 지어 먹은 뒤에 하룻밤을 편안하게 지내기 위하여 도끼를 들고 나무를 베러 다니기 시작하였다. 나뭇가지를 끌고 오려고 벌판으로 다니는 곳에도 올라갔다 내려갔다 하므로 나는 이러한 시구를 콧노래로 흥얼거렸다.

동서 천리 끝도 없이 넓은 벌에,
운우雲雨를 앞뒤로 오르내리니 장한지고.
개벽이 예서 되다니,
흥興 못 참아 하노라.

너나 할 것 없이 아름드리 나무를 베어다가 산더미같이 쌓아 놓고 불빛이 하늘을 찌르도록 불을 피웠다. 천막을 치고 모여 앉은 것이 원시인의 생활을 그대로 옮겨 온 것 같다. 이 곳은 고산 지대라 불을 질러도 토막나무는 밑으로 쌓고 불쏘시개를 위로 쌓아 소복하게 만들어 놓고 위에서부터 불을 지른다. 그리하면 위에 불이 밑으로 타 내려간다. 이것이 남방에서는 보지 못할 현상이다. 그리고 또 한 가지는 이 곳은 산중이라도 돌이 귀한 고로 서너 개의 나뭇가지를 짤막하게 깎아서 삼각형으로 땅에 박고 그 위에 냄비를 걸어 밥도 지어 먹고 국도 끓여 먹는다.

며칠 전부터도 오락가락하는 장맛비를 날마다 맞다시피 하며 왔지마는 인가도 없는 이 산중에는 비가 더욱 자주 온다. 그쳤던 비가 지금 다시 이어지려고 한다. 천막을 가져오지 않은 우리 일행으로서는 큰 치명상이다. 하는 수 없어 우리는 천막을 가진 청년들에게 사정하여 각각 한 사람씩 따로 떨어져서 자게 되었다. 그 꼴이 되고 나니 일행이 네 명이라고는 하나 아침이면 모였다가 저녁이면 헤어지는 꼴이 되고 말았다. 어쨌든 덕분에 오늘 밤에는 동행한 사람의 천막 속에서 비도 맞지 않고 하룻밤을 지내게 되었다. 밤이 깊어 한잠을 자고 깨어나니 한기가 뼈에 사무친다. 비는 그쳤다. 나는 화덕불로 나와서 불을 쪼이며 주문과 경문을 외우면서 날이 새기를 기다렸다. 우리가 야영한 이 곳은 이름도 알지 못하는 곳인데 안내자의 말을 들으면 포태산 근방이라고 한다.

7월 26일

오전 6시. 먹는 듯 마는 듯 아침을 마치고 다시 전진하여 정처 없이 숲의 바다에서 헤엄을 친다. 혹은 올라가며, 혹은 내려가며 속이 답답하게 수풀 속에 빠져 나아간다. 게다가 비까지 내리니 물 두루마리가 되어 가지고 걸어간다. 이렇게 답답하게 걸어가다가 가슴이 시원하게 터지는 곳은 자연적인 산불이 일어나서 10리나 될 만큼 불타서 없어져 버린 곳이다. 이런 곳에는 그렇게 빼곡함을 자랑하던 삼나무들도 전봇대나 선박의 돛대같이 송곳 모양으로 뾰족하게 늘어서 있을 뿐이고 더러는 불에 타서 산算가지를 흩어 놓은 듯이 여기저기 놓여 있을 뿐이다. 우리는 넘어져 있는 나무를 타 넘어갈 일이 큰일이었다. 어떤 때는 발목의 복숭아뼈까지 다쳐 가지고 한참씩이나 고민하기도 하였다.

우리는 이와 같이 밀림 지대를 지나고, 혹은 마른 나무들만 가득한 숲 지대를 지나서 가다가 갑자기 길을 잃게 되었다. 그렇지 아니하여도 있는 둥 마는 둥하던 길이 그것마저 볼 수가 없게 되었다. 우리는 우왕좌왕하다가 어느 골짜기의 개천을 건너가니 그 곳에 인가 하나가 있다. 이틀 동안을 걸어와도 사람 하나 만날 수 없던 곳에서 이것은 기상천외한 희소식이 아닐 수 없다. 모두가 기뻐 날뛰며 들어가서 본즉, 방에는 갈대 자리를 깔고 부엌에는 먹을 것을 담아 놓은 바구니가 놓였으며 아궁이에는 불기가 그냥 남아 있다. 그리고 집 밖에는 배추가 파랗게 되어 있다. 그러나 사람은 간곳없다. 아마도 우리 일행의 나팔 소리에 혼비백산하여 피신한 것 같았다.

이 사람이 무엇 때문에 이 곳에 사는가 하면 삼나무 종자를 모으기 위함이다. 이 곳 말로 이깔나무 씨라고 하는데 이것을 모아서 산 밖으로 내다가 팔면 대두 한 되에 8원가량이나 나간다고 한다. 그래서 그런지 이 집의 주위에는 이깔나무 씨가 여러 섬으로 쌓여 있다. 그렇지만 이 곳에서 숙식하기는 종교의 힘이 아니고는 어찌 할 수 없는 듯이 집 밖에 역시 작은 각을 지어 놓고 신령의 위패를 모셔 놓은 것이 보인다.

우리 일행은 이 곳에서 비를 맞아 가며 머리를 맞대고 회의를 한 끝에 지도를 중심으로 하여 방향만 겨누고 진행하기로 했다. 안내자도 면목이 없는 듯 수비대원에게 꾸지람을 듣고 주먹 맞은 감투가 되어서 쫓아갈 뿐이다. 그러나 우리는 몹시 불안을 느꼈다. 나는 오히려 거칠봉으로 바로 가지 못한 것을 후회하였다. 그렇지만 이럴 수도 없고 저럴 수도 없는 경우라서 아침에도 관세음, 저녁에도 관세음의 신앙으로 관음보살만 암송하며 묵념하면서 태연자약한 듯 진행한다.

물론 길은 없다. 공병들의 노력으로 가시밭도 헤치고, 다리 없는 깊은 물에는 다리도 놓아 가며 허둥지둥 가기를 마지아니하였다. 이렇게 얼마를 갔는지, 가다가 보니 길 하나가 나서지는지라 우리는 기뻐하고 이 길로만 향하여 쉬지도 않고 모두 악을 써 가며 달려갔다. 그런데 의외로 만세 소리가 들리며 맑고 맑은 못을 발견하게 되니 이것이 묻지 아니하여도 삼지연이란 못이다. 그 만세 소리는 선발대의 공병들이 먼저 삼지연을 발견하고 기쁜 마음이 복받쳐서 부르짖은 소리였다. 나도 이것을 보고서는 한숨을 돌리며 이제는 살았구나 싶어 기뻤다.

우리는 이 곳에서 숙박하기로 하고 나무를 해 오고 밥을 짓고 하였다. 그러나 저녁이 되니 천막이 없는 것이 큰 걱정이었다. 건너편의 못가를 바라보니 자작나무 껍질로 초막을 만들어 놓은 것이 있었으니 수렵꾼이 만들어 놓은 것인 듯했다. 우리는 이것을 점령하고 이 속에서 하룻밤을 지내기로 하였다. 오후 6시경이나 되어서 삼지연 아래로부터 나팔 소리가 들린다. 이것은 묻지 아니하여도 혜산진에서 오는 수비대이다. 이 쪽에서도 답으로 나팔을 불더니 서로 노숙지를 타협하는 모양이었다.

삼지연은 3형제의 늪으로 나란하게 둥근 못이 서로 떨어져 놓여 있었다. 마치 일본 동경의 비파호琵琶湖나 닛코의 중단사中禪寺 호수를 보는 것처럼 처녀같이 아름다운 늪이다. 삼지연은 원래 큰 강이 흘렀으나 백두산이 분화되면서 터지는 바람에 흐르는 물이 메워지고 군데군데 못이 생기게 되었다. 그래서 그의 원형으로 삼지연이 남게 된 바, 삼지연이라 함은 못이 세 개인 까닭이라 한다.

우리는 이 못 가운데서 촬영까지 하고 못 주위를 돌아보았다. 만일 이 못을 보지 아니하였다면 큰 유감이었으리라고 생각하였다. 그리고 오늘 오다가 길을 잃어 고생하였으나 고진감래이었음을 느꼈다. 나무가 젖어서 타지 아니한다. 이에 어찌 할 줄을 모르고 있었더니 누가 자작나무 껍질을 벗겨서 불을 붙여 보라고 한다. 그래서 자작나무 껍질을 벗겨서 불을 붙이니 화약같이 타오른다. 사람은 아무 데를 가더라도 살게 마련임을 이 곳에서도 깨치게 되었다. 저녁을 먹기 전까지도 흐렸던 날씨는 차츰 맑아지며 동방으로부터 달빛이 비쳐 온다. 그런데 삼지연에는 물새들이 놀이를 하는지, 잠잘 집을 찾는지 오락가락 날아다니기를 마지않는다. 그래서 나는 나대로 시흥에 겨워서 시조 한 수를 노래하였다.

삼지수三池水 맑은 물에,
아름다운 물결이 어지러운데,
달조차 비치니,
선경이 여기로다.
물새도 제 흥에 겨워서 오락가락 하더라.

우리가 들어가 있던 초막굴은 지방 단원들이 천막 친 데와 마주 건너다보이는 곳이다. 중간에 못을 두고 보게 되므로 저 쪽에서 놓은 모닥불의 불길이 하늘로 치뻗칠 때마다 수중에 아름답게 비쳤다. 100여 명이 들썩거리는 데와 견주니 우리 넷만 있는 곳은 마치 사원처럼 고요하였다. 그러므로 마부는 이상한 듯 나를 보며 "대사님들은 산중에 들어와서도 분주한 곳을 싫어하여 고요한 곳을 다시 가리니 이것도 무슨 팔자 소관입니까. 여기는 저 건너에 비하니 아주 절간 같소이다그려" 한다. 하여

간 우리는 이 절간 같은 토굴 초막에서 하룻밤을 편히 신세지게 되었다.

7월 27일

오전 6시. 조반을 되는대로 지어 먹고 떠나기 싫은 발길을 앞으로 내디디며 신무치를 향하여 올라간다. 오늘 우리 일행은 대량으로 늘게 되었으니 혜산진에서 올라온 150명의 등산 대원과 합한 까닭이다. 혜산진에서 올라온 수비대를 가장 앞에 세우고 그 뒤에는 우리 일행 중의 삼장 수비대가 따르며 서로 앞서거니 뒤서거니 하여 나팔을 불고 가는 맛은 과연 그럴듯하였다. 가는 길은 숲 속이요, 넘는 것은 구릉이라. 오늘도 어제와 같이 올라가는 듯 내려가고, 내려가는 듯 올라간다.

망망한 창파에 어디가 어딘 줄을 알지 못하고 따라가기만 하는 우리는 답답증만 더할 뿐이었다. 이렇게 40리 동안을 혹은 밀림 지대로, 혹은 죽은 나무들이 가득한 숲으로 올라간다. 가는 길에 우리는 목마름에 몹시 허덕였다. 내 수통의 물은 있는 대로 다 마시고, 다른 사람의 수통까지 말랐건마는 갈증은 의연히 그치지를 않는다. 곧 미칠 듯이 물귀신이 목구멍에 들어앉아서 물만 들여보내라고 졸라 댄다. 어찌도 목이 말랐던지 오줌이라도 물이라면 마실 지경이었다. 그러나 물이 없으니 어찌 하랴. 고통은 그치지 아니하고 비탄 속에서 가는데 다른 사람을 보니 들쭉나무를 만나면 들쭉을 따먹고 매젖나무가 나오면 매젖을 따먹는다. 나도 그 사람과 같이 들쭉과 매젖을 따먹으며 갈증을 달랬다.

들쭉나무라 함은 고산 식물이라, 이 곳이 아니고는 볼 수 없는 나무다. 키가 작달막하게 땅에 달라붙어 자디잔 잎새를 가진 나무인데 열매는 벗 열매 같은 것이 다닥다닥하게 붙었다. 그리고 매젖나무는 들쭉나무와 사촌 형제나 됨직한 나무인데 그 열매는 자줏빛이 난다. 마치 무슨 짐승의 젖과 같이 생겼다. 그열매의 맛은 시금하고도 달짝지근하다. 이런 것을 따먹으면서 얼마 동안을 가다가 본즉, 신무치라는 곳이 나선다.

이 곳도 고개라고 하면 고개로 보일는지 모르나 실은 약간의 구릉을 겸한 벌판에 불과하다. 우리는 이 곳에서 점심을 먹었다. 무봉을 경유하여 바로 올라간 무산 수비대원이 이 곳에서 하룻밤을 자고 간 터여서 그네들이 지나간 자취가 어수선하게 남아 있다. 밤새도록 피우던 토막나무 불은 지금까지도 연기를 피우고 있다. 이 곳을 떠나서 한 언덕 같은 곳에 올라서서 한참 가다가 본즉 연와練瓦 무더기가 쌓여 있다. 이것에 대하여 혹은 노인露人이 한 것이니, 중국인이 한 거이니 여러 가지로 말하는 사람이 많으나 실은 한승화라는 사람이 백두산에 자신의 아버지를 모실 묘를 건설하려고 계획하다가 실패한 것이라고 한다.

전하는 바에 의하면 칠팔십 년 전에 명천明川으로부터 한 모라는 사람이 백두산 아래에 들어왔다고 한다. 그는 짐승을 잡아 파는 사업을 하며 큰 곰을 잡아서 생활했는데, 한번은 두만강 상류 홍토수원紅土水源인 원지圓池 변에서 마적을 만나서 사냥한 짐승들과 목숨을 그만 빼앗기고 말았고 그의 시신은 원지 속에 버려졌다. 그의 아들 승화의 나이가 열서너 살이었으니 마음 깊이 아버지의 원수를 갚고자 하여 날마다 예기銳技를 연마하였다. 그래서 마침내 백발 백중의 신통력을 얻어서 산으로써 집을 삼고서 마치 산양처럼 살면서 마적을 만나는 대로 사살하여 혼자 몸으로 능히 수백 명의 원수를 당해 내었다. 승화의 용맹한 이름이 사방에 떨쳐지자 그에게로 귀화하는 자를 많이 얻게 되었다고 한다.

그리하여 그는 장백산 북쪽 기슭의 송화강이 시작 되는 곳에 일대 왕국을 건설하고 스스로 법을 만들어 쓰는 별천지를 형성하였다 한다. 그렇게 만용을 부리던 그는 무식하여 청국 관리들의 후대에 슬며시 마음이 팔려서 결국 흐지부지한 사람이 되고 말았다고 한다. 아버지의 영위를 모시려던 전각 건립의 계획도 수포로 돌아가고 말았다 한다. 이러한 이야기를 들으면서 올라가다 보니 어느덧 신무치에서 40리라는 무두봉無頭峰까지 올라가게 되었는데 이 곳은 오르막길이 꽤 가파르다. 이 근처에 있는 나무들은 이깔나무를 제하고 다른 나무는 모두 키가 작고 휘어서 옹색하여 보잘것이 없다. 그러나 땅의 표면이 이상하게도 돌꽃이 핀 듯 비단 방석 같이 되었는데 그 위에 이름도 알 수 없는 꽃이 만발하였다. 종처럼 생긴 자줏빛 꽃, 저고리 고름에 드리운 꽃술처럼 생긴 흰 꽃, 국화처럼 생긴 노란 꽃, 석죽 모양의 붉은 꽃이 한데 어우러져서 찬란하였다. 무두봉은 제법 봉같이 생긴 봉이다. 우리는 이 곳의 한 골짜기에서 하룻밤을 지냈다.

7월 28일

오전 5시. 우리는 뭉툭하게 생겼다고 해서 속칭 '무투룩봉'이라고도 하는 무두봉에서 하룻밤을 지내고 첫새벽에 나팔 소리와 함께 일어났다. 그리하여 엊저녁에 해 두었던 밥을 물만 데워서 말아먹고 어두컴컴한 새벽에 떠나서 연지봉臙脂峰을 지나 백두산봉을 바라보고 올라간다. 날가리가 천이라도 주저리가 으뜸이라고, 천신만고로 애써 온 백두 성산의 참배 목적은 오늘 하루에 달렸다. 연지봉으로 길을 잡아드니 그렇게 키 큰 체하던 이깔나무, 문비나무, 가문비나무도 나지막하게 땅으로 기어들어가기를 시작한다. 그리고 망망한 바다처럼 펼쳐진 숲으로 태평양과 폭을 다투던 천평도 이제는 그만이올시다 하는 격으로 그 빼곡하던 창파를 감추고 내놓지를 않는다.

오직 잔풀만 굳센 바람에 한들한들하며 애오라지 천명을 기다리고 있을 뿐이다. 겨울 내내, 봄 내내, 여름내 얼었던 땅은 이제야 겨우 녹느라고 질척거리는 수렁을 이루었다. 운동화를 신었지만 발바닥을 베어 내는 것 같이 차다. 토문강 상류는 얼음이 얼어 철 아닌 유리 땅이 되어 가지고 있으며, 군데군데 눈 뭉치와 얼음 뭉치가 혹은 절구통같이 혹은 장작가리같이 놓여 있다.

날씨가 맑아 햇살을 비쳐 주매 백두산상 천왕봉에서는 오색 구름이 난무를 하고 백색의 경석으로 머리를 장식한 병사봉兵使峰은 백의 성모 관세음 보살같이 엄연하게 앉아 있다. 우리는 걷고 또 걸어서 분수령分水嶺 정계비定界碑에 당도하였다. 이 곳에는 소위 국경을 표시함이라는 듯 돌무더기를 10리쯤이나 되게 군데군데 늘어놓고 비석 같지도 않은 비석을 세워 놓았다. 이 비에 써 있는 대로라면 우리 함경도 백두산이라 하던 것이 온통 남의 산이 되고 말았다.

이유 여하를 묻기 전에 조그마한 정계비가 눈엣가시같이 보인다. 비의 전문을 볼 것 같으면,

대청
오라 총관 목극등은 변방의 경계를 조사하라는 천자의 명을 받들어 여기에 와서 살펴보니 서쪽은 압록강이요 동쪽은 토문강이다. 그러므로 분수령에서 돌을 새겨 기록하노라.

강희 51년 5월 15일

필첩식 소이창, 조선 군관 이의복, 조태상, 차사관 허량, 박도상, 통관 김응헌, 김경문.

大淸

烏喇 總管 穆克登 奉旨 査邊 至此 審視 西爲鴨綠 東爲土門 故於分水嶺上 勤石爲記

康熙 五十一年 五月 十五日

筆帖式 蘇爾昌 朝鮮軍官 李儀復 趙台相 差使官 許燦 朴道常 通官 金應瀗 金慶門

이러한 문구가 써 있다. 이 비에 대한 대강의 이야기를 들을 것 같으면 숙종 38년인 1712년, 임진년 5월 15일에 세운 것인 바 이제로부터 218년 전에 세운 것이다. 그러나 이 비는 우리 나라 사람의 의사대로 세운 것이 아니고 청나라 조정이 독단으로 세우다시피 한 것인데 그나마도 우리 쪽 감계사로 갔던 박권은 올라가다가 도중에 돌아오고, 군관 이의복, 통역관 김응헌이 따라가서 저들이 하자는 대로 세워 버리고 만 것이다. 이것을 생각하면 이 비는 비바람을 맞는 200여 년 동안에 조선 사람의 무력함과 무능함을 비웃고 있는 비다.

그러므로 우리 나라 사람으로 백두산을 오르는 사람들 중 힘깨나 있는 자면 이 비를 빼서 둘러메고 백두산에 세워 놓고 온다고 한다. 그러면 또 마적들이 와서 찾다가 없으면 산상에 있는 것을 발견하고 빼서 걸머지고 내려와서 이 곳에 다시 세우는지라, 이 비는 몇 번이나 백두산상을 올라갔다가 내려왔다가 했는지 모른다고 한다. 이런 이야기를 들을 때에 일면 우습기도 하지만 실은 웃을 일이 아니다. 민족의 감정과 영토의 감정은 풀잎이나 흙 한 줌에도 이상스럽게 맺히는 것이다. 나의 눈에 이 정계비가 보이고 돌무더기가 비칠 때에는 스스로도 알지 못할 분노의 비관적 감상이 끓어오르고 가슴이 터질 만치 심사가 타오름을 금치 못하였다.

조 한 알 못 심을 땅,
네 것, 내 것 다투지만,
무용공지도 내 것이면 아까울사,
이 땅에 정계비 서니,
치욕인가 하노라.

우리는 정계비에서 불쾌한 느낌을 머금고 토문강 상류와 압록강 상류라는 물도 없는 좌우 골짜기를 바라보며 백두산으로 올라가는 바, 백문이 불여일견이란 말을 철저하게 느꼈다. 평소에 들을 때는 백두산의 천지가 삼파수를 유출하여 한 줄기는 송화강, 또 한 줄기는 두만강 그리고 마지막 한 줄기는 압록강으로 흐른다고 들었는데 정작 이 곳에 와서 보니 두만강과 압록강은 천지와 얼토당토않은 말이다. 천지는 여기서도 20리나 더 가야 있다.

정계비를 지나서부터는 제법 험하고 높은 산을 오르는 것같이 올라가는 맛이 난다. 논배미 같은 천연 계단이 무수하게 층계를 지어 가지고 있다. 우리는 이러한 자연 계단의 경석輕石을 밟으면서 천왕봉 혹은 대장봉大將峰으로 불리는 봉우리로 올라간다. 이 곳의 경석이라 함은 세상 사람들이 이야기하는 속돌(燒石)이라는 것인데 혹은 바닷물 거품이라고도 한다. 그러므로 이 돌은 장롱같이 큰 것이라도 가볍기가 면화 뭉치와 같다. 물에 집어넣으면 가라앉지 않고 동실동실 떠돌아다니는 돌이다. 백두 성산을 오르다가 풍우를 만나면 이 무수한 경석들이 날려서 머리도 때리고 뺨도 쳐서 눈을 뜨지 못하므로 제 아무리 관우, 장비 같은 사람이라도 공포를 느끼고 도망가지 않는 사람이 없다.

그럴 때마다 사람들은 천벌이라 하고 물러갔다 한다. 우리는 이러한 경석을 밟으면서 마지막 천단天壇의 두루뭉툭한 곳을 오른다. 이 곳은 어찌도 경사가 급한지 다리 무릎에 종지뼈가 팽팽하여져서 올라갈 수가 없다. 좌우 단애에는 아직도 백설이 하얗게 쌓여서 녹지 아니하고 정신이 번쩍 나는 북국의 차가운 바람이 불어닥친다. 오장이 다 얼어 버릴 듯한 한기가 골수에 사무친다. 옷자락을 바람에 날리면서 겨우겨우 기어올라 봉우리 꼭대기에 올라서니 몸이 허공으로 빨려들어가는 느낌이 나며 기이하고 통쾌함에서 나오는 부르짖음이 나도 모르는 사이에 입을 열게 한다. 온 천지는 깎아지른 절벽이며 고봉이 은하수를 만지기라도 하려는 듯 서 있으니 이것이 오른쪽의 천왕봉과 왼쪽의 병사봉이다. 그런데 천왕봉은 아직도 분화할 때의 불탄 자국이 시커멓게 붙어 있는지라 지금도 곧 터질 것 같은 위압을 주고 있다. 그런데 이보다도 더 감탄스러우며 하늘을 향해 부르짖을 만치 신비한 거물이 앞에 나타나 있는데 이것이 물을 것 없이 백두산의 대택大澤이니, 천지다.

천지는 마치 몸 속의 신장처럼 혹은 반월형으로 생겼다. 천지는 봉우리 위에서 10리나 혹은 5리쯤의 거리를 깎아지른 듯한 절벽으로 내려가서 놓여 있는 못인데 사방으로 층암 절벽의 연봉이 눈과 얼음이 쌓인 채 둘러서 있다. 이 천지를 내려다보는 순간에는 언어가 끊어질뿐더러 생각조차 텅 비어 버리고 만다. 그저 신비하고, 숭고하고, 장엄함을 직감하고 움츠러들어 그 위용에 눌릴 뿐이다.

나는 나도 모르는 사이에 나무불南無佛, 나무법南無法, 나무승南無僧의 삼보 예찬을 드렸다. 그 까닭이 무엇인가 하면, 백두산의 천지는 그대로 가장 뛰어난 업을 두루 아시고, 육신에 막힘이 없이 모든 것에서 드러나시며, 큰 자비로 세상을 구하는 불보이시며, 무량 공덕장無量功德藏을 구족한 법성 진여매法性眞如梅인 법보이시며, 대자대비한 성모 관음의 화현이시며, 내비 보살內秘菩薩하고 외현 성문外現聲聞한 천진 나한天眞羅漢의 여실 수행如實修行을 몸으로 보인 승보이신 까닭이다.

80리의 주위와 3천 척의 수심을 가진 천지 건너편의 차일봉遮日峰과 비류봉沸流峰과 용왕봉龍王峰은 병풍같이 둘러섰는데 모두 장삼을 입고 가사 매고 주장자 짚고 앉아서 선정에 든 천진 나한으로 보인다. 그리고 병사봉 밑에 푸르고 검은 물 속으로는 곧 어룡이 등천할 듯 푸른 물결이 용솟음치는 것 같다.

일찍이 자기慈屺 강추금이 백두산을 와서 보고

그 얼마나 스님이 되려 했던가
스님의 마음은 넓기만 한데
홀연히 백산을 우러러보니
그 정수리에 나한이 머물고 있구나.

라고 했거니와, 백두산은 관음형이요 나한형이며 천지는 곧 아누달阿耨澾 용왕의 못이요. 팔공덕수八功德水라 하겠다. 나는 사나흘 동안이나 창파 속으로 오던 숲의 바다를 바라보고 천지의 둥근 모습을 똑똑히 보고

자 하여 가장 높다는 대장봉으로 올라가 보고 다시 내려와서 병사봉으로 올라갔다. 그늘진 골짜기에는 군데군데 쌓여 있는 눈덩이와 얼음덩어리가 보인다. 병사봉에서 창파를 내려다보니 그렇게 높고 높아서 빼곡하던 이깔나무는 하나도 보이지 않고 그저 퍼런 벌판만 보인다. 그리하여 그 벌판 가운데로 우뚝 솟은 간백산間白山, 소백산小白山 같은 것이 보일 뿐이다. 그러므로 창파는 임해林海라고 부르고 모든 산봉우리는 명서鳴嶼라고 보지 아니할 수가 없다. 나는 여기서 석가 세존의 설산 고행을 되새겼다.

만고 빙설萬古氷雪 이고 있는 설산은 어드멘지,
천리 임해千里林海 솟아오른 백두산은 여기로다.
내 몸도 임의 뜻 받아 예서 깨쳐 보리.

나는 밖으로 바다처럼 펼쳐진 숲을 내다보고 안으로 천지를 내려다보면서 석존을 되새겨 생각하며 시조를 읊었다. 그리고 「법화경」의 높고도 먼 이상과, 「화엄경」의 넓고 넓은 정신을 체험하고, 「반야경」의 공허한 사상과, 「열반경」의 깊고 오묘한 이상을 그대로 사색하며 그려 보았다. 그리고 불교의 위대한 정신은 이렇게 위대한 대자연에 감싸안겨 보지 못하면 도저히 알기 어려우리라고까지 생각하였다. 그러나 선열식禪悅食을 얻지 못한 나로서는 생각만 가지고는 배가 부르지 않으므로 이 성스러운 곳에 와서도 인간의 박식搏食을 취하여 소위 점심밥을 먹었다.

신비하고 가늠하기 힘든 아누달지와 같은 천지를 내려다보는 것만으로는 만족하지 못하겠다. 그 물로 씻어도 보고, 그 물을 발라 보고 먹어도 보아야 할일이다. 그리하여 우리 일행은 병사봉의 절벽과 대장봉의 절벽 사이로 뚫려 있는 경사진 곳으로 내려갔다. 오륙백 명이나 되던 인원이 다 떨어져 나가고 가장 탐승에 열중한 소장파 젊은 사람과 무산에서 올라온 수비대만 내려갔다. 먼저 앞선 사람은 마치 개미와 같이 아물아물하게 내려가는 모양이 보인다. 나도 그 가운데 한 사람이 되어서 내려가는데 이 경사지는 석벽이 아니고 사태석沙汰石이 쌓여 있는 곳이라 도리어 사람이 흙에 싸여서 굴러가는 셈이다. 위험하기 짝이 없다.

가장 무서운 것은 돌인데 이 무서운 돌은 뒷사람의 부주의로 가끔가끔 굴러 내려온다. 나는 내려가는 도중에 내 뒤로 굴러오는 동이 덩어리만 한 큰 돌을 두 번이나 만났다. 그러나 다행히 비켰는데 비킬 때마다 간장이 녹았다. 생각할수록 아슬아슬한 일이다. 또는 내가 돌을 굴려서 하마터면 사람 하나를 잡을 뻔도 하였다. 그러나 아침저녁으로 모시는 관음의 법력으로 나도 피하고 남도 피하여 다 피하고 말았다. 이렇게 위험한 곳을 내려갈 때에 우리는 발로 걸어간 것이 아니다. 몸으로 굴러간 셈이다. 구사일생으로 천지 곁에 이르러서 내려온 곳을 쳐다보니 현기증이 날 만치 까맣게 쳐다보인다. 무슨 재주로 저 곳을 내려왔는가 하고 스스로 나의 신통도 적지 않음을 생각하였다.

그런데 천지에 가까이 가서 본즉 병사봉에서 내려다볼 때보다는 아주 딴판으로 부드럽게 보이고 곱게 보이고 인정 넘치게 보인다. 살을 에는 듯한 삭풍도 간곳없고 간이 떨리게 하던 추위도 간곳없다. 그저 포근한 이불 속에 들어온 것같이 또 어머님의 젖가슴에 안긴 것같이 마음이 넉넉하고 주위가 훈훈하다. 그리고 천지는 팔덕八德을 갖추었다. 첫째는 티끌 하나 볼 수 없으니 맑고 깨끗한 공덕이 있고, 둘째는 맑고 차니 청량한 공덕이 있고, 셋째는 마실수록 달고 아름다우니 감미로운 공덕이 있고, 넷째는 몸을 씻고 바르되 가볍고 부드러우니 경연輕軟한 공덕이 있고, 다섯째는 물결이 빛나고 광채가 있으니 윤택한 공덕이 있고, 여섯째는 아무리 마셔도 뱃속이 편안하니 안화安和한 공덕이 있고, 일곱째는 목마름을 채워 주니 여환餘患의 공덕이 있고, 마지막으로 여덟째는 물을 마시매 상쾌하고 정신이 맑으니 증익增益의 공덕이 있다.

예 듣던 팔공덕수八功德水 달리 어디서 찾으리오.
청량한 천지수天池水를 이 산에서 보는구나.
천복天福이 내게도 오다니 그를 기뻐하노라.

우리 일행은 이 천지 가에서 얼굴도 씻고 마시기도 하며 얼마 동안을 놀았다. 그런 뒤에 다시 송화강 들머리로 빠져나가는 천지 수문에 사원이 있으며 그 곳으로 가는 도중에 온천이 있다는 말을 들었다. 그래서 나는 온천도 볼 겸 절도 찾아볼 겸하여 천지 물가로부터 15리나 되는 거리를 돌아갔다. 천지 가에 있는 자갈돌은 모두 속돌이라 모래고 돌이고 할 것 없이 물 속에 집어던지면 동실동실 떠서 돌아다닌다. 나는 이에 재미를 붙여서 돌팔매 장난을 하였다. 가다가 서며, 섰다가 가며 이런 돌팔매 장난을 하면서 온천을 향하여 가는데 이 천지 물가로는 모두 사태가 내려 밀린 단애요, 경사진 곳이다.

돌과 돌 사이로 이리 붙고, 저리 붙어서 얼마를 지나간즉, 온천이 용솟음치는 곳에 이르렀다. 천지의 냉수와 합하여 있으므로 그렇게 뜨거운 줄은 모르겠으나 만일 냉수와 격리시켜서 따로 시험하여 본다면 상당한 온도를 가졌으리라고 짐작된다. 나는 이 곳에서 그 뜨거운 물을 먹기도 하고 그 물로 머리까지 씻었다. 그리고 촬영까지 하였다. 여기서부터 절이 있다는 데까지 가기는 여간 험하지 않은 곳이다. 혹은 매달려서, 혹은 엉금엉금 기어서 단애를 돌아가는데 발 하나만 잘못 놓으면 용궁 구경을 함직한 곳이다. 이처럼 어려운 곳 서너 군데를 지나서 강의 입구에 다다르니 천연 암석이 저절로 대를 이루고 수문이 되어 천지의 맑은 물이 넘쳐흘러 나간다. 그런데 그 대 위에 날아갈 듯한 팔각당을 지었으니 이것이 절이라 하는 곳인데 이 곳 사람들은 이 절을 덩덕궁이 절이라고 한다. 오문五門을 들어서며 현판을 쳐다보니 "백두산白頭山 종덕사宗德寺"라는 글자가 보기 좋게 붙어 있다. 내부로 들어가 보니 3중 회랑으로 지은 팔각당이라 문을 거듭 세 번이나 열고 들어가게 된다.

그러나 불상과 위목位目이 보이지 않고 컴컴한 목비木碑만 보일 뿐이다. 성냥을 켜서 목비를 보니 "옥황상제천불지위玉皇上帝天佛之位"라고 써 붙였다. 그리고 사람은 하나도 없다. 거처할 방도 없다. 나는 이것이 중국 도교인이 해 놓은 것이라고 간파하였다. 그랬더니 나중에 이시영李時榮의 목비가 서 있고 조선 사람의 이름이 쓰여 있음을 발견하였다. 그래서 이것이 중국인의 소위가 아니라 백백교도白白敎徒의 소위인 줄로 간파하였다. 여하튼 나무 하나 풀 하나 나지 않는 불모지에 이렇듯 건물을 세운 것은 그들이 아니고는 할 수 없는 일이다. 그러나 당치도 않은 곳에 절(寺)이라고 써 붙이고 불佛 자를 써 놓은 것이 그들의 무식과 야심을 불쌍히 여기게 하는 동시에 불쾌한 느낌을 갖게 한다.

신당으로 지었으면 철저한 신당으로 하여 상제를 모실 것이요, 사원으로 지었거든 철저한 사원으로 지어서 불상을 모실 것이 아닌가. 옥황 상제 천불이라 하였으니 무엇을 의미함인가. 이것이 부처를 앞세워 사람을 속이는 짓이 아니고 무엇이랴. 이 곳에 이러한 집을 짓고 기도한다 함은 어떤 욕구를 만족시키기 위하여 사람을 속여 재물을 얻으려는 사기 수단으로밖에 보이지 않는다. 틀리지 않았다면 도깨비에 홀려 공상병에 걸린 사람의 짓일 것이다. 더구나 내 뒤를 따라오던 사람이 승려인 나에게 구태여 이것을 질문하는지라 나는 대답하기에 씁쓸함과 민망함을 금할 수 없었다. 만일 이 곳에 종덕사라는 오점만 없으면 다시 말할 수 없이 아름다운 옥경인데 종덕사 때문에 백옥의 티같이 더럽힌 것 같다.

나는 이 석문 대臺 위에서 천지 일원을 두루두루 돌아보고 무한한 환상을 그리다가 해가 저물어 가매 다시 다리를 옮겨서 먼저 쉬던 천지 물가로 돌아왔다. 오늘밤은 이 천지에서 자야 하므로 돌 같은 빵 조각을 씹으면서 이익상, 노수현, 서군수 세 씨와 더불어 밤이 이슥하도록 못가에서 담화하고 불교 이야기를 하였다. 희고 밝은 달이 동쪽 고개에 올라와서 천지를 넘어 비침을 볼 때에는 마치 일월궁日月宮을 이웃한 정거천淨居天에 앉은 듯하였다. 덕분에 우리마저 분명히 천상의 사람이요, 지상의 사람이 아닌 듯했다. 마치 도솔천궁에서 미륵 보살이 무언의 설법을 들려 주는 것 같다. 따라서 천녀의 음악도 있는 듯하다. 그러나 업장이 깊은 중생이라 천복을 받으면서도 천복을 알지 못하니 어찌하랴.

우리는 이와 같이 하룻밤을 천궁 용궁에서 자고 29일 오전 3시 반에 일어나서 다시 천왕봉天王峰으로 기어올라 7시나 되어서 백두산 마루터기에 오르게 되었다. 불과 5리의 거리에 세 시간 반이나 걸렸으니 저간의 고생을 어찌 말로 다 쓸 수 있을까. 병사봉에 오르니 오색 꽃구름이 천지에 덮이며 천변 만화의 조화가 쉴새없이 일어난다. 태양이 비치며 구름이 헤져서 풀풀 날아가매 나의 옷소매 속으로 오색 꽃구름이 한없이 들어간다. 나는 일부러 팔을 폈다 오그렸다 하니 마치 천의를 입고 선녀 틈에 끼어서 하늘사람과 같이 춤을 추는 것 같았다.

바위 색, 구름 빛 모든 색이 천지에 비쳐서 일렁거릴 때는 물빛조차 오색으로 변하여 가지각색의 온갖 빛을 다 보여 준다. 그러나 우리는 언제까지나 천복만 누릴 수는 없는 범부라서, 인간계로 내려가지 아니할 수가 없다. 내려간다는 것보다 천궁에서 하룻밤밖에는 더 빌려 주지를 아니하니 어찌하랴. 그러므로 나는 마음 속으로 읽는 경 한 편을 뒷날의 인연으로 걸어 놓고 어찌할 수 없이 천궁에서 인간으로 내려가는 걸음을 취하였다.

이 글은 대은大隱 스님(1899-1989)이 남긴 기행문이다. 월간 「불교」 1931년 10월호와 12월호에 두 차례에 걸쳐 연재된 것이다. 글머리에 "나는 불법을 믿으며 받드는 불자인 만큼 석가모니를 사모함이 크다. 또

대은 스님(오른쪽에서 두번째).

그 사모의 정이 클수록 세존께서 수행하시던 설산雪山을 동경함이 보통 사람에 비할 바가 아니었다. 어떻게 하든지 인도의 불적을 순례할 기회가 있으면 설산부터 배견하리라는 생각을 가진 지가 오래되었다. (…) 설산은 열대 지방인 인도의 모든 민족이 이상향으로 동경하는 산인 동시에 우리 세계 불교도가 사모하는 성지요, 신령스러운 곳이다. 그러나 모든 환경이 남의 나라와 같지 못한, 더욱이 경제적으로 넉넉하지 않은 조선의 불도 가운데 한사람인 나로서는 아무리 보고 싶은 인도일지라도 갈 길이 막연하다. 따라서 아무리 오매불망하는 설산이라도 찾아갈 길이 보이지 않는다. 그런 까닭으로 나는 백두산을 제2의 설산으로 상정하고 백두산만 가 보더라도 설산에 견주어 견문하는 소득이 많으리라는 생각을 하였다"라고 밝히고 있다. 그러므로 이 글은 다른 여느 백두산 기행문과는 달리 수행의 연장선에서 이루어진 것이어서 또다른 느낌을 주는 것이다.

대은 스님은 여섯 살에 강원도 철원의 심원사에서 출가했으며 처음에는 어산魚山을 하는 재받이 스님이었다고 한다. 장단 화장사에서 어산을 배워 수유리 화계사에서 어산을 베풀 때였다. 가사를 입은 큰스님들의 모습을 동경하던 그가 가사 불사에 시주금을 낸 상궁마마에게 가사를 한 벌 얻고 싶다고 했다가 재받이 주제에 무슨 가사냐는 소리를 듣고는 어산을 그만두고 공부를 하기 시작했다고 한다. 그 때가 1910년대이며 그 후로 금강산 유점사, 안성 청룡사, 공주 마곡사, 문경 대승사와 보은 법주사 등지로 다니며 공부를 게을리하지 않았으나 성에 차지 않아 일본 유학길에 올랐다고 한다. 그 곳에서 무려 53가지의 직업을 가지며 돈을 버는 고학으로 1926년 일본대학 종교학과 그리고 1928년에 동경제대 사학과를 졸업하고 1929년에 귀국해 지금의 조계사인 각황사에서 중앙

포교사의 소임을 맡았다. 그러니 대은 스님은 종단 차원에서 선정한 불교 포교사로서는 그 처음인 셈이다.

백두산을 가게 된 기회 또한 포교사의 일로 함경도의 종성군의 불교부인회로부터 초청을 받았기 때문이었다. 1931년 7월 10일 경성을 출발하여, 22일까지 국경 근처를 돌며 포교를 하고 난 다음 날인 23일부터 백두산으로 걸음을 옮긴 것이다. 그러니 스님의 열정 또한 대단한 것이 아닐 수 없다. 스님은 우리의 민간 신앙인 국사당이나 산신당 같은 것에 대해 배타적이지 않은 입장을 보이고 있으나 백두산 천지에 만들어 놓은 종덕사라는 절에 대해서는 무척 날카로운 반응을 보였다. 그것이 절이 아님에도 절이라는 이름을 도용했기 때문이다. 천지에 올라 감동하는 장면 또한 여느 다른 기행문들과는 다르다. 스님은 천지에 팔덕八德이 있다며 「불설아미타경佛說阿彌陀經」에 나오는 팔공덕수와 빗대어 말하고 있으니 스님이 아니면 상상할 수 없는 독특한 비유라고 할 수 있다.

또 글머리에 스님의 꼼꼼함을 엿볼 수 있는 백두산을 찾아가는 방법과 비용 그리고 준비물들에 대해 기록해 둔 것이 있으니 이 곳에 그대로 옮긴다.

백두산행의 순로와 기타 안내

백두산 기행문을 쓰기 전에 먼저 가는 길과 기타 안내의 참고 사항을 소개하여 뒷날 백두산으로 가는 이의 편의를 도왔으면 한다. 백두 등산은 무산茂山 수비대와 혜산진惠山鎮 수비대가 매년 7월 20일경이면 연중 행사로 하는 바이다. 그러므로 백두산을 보고자 하는 사람은 7월 10일 내로 무산군청이나 수비대에 어느 날에 떠나는지 그 날짜를 서면으로 물어 보고 그 날에 맞춰 가는 것이 편리하다.

백두산으로 들어가는 편안한 길은 두 곳이 있으니 하나는 회령會寧으로 가는 기차를 타고 가다가 속후俗厚라는 역에서 내려서 자동차를 타고 혜산진으로 가서 보천보普天堡와 실태동實泰洞을 경유하여 허항령虛項嶺으로 올라가는 길이요, 또 하나는 회령행 기차를 타고 가다가 속후를 훨씬 지나서 고무산역古茂山驛에 하차하여 무산으로 가는 경편차輕便車를 타고 무산읍에 하차하여 삼장三長과 농사동農事洞을 경유하여 홍암紅嵒으로부터 대홍단大紅端으로 올라가는 길이다.

비용

그런데 비용으로 말하면 경성역에서 무산읍까지 기차 임금이 편도에 14원이며, 무산에서 천지까지 갔다가 오는 데 수비대에 납입하는 식비가 10일간 비용으로 16원이요, 말을 타고 갈 것 같으면 말 한필에 10일간 임금으로 22원을 지불하여야 한다. 이렇게 따지고 보면 경성에서 백두산까지 왕복하자면 적어도 80원이라는 돈을 가져야 한다. 만일 속후에서 혜산진으로 가는 경편차가 놓이면 무산으로 가는 것보다 얼마간 여비가 줄는지 모르나 속후에서 자동차로 왕복하려면 무산으로 갔다가 오는 것보다 10여 원이나 더 든다고 한다. 그러나 무산으로 가더라도 수비대의 지배를 받는 지방단원에 들지 아니하고 따로 모든 기구를 준비하여 개인적으로 말을 얻어 가지고 갈 것 같으면 10원 정도는 절약할 수가 있다.

등산 기구

80원가량의 여비로써 수비대와 같이 지방 단원에 들어서 따라갈 것 같으면 잠옷, 외투, 겨울 내복, 비옷, 개가죽 두서너 장, 수통 한 개만 가지고 가면 그만이다. 그러나 단체 행동을 벗어나서 개인 행동으로 그네들을 따라가려면 열흘 동안 먹을 쌀과 냄비, 양재기, 밥그릇, 숟가락, 된장, 도끼, 낫, 천막(광목 20자나 30자를 이어서 만든 홑이불이면 편리하게 사용할 수 있다), 담요, 개가죽이나 노루가죽 두서너 장(개가죽은 산 중에서 노숙할 때 깔고 자면 습기를 막아 준다), 수통, 우장, 운동화, 소화제, 간식용 건빵, 바늘과 실 같은 것들을 준비하여야 한다.

비고

지방단원에 들어서 수비대의 지배 하에 따라가면 다소 편리한 점이 많으나 규칙 준수의 정신적 고통이 있고, 개인 행동으로 가게 되면 돈이 절약 되고 자유로우나 비가 오는 밤과 같은 때 다소 불편한 점이 있다.

백두산 탐험비행 | 이관구

조선중앙일보
1935년 10월

걸어가면서 보는 백두산의 모습과는 달리 하늘에서 내려다보는 느낌은 사뭇 달랐을 터이지만 신문이 제대로 남아 있지 않고 남아 있는 것조차 알아보기가 쉽지 않아 안타까운 글이다. 1935년 「삼천리」 11월호에도 비행사 김동업이 쓴 "성지 백두산 탐험비행기"라는 글이 실렸지만 이관구가 쓴 글을 군데군데 베낀 듯 글자 한 자 다르지 않은 문장들이 있어 이것으로 대신했다.

9월 26일

아침 6시에 일어나 여관 문밖 네거리에 나서서 담배 연기를 뿜어 보니 조금 북풍이 있음을 느꼈으나 하늘은 맑게 개어 구름 한 점 안 보인다. 이제는 안심이다. 비록 지난 밤에 받은 일기 예보가 서울과 나남羅南 사이의 노정 전부가 쾌청함을 보장하지는 않았지만 이만하면 나남에 내려 앉는 것만은 조금도 걱정할 바가 없었다. 우편국으로 달려가 이 쪽의 기상과 예보를 여의도비행장으로 전보를 친 다음부터 착륙장 설비에 덤볐다. 우편국장의 호의로 우편국에서 일하지만 이 방면에 경험이 있는 심부름꾼 한 명의 손을 빌렸다. 또 그 외에 여관에 부탁해 둔 두 명의 인부를 얻어 연병장 한복판 참호 옆에 풍기風箕를 꽂아 놓고, 정丁자 포판布板을 북으로 향하여 깔아 두고, 신호 포판을 군데군데 늘어놓으며 천막, 간판, 기타 만반의 준비를 다하였다. 그러나 답답한 일은 8시 출발 예정의 비행기가 정오가 넘도록 떠났다는 소식이 들리지 아니함이었다. 마음을 졸이고 졸여 어쩔 줄을 모르는 판에 2시 50분에 여의도를 이륙하여 날아온다는 전보를 받고 보니 내 자신이 금방 날 듯하였다.

전화통이 불이 나라고, 관계된 각 방면에 이 소식을 빼지 않고 전화하였다. 구경꾼들이 몰려든다. 함북 도청에서는 특별한 호의로 축배 준비까지 갖추어 나왔다. 3시 반이 지나고 보니 모일 손님도 다 모였고, 기다리는 비행기도 거의 올 때가 닥쳐온다. 그러나 4시가 지나고 또 10분, 20분이 지나도록 소리도, 그림자도 까마득하게 눈에 띄지 아니하여 모두다 궁금하던 즈음에, 4시 15분, 명천明川 상공을 돌고 있다는 전보를 받고 적이 안도하는 빛이 얼굴에 떠돈다. 서남편 재 너머로 나타나는 솔개 같은 그림자가 분명코 비행기인데 차차로 폭음이 가까이 들리더니 나남 시가를 두어 바퀴 넉넉히 돌다가 기수를 숙이고 발동을 정지하며 먼지를 가벼이 차고 내리는 그 모양은 어찌나 반갑고 또 귀여운지…. 발이 땅에 닿지 않도록 앞으로 달려갔다.

김동업 비행사, 홍병옥 기자가 차례로 내릴 새 악수, 악수, 악수의 총 공격이 일어나다가 곧 축배로 옮겼다. 굳은 예수교 신앙을 가진 김 비행 사는 축배를 잡는 대신에 경건히 고개를 숙이고 있는 양이 도리어 모인 자리를 더욱 감격하게 하였다. 1,500리의 머나 먼 길이 비행기로서는 네 시간 내외의 운항 거리이다. 그러나 열여덟 곳의 도시를 저공 선회하며 물 끓듯 하는 환호와 성원에 일일이 사례하고 오자니 늦어지는 것 은 물론이지만 바람을 거스르며 구름과 싸워 가면서 때로는 비와 우박에 나래를 적시기까지 하였다 하니 우연찮은 난항이었던 것을 짐작하게 되었다. 나남에도 해가 저물자 빗방울이 떨어지기 시작한다. 손님들도 다 헤어져 갔다.

기관사도 데리고 오지 않은 김 비행사는 조금도 쉬지 않는다. 곧 기관을 이모저모 만지고 닦기를 마치 사랑하는 아들을 어루만지는 것처럼 한다. 그 만 치워 놓고 가기를 재촉해도 그는 떨어지기 어려운 듯 "오늘 기관이 몹시 피로했을 터이니까 가꿔 줄 건 다 가꿔 주고 가야겠다"고 기름걸레를 손에 서 놓지 않는다. 종일토록 굶은 자신은 요기할 생각도 하지 않고 가솔린 통 을 뜯어 먼저 비행기의 배부터 불렸다. 8시가 넘어서 비로소 손을 떼고 여 관으로 함께 들어갔다. 저녁을 같이하며 서울을 떠나 예까지 오는 동안의 지난 이야기를 주고받고 하는 동안 벌써 밤은 늦어졌다. 다만 처지는 걱정 은 내일로 박두한 우리의 큰 임무를 어떻게 달성할 것인가에 있을 뿐이다.

9월 27일

이 날이야말로 우리의 마지막 코스로 오를 날이다. 새벽 4시경에 일어나 창밖을 내다보니 구름 없는 별 하늘이 무엇보다도 반가웠다. 이로부터 백두산 탐험 비행의 본격적 준비로 옮겼으나 그 중에도 만일의 경우를 염려하는 불시 착륙의 준비가 중요한 것이었다. 미리부터 마련해 놓은 것도 많아서 사흘 동안은 어떤 곳에 떨어지더라도 겁나지 않지만 무선 전신의 설비가 없는 우리 비행기로서는 당장에 필요한 것이 전서구傳書鳩였다. 그런데 때마침 육군 사단 대항연습을 앞둔 관계로 사단 사령부에서는 전서구를 빌릴 수 없게 되어 하는 수 없이 이 곳 헌병 분대에서 충분히 훈련되지 못한 것이나마 빌려 쓰기로 하였다. 그리하여 앞날 분대장에게 양해를 얻어 둔 전서구를 싣고 연병장으로 달려가니 때는 어느 틈에 6시를 가리켰다.

김 비행사는 벌써 비행기에 붙어서 기관을 만지기에 여념이 없었다. 그러나 기관에서 손을 떼고 막 출발하려 할 때에 하늘을 쳐다보니 동으로 바다 쪽은 구름 한 점도 없이 갓 떠오른 고운 햇살이 거침없이 퍼져 있지만, 우리가 향해할 서북의 관모연봉에는 벌써 구름이 모이기 시작한다. 저 원수 같은 구름이 언제나 가시려나. 주춤주춤 망설이는 동안에 벌서 8시가 지나고 말았다. 그리하여 나는 오늘의 비행을 단념하자거니, 김 비행사는 그래도 나선 김에 가 보고 말겠다거니 한참 동안 논란을 하다가 마지막 8시 48분에 사진반 홍 기자를 태우고 드디어 떠나 버리고 말았다. 남아 있는 나의 걱정 어떻다 하겠는가.

관모연봉의 험악한 기류는 이 골의 지리를 아는 이는 대강은 짐작이 났으리라. 조선의 용마루인 소 장백산맥의 줄기, 더욱이 관모연봉을 필두로 2천 미터 이상의 준령 72좌가 하늘이 낮다 하고 다투어 솟아오른, 이른바 '조선의 알프스'는 동해를 향하여 절벽으로 떨어진다. 그 너머 1,500미터에서 1,600미터 높이의 고원에는 망망하게 펼쳐진 개마고원, 천리천평千里天坪에는 가없는 큰 숲의 바다가 담겨 있고 멀리 백두산의 웅장한 자태가 바라보인다. 다시 말하면 경성과 무산의 분수령인 이 관모연봉은 개마고원을 툭 쳐 막은 한 성벽과 같아서 실상은 백두산의 신비경을 옹호하는 무서운 험관險關이다. 그러니 언제나 햇살이 퍼질 때는 깊은 계곡에서 구름이 피어올라 갖은 조화를 다 부린다. 또 동해의 바람이란 바람은 다 몰아 받아 대류하는 본바닥의 기류와 어울려 그대로 용솟음치는 마의 계곡으로 이름 높다.

아무도 가 보지 못한 이 항공로를 개척함이 이번 비행의 큰 목적이지만 벌써 햇살이 퍼지고 구름이 인 것을 번연히 보고 떠난 것은 모험 중에도 큰 모험이다. 나는 떠나 보낼 때 디디고 선 자리에서 발길을 조금도 옮기지 않고 하늘만 쳐다보기를 한 시간을 넘겼다. 불시에 나타나는 비행기의 그림자가 서남쪽으로부터 가까이 향해 온다. 물론 이 짧은 시간에 성공하지 못했을 것은 정한 일이로되 그래도 무사히 돌아오는 것만이라도 얼마나 다행한지! 착륙은 10시 2분. 꼭 출발 시간으로부터 한 시간 십 분이다. 내리는 두 친구의 얼굴에는 실패의 분함이 넘쳤다. 정작 어려운 관모연봉은 무사히 돌파해 가지고 바다처럼 펼쳐진 숲으로 들어서서 백두산을 바라보고 직선으로 날아갔다고 한다. 그러나 그 때 앞에 어른거리던 구름 한 점이 그만 천 구름, 만 구름으로 떼를 지어 늘어나는 바람에 그대로 구름에 휩싸이고 말았다는 것이었다.

이는 바로 목적지를 40킬로미터 남기고 일어난 일이었다. 아무리 뚫고 헤쳐 나가 보아도 그 턱이 그 턱으로 지척을 분별하지 못하여 어쩔 수 없이 돌아온 것이 천만다행으로 일발의 위기를 벗어나게 된 것이다. 처음 탐험의 실패는 도리어 다음 날 성공으로 인도하는 큰 도움이 되었다. 첫째, 출발 시각은 해뜰 무렵이 가장 적당함을 알았다. 다음으로는 조종사와 사진사가 일본인 재등齋藤 씨를 직접 만날 기회를 얻어 그의 풍부한 등산 경험에서 많은 시사를 받았을 뿐 아니라 아무리 험한 길이라도 한 번 가 본 데라 어쨌든 미더운 마음이 생기게 된 것이다. 측후소의 보고에 의하면 내일의 천기는 대체로 오늘과 다름 없이 쾌청이라 하므로 그저 내일의 성공을 굳게 믿고 일찍 자리에 들었다. 얼마 지나지 않아 내 옆에 누운 홍 기자는 마치 깨어서 말하는 것처럼 분명한 발음으로 잠꼬대를 내놓는다. 모두가 지나간 무서운 소식인 듯 깜짝깜짝 놀래기까지 한다. 어떤 이유든 착실히 혼난 모양이었다.

9월 28일

28일 새벽이 돌아왔다. 4시에 일제히 일어나 모든 준비를 갖춰 가지고 바삐 연병장으로 달려가니 아직도 날이 다 밝지 아니했다. 기관사도 따르지 아니한 이번 길이므로 아무리 서둘러도 벌써 7시가 되었다. 그리하여 이륙은 7시 7분 20초. 이번에도 역시 사진반 동승으로, 촬영이 목적이매 나는 뒤에 떨어져 있었던 것이었다. 비행기는 서북을 향하여 관모봉 쪽으로 사라져 버렸다. 구름은 어제와 같이 봉위를 맴돌지 아니하나 그래도 마음 놓일 도리야 만무하였다. 어제의 실패 전보에 놀랐던지 본사에서 희당希堂이 내려와 7시 50분에 나남에 도착하였으므로 맞이하여 다시 연병장으로 돌아왔다.

조금 있으려니 나진, 청진의 두 지국장도 걱정스러이 찾아와 주었다.
본사는 물론, 지방 여러분들의 심려는 정작 당한 우리보다도 더욱 큰 듯,
비행기가 무사히 돌아오기만 마음으로 빌고 있을 뿐이었다. 10시
29분 30초에 일행은 무사히 돌아왔다. 그들의 얼굴에는 성공의 기
쁜 빛이 넘쳤다. 기다리던 사람들이 모두 앞으로 달려나가 반갑고
즐거움을 참을 길 없어 얼싸안는 사람에, 손목을 잡고 흔드는 사람에, 한
참 동안 어쩔 줄을 몰랐다. 이제 남은 것은 내 차례다.

사진의 성공, 아니 관모연봉의 순조롭지 못한 기류를 정복하여 천지
속 신비경까지 날아들어 물 위에 닿을 듯 말 듯 7, 8회나 떠돌면서 남김
없이 들춰 본 이번 비행의 성공이야말로 항공 사상에 처음 있는 큰 기록
이다. 하지만 아무 재주도 없는 나일 망정 여기 따라오게 된 임무로 말하
면 또 한번 이 길을 다시 날아 공중에서 보는 그 속 광경을 문자로써 여
러분에게 알려 드리는 일이다. 발표를 잘하고 못하는 것은 다 나중 일이

백두산 비행 탐험 대원들. 오른쪽에서 두번째가 글쓴이 이관구이다.

고 우선 가 보긴 해야겠는데 희당은 나에게 은근히 단념하기를 권한다. 이번 한 번의 성공만으로도 넉넉히 새 기록을 지은 것일뿐더러 천재일우의 좋은 천기가 두 번 또 있기를 기약하기 어렵다는 것이니 그 역시 일리가 없지는 않았다. 그러나 내가 여기 온 임무가 뚜렷이 정해져 있으니 중도에 그만두기는 죽기보다도 싫었을뿐더러 또 한편으로는 보고 온 그들의 꿈 속 같은 이야기에 그대로 취해 버려 이 몸은 벌써 천지 속을 배회할 뿐이었다.

홍 기자의 그 기뻐하며 감격하는 표정, 워낙 긴 목이지만 웃지를 못하고 건들건들 흔들어 가며 그저 감탄사만 늘어놓는 폼이 어제 잠꼬대를 할 때와는 아주 딴판이다. 김 비행사는 아주 조용한 표정인 채 홍 기자가 되채지 못하는 말을 연해 받아서 기워 준다. 옆에서 다소곳이 듣기만 하기에는 너무도 허물없는 질투까지 피어남을 스스로 느낄 지경이다. 내일은 내 차례다. 나도 반드시 꿈 속 같은 그 세계를 보고야 말리라.

9월 29일

(부분 결락) 끝 닿은 데 없이 먹물을 풀어 놓은 듯한 숲의 바다 임평선林平線 위에 두드러지게 희고 험한 두루뭉수리한 줄기는 구름으로 보기에는 너무도 역력하고 거룩한 존재였다. 중중첩첩 험하고 높은 관모연봉을 죽을 고비 넘겨 날아 온 이 순간에 느닷없이 마주치는 이 장황한 풍광이여, 이것은 곧 돈오頓悟의 경계다. 영감靈感의 험험險險이다.

재 넘으면서 초조해하던 모든 생각도 이제는 씻은 듯, 물로 부신 듯 대자연의 품 속에 안기는 안심이 있을 뿐이다. 북으로 무산 쪽에 나직나직한 산들이 구름을 뚫고 백두산을 향하여 절을 하는 듯 숙였다. 또 서쪽으로 간백산, 소백산, 남포태산, 북포태산의 언덕들이 어머니 품안에서 재롱부리는 어린아이처럼 꼬물거리고 있는데 멀리 만주의 장산들이 둥긋둥긋 부드러운 선을 그리고 운해 속에 희미하게 둘러서 성산聖山의 보좌를 지키는 것 같다. 참으로 이 보좌야말로 천리천평千里天坪이라고 전하여 일컫는 곳인데 관모봉에서 천지에 이르는 거리만도 약 120킬로미터, 300리가 넘는 터이니 이것을 반경으로 원을 그린다면 그 면적은 참으로 천 리千里가 훨씬 넘는다고 볼 것이다. 백두산 이남의 천리천평은 곧 개마고원으로서 해발 4, 5천 척 이상의 지대를 이루고 있는데, 백두산을 개마산이라고 부름을 보면 이 '개마'라는 것은 곧 '금'이라는 뜻이 분명하니, 천평의 '천天'이나 개마의 '금金'은 함께 그 지숭지고함에 비겨 말한 것을 알 수 있다.

　우리 겨레의 발상지가 확실히 이 곳이었다고는 믿을 증거가 없으나 산악 숭배의 원시 시대에는 이 숭고하고 장엄한 백두산과 아울러 헤아리기 어려울 만큼 망막한 이 개마고원이 함께 우리 한배달의 숭배의 대상이 되었을 것만은 의심할 수 없는 일이다. 신화 속에 나오는 그대로 나는 구름 대신 비행기를 타고 바람을 부려 천리천평을 굽어보며 태백산을 향해 날아간다. 아까 관모봉을 넘을 때 마주 보던 원시림의 종단면이 이제는 여기서 평면으로 바다를 이루어 펼쳐져 있다. 검푸른 상록수에 잎 떨어져 가는 낙엽송이 섞여 누릇누릇 수놓은 것도 한결 기묘해 보이거니와 아침 해에 비추어 높아진 나무 그림자는 서쪽으로 향해 빗질한 듯이 누워 있다. 또 거기서 반사하는 빛깔의 진하고 엷음이 통틀어 신비한 어떤 기운을 떠올린다. 하늘은 맑고 고요하다. 비행기는 백두산을 마주 보고 일직선으로 미끄러지는 듯이 날아간다. 그러나 기온이 여간 많이 떨어지지 아니하여 얼굴이고 몸뚱이고 가죽으로 겹겹이 싼 것만은 그래도 스며드는 추위에 다소 멀어짐을 느꼈다.

가없이 창창한 바다와 같은 숲의 단조로움을 깨뜨리는 것은 구불구불 은실의 수를 놓은 냇물들의 흐름이다. 잔 시내의 줄기야 제대로 다 보이지도 않지만 연사면을 지나서 서두수로 나올 때는 그야말로 구절양장처럼 감돌아가는 내와 골이 너무도 선연하게 내려다보인다. 여기는 아마도 유평동 골짜기인 듯 바른편으로 다리와 인가가 아침 해에 반사되어 희끄무레하게 내려다보인다. 왼편으로 남쪽에는 꽤 넓은 터전의 거무스름한 흙바닥이 마치 머릿속의 흉터 자국처럼 숲 속에 빚어져 있는데 상당히 큰 마을이 들어 있는 것 같다. 백두산까지 가는 길에 인가를 보기는 이로써 마지막이었다.

그러나 숲 한복판 백두산쯤에 바특이 안겨 사는 분들의 팔자를 가리켜 부럽다 할 것인가. 생각하면 고려 시대 이전 우리 겨레가 북방에서 활약하던 그 시대엔, 오래 전 일이라 모르겠으되, 적어도 남쪽 구석으로 찌들어 붙기 시작하던 신라 이후 거의 2천 년에 가까운 오늘날에 이르도록, 이 구석엔 아마도 오랫동안 인적이 뜸했을 것이거늘 그들은 무슨 마음으로 무엇을 사모하여 예까지 새삼스레 찾아왔을까.

어떤 훌륭한 교육자의 눈에는 만주로 표랑해 떼지어 나가는 백의군白衣群이 마치 성지 회복의 십자군같이 보였던 모양이다. 그는 과부도 아이를 낳아서 만주로 보내고, 처녀도 아이를 낳아서 그리로 보내자는 괴이한 기염을 어떤 지면에다 토하기도 하였다. 하지만 그러한 경세經世의

포부를 가지지 못한 나로서는 이 곳이 아무리 성지일지라도 예까지 와서 화전민으로 사는 그들의 참혹한 생활을 상상해 보니 그저 소름이 끼칠 뿐이다. 관모봉에서 예까지 오는 길 중간 중간에 더욱이 연면수延面水의 골짜기에도 귀리나 감자로 끼니를 때우는 화전민이 사는 흔적이 보이지 않은 바 아니었으매 이렇듯 고원 지대에 인접해 사는 인구를 따져 보면 그 수는 상당히 많을 것이다. 이로써 옛날도 두 옛날, 큰 활 비껴 매고 천리천평을 휘달렸다는 한배달의 모습과 비겨 볼 수 있을 것인가.

천고에 나쁜 기운이 스미지 않은 무진장의 원시림도 오늘엔 부지하려 해도 부지할 수 없이 되었다. 북으로, 북으로 쫓겨 올라오는 화전민이 불어남도 모르는 체할 일 아니지만, 한 옆으로 영림창 출장소며 그 외에 다른 기관의 벌채 공사가 대규모로 진출되고 있는 현상을 보면 비록 몇십 년, 몇백 년의 날이 걸릴지는 몰라도 결국은 끝장날 때가 있으리라. 이미 길혜선吉惠線의 지선이 만탑산 뒤를 돌아 연암동의 영림창 출장소까지 늘어나 와 있다. 또 머지않아 길혜선이 개통되는 날이면 혜산진의 영림지창 관할 앞에 벌채되는 재목까지 압록강의 유명한 뗏목 신세를 지지 않고 기차 편으로 길주를 통해 사방에 퍼지게 될 것이니 왕자 계열의 북선제지회사가 길주에 자리를 잡고 앉게 된 것도 다 우연한 일이 아니다.

함경선의 고무산에서 갈라져 무산에 이르는 철도는 개통된 지 벌써 오래다. 삼장동과 농사동의 재목이 빠져나오는 통로이려니와 그 중간 신참薪站에서 남으로 내려 주을온천 골짜기로 올라오는 선로와 마주보고 장백산맥의 동쪽 기슭으로 뻗어 가는 삼림 철도는 동척東拓의 벌목인 동락東珞을 실어 내는 또 하나의 길이다. 그러고 또 신참에서 서남서로 돌린 자동차 행로는 허은동 영림창 파출소로 뚫려 있으니 여기서 길주, 무산 가도, 서두수 골짜기로 또 연암동에 맞닿게 된다. 이리하여 천리천평의 큰 숲도 석탄 찌꺼기와 가솔린 냄새에 더러워져 이 모퉁이, 저 모퉁이 무너져 가기를 시작한다.

백두산의 한 줄기가 동남을 향하여 수해를 가로 건너 띄엄띄엄한 징검다리처럼 나직나직한 봉우리들이 솟았으니 이것을 가리켜 백두산맥이라 하는데 이것은 무산과 갑산의 군 경계인 동시에 함경도 남도, 북도의 도 경계를 이루고 있다. 그리하여 무산 쪽의 물은 두만강으로, 갑산 편의 물은 압록강으로 길이 서로 갈리게 된다.

이제 우리는 이 백두산맥과 간격을 줄여 가까워져 가고 있다. 표고 1,853미터의 이름 모를 산 위를 지나 2,057미터의 백사봉과 2,435미터의 남포태산을 왼편으로 바라보면서 2,289미터의 북포태산 상공을 2,800미터의 높이로 날아간다. 그 생김생김이 제법 험상궂은데 북쪽 등성이는 현무암으로 엉켜 있고, 남쪽 한 구석은 호박 속을 긁어 낸 숟가락 자국 같다고나 할까! 화판花瓣 형으로 둘레를 꾸민 필통 속 같다고 할까! 이런 형상으로 백두암白頭岩의 절벽이 45줄기의 커브를 묶어 가지고 우긋하게 파내려간 것이 더욱 기이하다. 이것은 아마도 옛날에 분화한 자취인 듯 지질학자들에게 좋은 연구의 대상이 될 줄로 믿는다.

삼지연이 보인다. 창창한 큰 숲 속에 혹은 넷, 혹은 다섯으로 윤기 있게 반짝이는 눈동자들이여, 이렇듯 숭엄하고 웅대한 천광수해의 거룩한 풍광 속에 이 멋진 늪들이 부드럽고 따뜻한 인정스런 빛을 흘리며 우리를 반겨 준다. 여기에는 반드시 아름다운 전설이 서려 있으련만 나의 좁은 문견으로는 아직 고증할 길이 없다. 그러나 지금에 일어나는 환상만으로도 선녀들이 내려와 노니는 그림자가 아득히 보이는 듯하다.

저기 제일 큰 둘째 늪을 보아라. 한가운데 도드라진 섬으로 선녀 한 분이 구름 같은 옷자락을 끌고 올라가지 아니하는가. 셋째 늪, 넷째 늪은 의좋게 어깨를 겯고 이편 저편으로 사뿐사뿐 넘나드는 쌍둥이 형제의 모습이요, 다섯째 늪에서는 목욕하는 선녀 한 분이 부끄럼에 취해서 숲 속으로 숨은 듯, 조금 떨어져 맨 꼭대기 늪에는 맏형님 한 분이 동생들과 천진스럽게 노는 자태를 하염없이 바라다보고 있지 아니한가! 일자로 늘어선 작고 큰 늪들의 아름다운 풍광에 도취한 나는 금방이라도 뛰어내리고 싶었으나 제한된 나의 몸을 풀어 놓을 수는 없었다.

중정中井 씨의 말에 의하면 백두산에서 폭발한 경석輕石과 화산재가 허항령, 북포태산, 남포태산 근처에 흘러내려 멈추었으므로 회양목과 같은 상록수림이 이 산맥의 남쪽에 무성하게 남게 되었다고 한다. 이로써 미루어 보면 삼지연도 본시는 허항령 이남의 벌판을 뚫고 흘러 압록강으로 빠지는 큰 강이던 것이 백두산의 최근 폭발 당시에 강바닥이 메어져 끊기고 남은 웅덩이들이 아닐까. 어떻든지 조화의 장난은 이다지도 아름다운 정경을 그윽하고 아름다운 이 벌판에 남기고 말았다. 어제 홍 기자가 찍다 남긴 활동사진의 필름을 돌리면서 소백산, 간백산과 같은 납작한 산들을 왼편으로 바라보고, 이제는 북으로 백두산의 그야말로 우람한 봉우리를 치솟아 올라간다. 연지의 크고 작은 봉우리가 마치 경주의 왕릉처럼 둥그스레하게 도드라져 있는데 벌써 숲은 끝나고 벌건 산마루에 약간 이끼 같은 것이 보인다. 그야말로 연지를 찍은 것 같이 귀엽다.

천평의 숲을 곤룡포에 비할진대 삼지연은 그 엄숙한 모습을 돋보이게 해 주는 보석으로 만든 흉장胸裝이라고 할까. 삼지연을 떠난 지 얼마 안 되어 숲은 점점 성기어 가더니 곤룡포의 옷깃을 넘어서 백두산의 목살이 훤하게 나올 무렵에는 어득하게 오래 된 주름살이 고목나무 가지처럼 이리저리 뻗어 성벽 같은 언덕이 벌려 있음을 보았다. 이것의 하나를 신무성神武城이라 하지만 이와 같은 성벽의 언덕을 통틀어 일컬음직한 것이다. 그리고 무두봉, 소연지봉, 대연지봉 같은 것은 말하자면 목줄에 불룩 내민 뼈에나 비할 것인가.

대연지봉을 지날 때에 비행기는 자꾸 치솟기를 시작하였다. 3,100미터의 고공, 여기는 어느덧 병사봉 바로 위이니 이야말로 백두산의 정수리 꼭대기이다. (병사봉은 백두산의 최고봉으로서 2,743.5미터, 척으로는 9,053.6척이다.) 눈인지 얼음인지 톱니같이 솟은 봉은 갈아 놓은 은빛인가 번쩍이는 수정인가. 아침 햇살이 서려 무리 지어 일어나는 서기瑞氣에 이 눈은 마치 지렛대를 받쳐 놓은 듯이 놀라 굳은 채 얼어 버린 듯하였다. 여기서 기수를 오른편으로 돌려 백두산의 밖, 겉 둘레를 싸고 유유하게 돌기를 시작한다. 겉으론 영롱한 수정 비탈이 억센 힘줄을 돋구어 가지고 어슷비슷 치받아 올랐는데, 뚝 잘라낸 듯한 위 전두리는 날카롭고 험상스러우며, 창처럼 생긴 봉우리로 병풍처럼 둘려있다.

비행하는 방향을 좇아 산 둘레만을 대개 소개하려고 한다. 백두산 최고봉인 병사봉을 기점으로 그 동북 비탈은 안장처럼 잘룩 내려앉아 다시 한번 북으로 치솟아 표고 2,471미터의 백암상각白岩上角이라는 둘째로 높은 봉을 이루었다. 여기에서 서북으로 휘돌아 송화강松花江 낙구落口에서 끊어진 봉우리를 적벽암(2,560미터)이라 한다. 여기서 마주 보이는 차일봉이라고도 부르는 후죽봉(2,500미터)과의 사이로 떨어지는 비룡폭(넓이가 3칸이며 높이는 3백척)의 기이한 모습은 다음에 말하기로 하자. 후죽봉에서 빙글 돌아 U자 형상의 전두리로 뻗치다가, 다시 불쑥 솟은 서산봉이라고도 부르는 마천우(2,737미터)라는, 백두산의 세 번째 높은 봉으로 나서서는 낮았다가, 높았다가, 구불구불 남으로 돌다가, 앞서 동쪽에서 잘록이와 마주 대하여 툭 떨어진 잘록이가 나선다. 이 두 잘록이와 송화강 골짜기 밖에는 등산하는 이들이 발붙일 곳이 없을 만치 둘러싼 봉우리며 벼랑이 급하고 험함을 볼 수 있다.

이 서편 잘록이에서 다시 치솟기를 시작하여, 동남으로 벌여져서는 또 동북으로 달려 올라 병사봉으로 도로 맞붙게 되는 그야말로 톱날같이 벌어 선 봉우리들은 우리가 이 때까지 바다처럼 넓은 숲을 건너오며 바라보던 백두산의, 서남에서 동북으로 꿈틀거리며 뻗친 전두리인 것이다. 이 중간의 봉우리로 가장 높은 것은 2,727미터로 백암과 마천우 다음가는 봉이 있고 또 병사봉은 동북의 잘록이로 떨어지기 전에 분화구의 속을 바라보고 서북으로 휘어들며 부리를 내밀어 닭의 벼슬과 같은 뾰족한 흑요석黑曜石의 반도를 이루고 있다. 병사봉 절정의 위치로 말하면 동경 128도 4분 37초, 북위 41도 59분 28초에 놓여 있다.

분명치도 못한 봉우리 이름을 여기서 다시 되새겨 볼 겨를도 없으려니와, 높고 낮은 20여 좌의 수정봉이 에워싼 것은 따지고 보면 한 덩이 백두산의 숨통이려니 그 굵은 숨을 내쉬기 전에 잔소리일랑은 집어치우자.

어허, 저기가 바로 그 숭봉의 내벽이로구나! 천야만야 깎아질러 성큼하게 둘러 패인 저 확 속엔 아직도 그 김이 서린 듯, 내려다보니 심신이 함께 아득해진다. 천뢰만뢰千雷萬雷 큰 소리로 들끓을 때 이런 침묵생기던가. 침묵도 도를 넘기니 땅 속이 뒤집힐 듯 도로 다시 무시무시하다. 내리닫은 저 큰 확이 어디까지 통했을꼬. 밑도 끝도 없는 땅 속, 저 땅 속의 용솟음치는 불바다까지, 아, 정녕 닿고야 말았으리라. 그런데 이게 무슨 조홧속이냐. 시커멓게 뚫린 줄만 알았던 저 바닥에 굽이치는 물결은 무엇이냐. 어허, 나는 무슨 꿈을 꾸었더냐. 어느 틈에 이 몸은 날개 돋은 배에 실려 거울 같은 호수 속을 나직이 떠다니나. 아마 요지瑤池려니. 말마소, 요지 뺨을 치는 바로 천지라는 데에야!

예로부터 전하기를, 오색 물결 뛰놀고 오색 고기 사는 데라고. 오색 고기는 있거나 말거나, 오색 물결 황홀하다. 오색은 무슨 오색? 푸르고, 누르고, 붉고, 희고, 검은, 속인들이 생각하는 따위의 천박한 빛깔로는 도저히 설명하지 못할, 그야말로 신비하고 야릇한 빛깔들이 이 속에서 어른거린다. 이 물의 신령스러운 능력이야 더 말할 것도 없으려니와, 큰 물결 작은 물결 바람이 건드리는 대로 살아 움직이며 몰려다니는 비늘들은 천이면 천, 만이면 만이 저마다 다른 색채를 띠면서 어울려 또 무슨 신채神彩를 피운다. 그런데 지금도 뉘우치는 한 가지 일이 있었으니 이는 다름이 아니라 비행기의 기관에서 번져서 떨어진 두세 점의 기름 방울이 그 깨끗하고 영롱한 얼굴 위에 떨어져 연기같이 퍼짐을 본 일이었다. 여기에 만일 오색 고기나 신룡神龍이 있다 할진댄 얼마나 구역질나게 싫었을 것인가. 참을성 많은 그들이었기에 노여움 풀이도 받지 않고 다행히 면해 나올 수 있었던 것이다.

그러나 그 찬란한 오색 빛깔이란 어디에서부터 비롯되어 나온 것일까? 자세히 보니 물 속에 곤두서 있는 절벽들의 찬란한 그림자의 희롱이었다. 처음에 날아 들어온 송화강 수원의 서편 절벽은 후죽봉이라 하든가. 시커먼 흑요석의 비탈이 삐쭉 치받아 올라 꼭대기에서 한 턱이 주춤 멈추었다가, 다시 족두리처럼 동긋이 꺼멓게 솟구쳤는데 그 건너편 턱에서 남쪽 비탈을 향해 허옇게 쏟아져 내린 백두암이 외금강 구룡연 골짜기에서 보던 비봉폭포와도 흡사한데, 치마처럼 퍼져 흩어진 자락은 그의 몇십 배로 말로는 논쟁이 안 된다.

이 산머리 서남으로 비스듬히 자빠져 돌아 반원을 그리면서 치솟아 오른 것은 마천우가 분명하다. 동쪽을 향해 내민 부리가 천지로 떨어지니, 이것은 또 후죽봉의 남쪽 부리와 마주보고 그 속을 활 모양으로 둥글게 파고들었다. 이와 같이 어슷한 비탈이 새로 자른 깔때기처럼 천지로 박혔는데 이 속에 노니는 아름다운 물결은, 묻노니, 천상의 은하수가 이를 빚어 부은 것일까. 움츠렸다 다시 뻗어 솟아오른 위 전두리엔 흑요석의 굵은 선을 둘렀는데, 백두암의 흰 줄기가 바위 살피살피로 거꾸로 빠져내려 잿빛으로, 연붉은빛으로 서로 섞여 내려온다. 중턱은 눈 아닌 흰 돌이 훤하게 깔려 있고, 그 아래 수면까지 편편하게 기울어진 비탈에는 흑요석의 잔 조약돌이 석탄 밭처럼 깔렸는데 물속에 기울어진 그 그림자야말로 얼마나 또 황홀하였을까.

덮어 누르는 듯한 마천우의 우람한 봉우리를 쳐다보며 서남으로 물가를 끼고 도니, 여기는 불그레한 진흙빛 같은 단애가 꽤 급하게 떨어져 이어졌는데 노랗고 파란 이름 모를 고산 식물이 앙상하게 깔려 있다. 저것이 심산의 우미인초虞美人草인지, 팥버들(豆柳)이라는 것인지, 아니면 이끼들인지 무엇인지는 모르겠으되 이 무시무시한 분화구 속일 망정 오히려 애틋하게도 고운 모습을 드러내는 생명들이라 반갑기 그지없다. 마천우에서 떨어져 그대로 성벽 같은 이 불그레한 비탈이 일자로 나가다가 다시 한번 봉긋이 솟아 가지고 비스듬하게 돌아 내리는데 여기는 또 조금 느즈러진 비탈이다. 산마루를 가로지른 흑요석이 눈부시게 희고, 흰 눈 속에서 까만 머리를 들고 있거나 부채살같이 펴진 아래 기슭에는 흑요석 부스러기의 사태가 흘러 있어 흑백의 조화가 매우 볼만하다.

　백두암의 절벽이 나선다. 그 위엔 방자돌 같은 흑요석이 쭈그려 앉고 한 턱을 떨어져 대臺같이 돌아간 허연 이 절벽은 광물鑛物 결정의 모형을 보는 듯하다. 어떤 것은 입방체요 어떤 것은 추형雛形이며 또 어떤 것은 육모, 팔모로 반듯반듯 모서리도 날카롭게 깎인 순수한 백두암의 벽이다. 한 중간에 풍화가 심하게 된 곳은 돌층계 모양으로 층층이 떨어져 한 구석이 잘록 내려앉았으니 만일에 몇백, 몇천 년이 지나간다면 이리로 천지의 물꼬가 또 하나 터져 가지고 서쪽으로, 서쪽으로 흘러내려 압록강의 정통 근원이 될 듯도 해 보인다. 이 잘록이야말로 천지를 둘러싼 화구벽 속에서 송화강 수원을 빼놓고는 제일 낮은 곳인 듯 남북으로 떨어져 마주 보고 있는 흑요석의 봉우리는 물꼬가 터진다면 그 물꼬의 어간을 정할 법한 기둥 같이도 보였다.

　이로부터 절벽은 점점 높아져, 저 하늘도 낮을세라, 톱날 같은 이빨을 치물고 쭉쭉 뽑아낸 봉우리들은 이것이 바로 병사봉에서 시작한 서편 받이의 병풍같이 둘린 것들이다. 동으로 병사봉의 한 부리가 천지를 반으로 잘라낼 것처럼 한가운데를 타고 우긋이 들어와 반도를 이루었다. 이 반도의 생김생김이 몹시도 얄궂어 흑요석의 뾰족한 바늘봉들을 앞으로 떨어뜨릴 듯이 숙이고 들어왔다. 이것을 봉황의 벼슬에 비한다면 병사봉 꼭대기를 지질러 놓은 듯한 크나큰 바위 뼈는 마치 목덜미 뼈와 같아서 머리를 북으로 향해 천지로 숙이고 활개를 치며 날아드는 듯하다.

층층하게 그늘진 그 날개 밑이야말로 그대로 시커먼 낭떠러지가 수직으로 곤두서 약 500미터의 높이로 수면까지 내려왔다. 은묵색銀墨色으로 층층하게 고인 물 속에 박힌 절벽은 그림자인지 아닌지 가늠하려 해도 할 수 없이 끝없이 떨어져 보이지 않는다. 이것은 바로 옛날 몇 억만 겁 이전 백두산이 처음 생길 때 폭발한 아구리임에 틀림없구나. 여기서 토해 나온 겁화劫火의 위엄이 얼마나 장했을까는, 이 속을 둘러싼 화구벽의 위관으로도 넉넉히 짐작할 듯, 병사봉 반도의 서편 확이야말로 참으로 천고의 신비를 그대로 담은 천지 속의 천지라는 느낌을 자아낸다.

이 원고는 「백두산탐험비행기」라는 제목으로 조선중앙일보에 연재되었던 것이다. 그러나 신문이 제대로 남아 있지 않아 이 곳에는 4회, 5회, 6회, 10회, 11회, 13회, 14회, 15회, 16회의 연재분만을 옮길 수 있었다.

모두 16회의 연재에서 9회치만 옮기게 된 것이다. 4회가 1935년 10월 15일, 마지막 회인 16회가 1935년 11월 10일에 실렸다. 그나마 다행한 것은 천지 일대를 비행하며 바라본 감상에 대한 부분인 후반부가 제대로 남아 있어서 옮길 용기를 낸 것이다.

이 글을 쓴 사람은 성재城齋 이관구(1898-1991)로 조선일보 기자를 거쳐 1933년부터 36년 10월까지 조선중앙일보의 주필과 편집국장을 지냈던 언론인이다. 그는 9월 24일 기차를 타고 먼저 나남으로 갔으며 비행기는 9월 26일 오전 11시 50분, 여의도 비행장을 출발하여 네 시간 만에 나남에 닿았다고 한다.

당시 조선중앙일보 1935년 8월 25일자에는 동경 조일朝日신문사의 항공부에서 9년 동안 근무하던 비행사 김동업 씨를 전격적으로 영입하여 신문 사진 및 원고를 공수할 수 있게 되었다고 사고를 낸 것이 있다. 비행기는 프랑스제 살므송 최신식 2A2기였으며, 260마력의 엔진에 최대 시속 180킬로미터, 공중에 떠 있을 수 있는 시간은 여덟 시간 반, 가장 높이 올라 갈 수 있는 고도 한계가 6,500미터였다고 한다.

바로 그 비행기와 비행사 김동업 씨가 백두산 탐험 비행에 나섰으며 비행기 옆에 "하느님은 사랑이시다"라는 문구를 적어넣을 정도로 김동업은 독실한 기독교 신자였다. 9월 27일은 구름 탓에 천지 상공을 나는 일은 실패하였고, 9월 28일 사진 기자인 홍병옥만을 태운 비행기가 백두산 천지를 비롯한 정경을 촬영하는 일에 성공한 다음 날, 이관구가 다시 비행에 나선 것으로 되어 있다. 불의의 사고를 대비해 비행기에는 사흘치의 식량과 전서구가 실려 있었다고 한다. 전서구는 편지를 물어다 주는 비둘기로 무전기가 없던 시절에 사고를 당했을 때 자신들의 위치를 알릴 수 있는 통신 수단이었던 셈이다.

 걸어가면서 보는 백두산의 모습과는 달리 하늘에서 내려다보는 느낌은 사뭇 달랐을 터이지만 신문이 제대로 남아 있지 않고 남아 있는 것조차 알아보기가 쉽지 않아 적잖이 안타깝다. 1935년 11월호 「삼천리」에도 비행사 김동업이 쓴 "성지 백두산 탐험비행기"라는 글이 실렸지만 이 관구가 쓴 글을 군데군데 베긴 듯 글자 한 자 다르지 않은 문장들이 있어 이것으로 대신하였다.

외안에 비친 조선 | 가린

가린 미하일브로스키가 쓰고(1898년)
김동진이 옮김(1931년)

가린은 말을 타고 백두산으로 향하면서 그 아름다움에 대해 말하기를 "도저히 글로는 형용할 수 없고 사진으로도 전할 수 없다. 다만 그림을 그리는 붓이 필요할 뿐이다"라고 한다. 백두산 천지에 다다른 그는 천지의 위용에 놀란 듯 "호수는 마법에 걸린 듯 평온한 적막에 쌓여 있었다. 우리와는 다른 생명이 숨쉬고 있는 듯했다. 뭔가 강렬한 생명체의 인상이 강하게 풍긴다"라고 했다. 가린은 철저하게 문화상대주의적인 관점을 지니고 있다. 자기가 교육받고 소비하던 문화만이 우월하다는 식의 문화절대주의는 여행자들이 가장 경계해야 할 것이다. 여행이란 다양한 문화의 모습들을 바라보고 이해하며 아름다운 풍광을 만끽하는 것이라고 한다면 가린이 조선을 이해하려는 관점은 아주 훌륭한 것이라 할 수 있다.

1898년 9월 3일

오전 7시. 우리가 탄 크지 않은 기선은 방금 블라디보스톡을 출범하려고 한다. 우리는 포셰트까지 이 기선으로 항행하고 거기서부터 육로로 노보키예프스크, 크라스노예셀로 촌을 지나서 조선으로 들어가고자 한다. 아침이다. 블라디보스톡의 높은 고개를 넘는 태양은 바다 위에 자욱이 내려 덮인 우윳빛 같은 안개 속으로 투명한 광채를 던지고 있다. 선창에 정박한 우리 배를 향하여 여기저기로부터 조그마한 운반선인 삼판선과 종선이 모여든다. 동부인한 군인, 일본인, 중국인 뱃사공, 운반부, 여객 할 것 없이 그들의 소음과 목멘 듯한 굵은 소리가 방금 깨어난 항구의 아침 공기를 날카롭게 한다. 부동의 자세, 침묵, 크게 줄지어 정박하고 있는 무수한 군함의 회거나 검게 칠한 뱃전과 높다란 배의 옆모습이 항구를 압도하고 있다.

항구의 아침 풍경! 남방의 색채, 남방의 아침, 남방의 방언, 의복. 또 한편에는 해상에 떠도는 성과 같은 배, 이 여러 가지가 한데 어우러져 남국의 정취가 넘쳐난다. 경찰은 중국인 여객의 여권을 검사한다. 중국인은 출입할 때마다 5루블의 세금을 바쳐야 한다. 만일 납세증인이 여권에 날인되지 않으면 배를 태우지 않으므로 많은 밀항자들이 뒤섞여 아비규환의 혼잡과 참상은 이루 형용할 수 없다. 여러 명의 경관이 밀항자의 무리를 이 편에서 쫓아내면 저 편으로 다시 숨는다. 어떤 사람은 무릎을 꿇고 애원도 한다. 이런 때에 경관의 어깨가 한번 으쓱하면 벌써 그 주머니에는 몇 루블씩의 현금이 들어간다. 이렇게 하여 증명서 한 장도 없이 법망을 뚫고 출입하는 자들이 삼백에서 육백 명이나 헤아릴 수 있을 것 같다.

닻을 올린다는 신호의 종이 세 번째 울자 경관들이 사다리를 내려갔다. 이 순간에 중국인 밀항자는 잠수부가 수중에서 솟아오르듯 이 구석 저 구석에서 수없이 나타난다. 종선에 내린 경관들은 그들 밀항자에 대하여 큰소리로 위협하나 그들의 양미간에는 만족의 희색이 떠다닌다. 이 광경을 목도한 승객 가운데 한 장교는 분개하기를 마지않으며 엄한 규율로 징계하여 다스리기를 주장한다. 그러나 배는 벌써 둥그런 포구를 나아간다. 구릉의 도시, 고개 뒤에 또 산, 가을 아침, 새파란 하늘 속에 저 산과 고개가 잠들어 있다.

항구를 나서자 승객 중 한 명인 독일 장교는 이 곳이 얼마 전에 동방을 여행한 자신의 나라 왕인 헨리가 물고기를 잡던 곳이라고 말한다. 무수한 어패류와 사슴 42두를 포획하였다는 공명담도 나온다. 그러나 기선의 동요가 심하여 호기를 뽐내던 그 장교들을 비롯하여 승객의 다수가 선실로 사라지고 말았다.

극동 노령露領의 최남단의 항만인 포셰트 만에 들어가자 배의 동요가 조금 나아진다. 웬 뚱뚱한 러시아인 하나가 나를 보고 내 여행 목적을 잘 알고 있으니 무엇이든지 가르쳐 주겠다고 한다. 그는 조선에서 소고기를 무역하는 상인으로 거리를 득하여 상해에 수 칸의 가옥을 가지고 있다고 한다. 포셰트 육상에는 병영 비슷하게 지은 붉은 벽돌집이 우뚝 서 있고 반드시 거기에는 두 마리 말이 새겨진 문양이 빛을 발한다. 부두에 내릴 때 그 뚱뚱한 상인은 조선에서는 절대로 무기를 휴대하지 말지니 그 나라 사람들로부터 도적으로 오해를 사기 쉬우며, 또 그 백성을 경시하는 빛을 외모에 나타내지 말고 꼭 우리 나라 사람들과 같이 접촉하라고 하며, 또 조선에는 호랑이와 표범이 많아 산중에서 만날는지도 모르되 사냥을 잘하면 귀한 가죽을 얻을 수 있다고 한다.

노보키예프스크는 순전한 군사 도시이다. 큰 건물이라고는 보병과 포병의 막사요, 행인의 대대수도 군인이다. 우리는 조그마한 가옥을 얻었으나 여러 날 내리는 비로 인하여 집 안에 칩거하며 여행권 수속 같은 것을 마쳤다.

새롭게 개척하는 이런 원시의 땅에 완전한 도로와 교량이 설비되어 있을 리가 없다. 하천도 저 가고 싶은 곳으로 뚫렸다. 우리가 묵고 있는 여사旅舍의 뜰 안도 몇 줄기의 작은 시냇물이 흘러 습기가 가득할뿐더러 지저분하고 더러움이 말로 다할 수 없다. 비에 막혀 머물러 있는 동안에 몇 명의 동행이 붙었다. 한 사람은 젊은 천문학자요, 한 사람은 그의 조수요, 또 한사람은 광산을 찾아다니는 늙은이이며, 그의 동행과 그 밖에 두 사람이 더 있다.

광산가는 시베리아 북방의 야쿠츠크와 동방 오호츠크를 탐험하고 조선으로 가는 길이요, 그 동행자는 늙은 사냥꾼으로서 조선 사정에 가장 정통한 사람이다. 그는 오랫동안 조선을 여행하여 중국의 마적과도 잘 사귀고 조선 관헌과도 의사가 상통함으로써 조선의 땅 속에 있는 보물들을 캐낼 준비가 모두 되어 있다고 한다. 그는 조선의 사정이라 하면서 이러한 말을 한다. 조선 관헌은 슬쩍 어루만지기만 하면 된다. 청렴하지 못한 돼지같이 주면 먹지 못하는 것이 없으니 연필도 먹으며 칼도 삼킨다. 그러나 백성에 대한 그의 명령은 절대 신성하여 하느님과 마찬가지라며 관헌의 횡포를 열거한다.

한번은 조선을 여행할 때에 말 몇 필을 얻어 두었는데 약조한 다음 날 아침에 말이 오지 않으므로 알아보았더니 지방의 관헌이 가지 못하게 한 것이었다. 그를 찾아가며 꼬냑 한 병을 선사하였으되 좀처럼 듣지 아니하여 하루를 허비하였으며 자기와 계약했던 마부들은 볼기를 맞았다고 한다. 관헌의 가렴주구가 심하므로 인민은 재물을 숨긴다고 한다. 계란 한 개라도 있냐고 물어 보면 으레 없다고 하되 있는 것을 찾아 가지고 대가를 지불하면 백배 사례한다고 한다. 이 조선통은 조선에 토지와 가옥을 사 두었는데 그가 아직 독신이어서 장차 조선 부인에게 장가들기 위한 것이라며 조선 부인을 찬미한다. 어여쁘고 키가 크고 목소리가 아름다운데 방천으로 물동이를 이고 가는 것을 보면 무한히 어여뻐 보인다고 한다.

노보키예프스크 지방관으로부터 오찬의 초대를 받아 갔더니 내 좌석 옆에 지방 판사가 앉았다. 그는 서른다섯 살의 젊은 신사로 둥그런 얼굴에 조그마한 안경을 쓰고 이 지방 범죄 경향에 대하여 말하기를, 살인과 약탈이 제일 많으며 범인은 마적이 으뜸이요 그 다음이 노국露國의 병졸이라고 한다. "그러면 피해인은 누군가요?" 하고 물었더니 그는 "노국 사람도 있으되 다수는 조선인이요" 하며 이와 같이 설명한다. "우리는 조선인이 흰 옷에 이상한 말총 모자를 쓰기에 '백조白鳥'라고 부르지요. 그런데 4년 전에 이 근처 산길에서 러시아 병정들이 '백조' 네 사람을 사살하고 재물을 약탈하였는데 그 범인을 재판할 때에 그 답변이 우스웠습니다. 조선인은 영혼은 없고 빈껍데기뿐이니 죽여도 하느님의 벌을 받지 않는다고요. 그 범인 스무 명을 엄벌하였으므로 범행이 좀 줄었으나 아직까지 성냥을 빌리는 척하다가 돈지갑을 빼앗고 또 달걀을 빼앗아 가기가 일쑤랍니다. 그러므로 이 무법한 군졸 밑에서 무기력해진 조선 거류민들은 군졸들이 자신들에게 다가오기만 하면 집을 버리고 산중으로 달아난답니다."

나는 판사에게 "그러면 나는 장차 조선에 들어가 어떠한 태도를 가질

까요. 오만해야 할까요?" 하고 물었더니 그는 대답하되 "결코 불손한 태도를 가지면 아니 된다. 무뢰한들이 그렇게 행동하고 다니면서 러시아인의 명예를 더럽힌다"고 한다.

판사가 말을 그치자 경관이 또 자기의 조선인관을 말한다. 조선인은 유용한 국민이되 용감하지 못하며 어린애같이 착하되 게으르고 태만하며 정열이 없어 보인다. 그러나 재미스럽고 결백한 민족이라고 한다. 그와 같아서 그들의 범죄라고 해야 아이들 장난에 불과하며 항상 군인과 마적에게 침략을 당하여 생활이 피폐하다고 한다. 그러면서 나에게 총기를 휴대하되 은닉할 것을 재삼 권고한다. 혹시 그것이 드러나면 나쁜 사람으로 오해를 받아 접촉함에 큰 불편이 있을 것이 염려되는 까닭이라는 것이다.

9월 10일

오늘에야 겨우 길을 떠나게 된다. 오후 4시 반에 노보키예프스크를 떠나 조선과의 국경인 크라스노예셀로 촌으로 향한다. 지평선으로 바라보이는 것은 푸른 바다가 아니면 붉고 헐벗어 나무 한 그루 없는 민둥산뿐이다.

서쪽 지평선 상에는 먹구름이 낮게 깔려 마치 크고 높은 산처럼 보이기도 하고 이상한 짐승이 목을 길게 빼고 태양을 삼키려는 듯한 형상으로도 보인다. 태양은 저물어 가는 마지막 빛으로 이 은밀한 구름의 젖가슴을 부둥켜안고 있다. 동방의 바닷물은 시커멓게 흘러간다. 멀리 수평선 상에는 이상하게 푸르고 붉은 몽롱한 성벽이 나타나 있는데 거기에는 큰 배들이 유영하고 누각이 떠다닌다. 빛살은 점점 무뎌지고 황혼의 장막은 검푸르게 물들어 간다. 대지 위에서는 어디로부터인지 밤의 찬 기운이 솟아 처량한 기분이 온 몸을 엄습한다. 그러나 저 낙조 밑에는 평온과 정숙이 있는 듯하다. 구름 사이로 흘러나오는 두어 줄기의 빛, 그것은 찬란한 금색과 붉은 딸기를 한 군데에 풀어 놓은 그 빛이다.

말을 탄 우리는 이 대자연의 품에 안겨 길게 줄을 지어 남으로 향한다. 어떤 이는 총을 쥐고, 어떤 이는 칼을 들고, 영국식 모자에 마치 「자연과 인생」이라는 잡지의 표지 그림 그것과 같이….

이주해 온 조선 농부의 가옥에 당도했다. 돌을 얹은 지붕, 집과 따로 떨어져서 서 있는 나무 굴뚝, 백지로 발라 놓은 창호, 이것을 둘러싼 울타리, 조선인은 그 안에 제 몸과 그 가족과 풍속을 포옹한다. 어찌 이 비밀에 대한 흥미가 없을까. 집집마다 말 탄 사람의 키보다 높이 솟은 삼밭과 수수밭이 있다. 하늘에는 어느덧 창백한 초승달이 솟아 있다. 하늘은 금강석과도 같이 반짝이는 별과 초승달로 우리를 안아 준다. 산길은 가다가 물 속으로 들어간 곳도 있다. 빠른 걸음으로 앞을 재촉하는 우리 중에는 잘못하여 물 속에 빠졌다가 기어 나온 사람도 있었다.

두만강 변에 있는 중국 만주의 유일한 동방 개항이라는 항시港市라는 곳을 통과하였다. 항시는 무역이 성하게 발달하여 해마다 번창한다. 길가의 촌락은 깊은 잠에 잠겼다. 밤이 깊어서 자레치야 촌에 당도하여 니꼴라이라는 사람의 집에 투숙하였다.

주인은 노국에 귀화한 조선인이다. 그는 우리를 그 방으로 인도하여 쉬게 한 후 조선 반찬에 쌀밥과 차를 대접한다. 집은 방마다 따로 출입구가 있는데 그 면적은 1평방 사젠(7척 4방)에 불과하고 창호는 한 아르신(2척 5촌)의 높이를 넘지 못할 듯하다. 빈대는 없냐고 물었더니 조금 있다고 한다. 그러나 있거나 말거나 피곤한 몸이라 누우니 잠이 들었는데 잠들기 전 처음에는 이 환경이 꿈속같이 어슴푸레하다.

9월 11일

쾌청한 아침이다. 나는 붓을 들고 내 눈앞에 전개된 이 가옥의 광경을 기록한다. 창과 문은 서로 구별이 없이 대개 한 아르신의 높이에 장식한 종이로 발랐으며 그 밖에는 한 아르신 폭의 마루가 있다. 처마 높이는 한 사젠 가량인데 지붕은 잔돌을 올리고 새끼줄로 그물을 떠서 덮었으며, 굴뚝은 처마 높이보다 더 높은 네 조각의 판자로 통을 만들어 세웠다. 난 방은 방바닥에 불구멍을 뚫고 불을 때는데 한 겨울에는 그것으로 방한이 될 것 같아 보이지 않는다. 울타리 안은 두 부분으로 나뉘어 있다. 하나는 마구간과 같은 더러운 곳이요, 다른 쪽은 거실이 있는 깨끗한 곳인데 여기는 화단도 있어 이름 모르는 홍백의 꽃들이 서로 예쁜 모습을 다투며 피어나 길 떠나 온 나그네들의 눈을 위안한다.

울타리에는 붉은 고추와 누런 옥수수 그리고 흰 마늘이 걸려 있다. 울타리 밖에서 보면 수양버들의 잎이 햇빛을 받아 은같이 반짝이는 것을 볼 수 있다. 남자들은 머리 복판에 뾰족한 상투를 짰다. 어린애같이 넓고 순한 얼굴, 그 빛은 짙고 눈은 가는 일자 눈이다. 눈두덩은 높다.

잠시 책상에 의지한 사이에 니키타 알렉세비치가 거의 죽는 듯한 소리를 지른다. 모든 사람이 놀라 일어나 보니 그는 그 뚱뚱한 몸으로 좁은 마루에 누웠다가 잘못 굴러서 떨어진 것이다. 일행은 모두 큰 소리로 웃고 말았다. 그러는 사이에 다시 길 떠날 채비가 되었으므로 우리는 세 팀으로 나누어 의사가 거느린 팀은 조선의 경흥군慶興郡으로 직행하고, 우리는 크라스노예셀로 촌으로 향하기로 하고 자레치야 촌을 떠나 폰찬기 계곡으로 나아갔다.

길가에는 이주해 온 조선 농부의 논밭뿐이다. 혹은 조를 심고, 혹은 귀리를 심고, 혹은 옥수수나 콩을 심었는데 콩을 원료로 장醬을 만든다고 한다. 이 지방의 농사는 최근 3년의 흉년을 겪은 뒤에 올해는 큰 풍년으로 눈앞의 넓고 큰 들이 마치 황금을 깔아 놓은 듯했다. 감청색으로 물든 높은 하늘을 우러러보며 말울음 소리를 들을 때에 먼 길을 떠나 온 나그네의 서글픈 마음은 깊어만 갔다. 더욱이 통역인 김씨로부터 산중의 왕이라는 호랑이 이야기와 조선인의 습속을 들으며 알지 못할 나라로 끌려가는 두려움과 함께 동경에 잠기게 된다.

이 지방은 15년 전에 비로소 개척된 곳이다. 이주해 온 조선인들이 개척할 당시의 곤란은 우리로서는 도저히 추측하지도 못할 지경으로 어려웠다고 한다. 그들은 추위와 굶주림을 못 이겨 처와 딸에게 부끄러운 직업을 시켜 호구를 했다고 한다. 그러나 이 지방 조선 여자의 풍기가 좋지 못한가 하면 그렇지는 않으니 생활의 안정을 얻음에 따라 정절을 지키게 되었다고 한다.

또 이 지방 조선인에게는 가혹한 의무를 지웠었다. 그것은 1,500호에 대하여 노리露里(1노리는 9정町 45칸間)로 200리의 도로를 유지 보수하며 건설하게 했던 것이다. 그러나 그 부담이 매년 6,000루블 이상에 달하므로 여러 차례에 걸쳐 그것을 줄여 줄 것을 진정한 결과 감세되어 면제된 돈으로 지금은 학교를 경영한다.

밭에서 보리타작 질을 하는 흰 옷을 입은 사람들이 희끗희끗 보였다. 멀리서 보면 꼭 들 위에 내려앉은 백조와 같다. 마침 그 때문에 큰 참극도 있었다고 하는데 그 이야기를 듣자면 이러하다.

1892년 늦은 봄, 해동이 되자 크라스노예셀로 부근 센데눕이라고 하는 호숫가에서 조선인 현효 모씨의 주검이 발견되어 열여섯 살 난 그의 아들이 찾아가 시체 위에 엎드려 울었다고 한다. 그 때에 어디선가 총알이 날아와 어린 아들의 얼굴을 꿰뚫어 그 또한 즉사하고 말았다. 총을 쏜 사람을 찾아보니 노국의 군인으로 그는 그 아들이 호숫가의 백조인 줄 오인하고 사격한 것이라고 하였다. 그 뒤부터는 백조처럼 보이는 조선인을 향해 총을 쏘는 실수가 없어졌지만 이 때부터 흰 옷을 입은 조선인들은 러시아 병졸을 두려워하게 되었다고 한다. 우리는 이 날 밤 아름답고 큰 강인 두만강변의 천막에서 지내기로 하였다. 이 강은 조선과 만주 그리고 조선과 러시아의 경계로 돌로 만든 경계표가 있다.

우리는 여기서 하루 동안 기압의 높낮이를 재서 비가 오고 안 올 것을 헤아리는 청우계晴雨計를 검사하고 또 하늘의 별과 달을 관찰하였으며 또 다른 사람들은 강의 형상을 촬영하였다. 부근의 조선인은 매우 친절한 태도로 우리와 접촉한다. 여러 가지 물건을 조금 값이 비싸게 팔려고도 하련마는 그들은 오히려 유쾌하게 우리를 대할 뿐 솔직하였다. 실상은 우리와 같은 나그네들을 좀처럼 만나기 어려울 터이니 그러기도 했을 것이다.

나는 포드고롯스키 촌에 있는 학교를 참관하였다. 교사와 학동들이 다 조선인이다. 교사의 월급은 15루블이라고 하니, 이같이 물가가 비싼 곳에서는 생활이 농부보다도 궁색할 것이다. 학동들은 열심히 공부하고 특히 습자의 필법이 훌륭하다. 그것을 보자니 조선인은 매우 쓸모가 있으며 재주가 있는 민족이라는 감상이 일어났다. 교사는 금년에 신축한 것으로 채광이 잘 되어 깨끗한 기분이 일어난다.

저녁에 내가 천막으로 돌아오니 많은 조선인이 모여든다. 그 중에 서른대여섯 살가량 되어 보이는, 새카만 눈동자에 짧은 수족을 가진 사람이 있었다. 그는 교사가 내게로 보내 준 이로서 조선의 일을 잘 아는 유식한 사람이다. 그는 내 앞에 쪼그리고 앉아서 조선 이야기를 한다. 다른 사람들도 정숙히 앉아 그 말을 듣고 있다가 혹 그가 잘못 말할 때는 정정도 하고 또 서로 언쟁하기도 한다. 나는 그러는 사이에 조선의 전설을 한 열 가지쯤 기록하였다. 그리고 그 유식한 조선인은 나의 권고를 받아들여 나와 함께 전설 수집과 조선 연구를 위해 조선으로 가는 여행에 보조를 하기로 하였다.

일반 조선인의 의견을 종합하면 노국의 땅에 거주하는 사람은 그 본국에 있는 동포보다 복된 생활을 누리고 있다고 한다. 만일 조선의 관헌이 국경을 넘는 것을 금하지 않고 자유롭게 이주를 허락하였으면 그 간에 발생한 살상의 참사 없이 조선인은 좀더 행복했을 것이라고 한다. 조선인뿐 아니라 중국인도 그렇다. 그러나 중국인은 죄인을 단발만 시키면 석방하더라도 본국으로 도주할 염려가 없으니 이는 중국의 국법으로 변발을 하지 않은 사람은 참형에 처하는 까닭이다. 두만강 가의 경계표 옆에 떳집이 한 채 있었다. 그 곳에서는 젊은 노국 장교 한 사람과 병졸 여러 명이 강을 지키고 있었다. 그 장교는 이처럼 적막한 곳에서 오직 식물채집과 사냥으로 소일하고 있다.

태양이 사라진 후의 풍경! 긴 강은 청산으로 달아나는 호랑이의 얼룩무늬와 같으며 수면은 자줏빛을 풀어 놓은 듯했다. 여기 저기 조선 사람들의 낚싯배 등불이 반짝이고 검푸른 하늘엔 두루미 소리가 처량하다. 물 위에선 기러기와 오리들이 울고 간혹 그들의 날갯짓이 희미한 불빛에 번쩍인다. 노령의 강변에서 보내는 마지막 밤이다. 나는 신화를 듣는 것처럼 조용히 호랑이와 표범 이야기를 듣는다.

호랑이는 적을 잡아먹을 때에 고양이가 쥐를 어르듯 그 앞에서 뛰어도 보고 누워도 보고 꼬리로 치기도 하고 노려보기도 한다. 이 기회를 이용하여 조선 사냥꾼이 "창을 받아라" 하고 고함을 치며 창을 내지르면 호랑이는 창을 입으로 받아 물다가 그만 목구멍이 뚫려 죽고 만다고. 표범은 나무 그늘이나 바위 뒤에 매복하고 있다가 덤벼든다. 그러다가 섣불리 달려들어 사냥꾼에게 맞으면 죽은 듯이 넘어져 있다가 갑자기 달려들기 일쑤라고 한다. 호랑이와 표범이 모두 불을 무서워한다. 그러므로 조선인들은 그들과 싸우지 않고 그들을 쫓을 때에는 오직 말을 몰아 횃불을 들고 징을 치며 고함을 지르면 달아난다고 한다.

9월 14일

오전 6시. 해는 아직 올라오지 않았으되 동천은 밝아 온다. 흘러가는 물소리는 홀로 깨어 있는 듯하고 조선인의 뗏목들은 지치듯이 흘러간다. 우리는 천막을 걷고 여행 도구를 정돈한 뒤 일행을 셋으로 나누었다. 한 무리는 회령군會寧郡으로 직행하고, 다른 한 무리는 경원군慶源郡으로 가고, 나는 두만강 입구 가사케위치 만으로 출발하였다. 강 위의 찬바람이 선들선들하다. 하늘엔 먹구름이 뭉게뭉게 떠다닌다. 춥다. 속이지 못할 가을 새벽이다. 나룻배는 길이가 30척이나 되고, 넓이는 8, 9척이나 되는데 300푸드(4관貫 400문匁)의 무게를 실을 수 있다고 한다. 사공은 두 사람으로 두 개의 노를 젓는다.

배가 언덕의 기슭까지 닿지 못하므로 우리는 발을 적시며 강을 빠져나왔다. 언덕에 조선인이 많이 있어 화물 운반을 자원하는 일을 하지만 우리는 미리 준비시켜 둔 소달구지 두 대에 짐을 실었다. 달구지의 구조

는 바퀴가 둘이 달렸는데 소는 굴레로 코를 꿰어 일을 부린다. 짐 값은, 1
푸드의 짐을 1노리 옮길 때마다 1코페크를 받았는데 아무리 이런 때라도
비싸기 짝이 없는 값이다.

상인들이 환전을 요구하기에 시세대로 바꾸었더니 1루블에 대하여 엽
전 500닢을 준다. 엽전은 구리로 만든 것이다. 러시아 돈 2코페크와 3코
페크짜리의 중간형이나 될 만한 것으로 가운데에 구멍을 뚫어 새끼로 꿰
어 가지고 다니게 만들었다. 불과 6루블을 교환하였지만 큰 짐이 되어
운반할 일이 걱정스럽다. 조선 국경을 넘는 데에는 귀찮은 수속도 없었
으며 양국 관헌으로부터 여권을 제시하라는 어떠한 요구도 없었고 오직
조선 땅에 훨씬 들어가서 국경 수직관守直官에게 우리의 입경을 통고하
였을 따름이다.

길가의 초가집이 그림과 같이 엎드려 있다. 얼마 가지 않아 노령 가스
케위치 만이 바라보인다. 29년 전에 이 바다 앞에서 블라디보스톡의 거
상 쿤스트 알베스 상회의 소속선이 파선하자 사람만 간신히 보트로 구조
되어 블라디보스톡으로 돌아갔다고 한다. 그 얼마 후에 선주가 그 곳에
와 보니 배도 간 곳 없고 실렸던 화물은 전부 조선인들이 걷어 가고 난
다음이었다. 그런데 우스운 것은 화물은 대개 바다 속에 빠뜨리고 오직
보드카 술만 탈취한 것이었다. 그리고 수없이 많던 노국의 지폐를 가져
간 조선인들은 그것이 돈인 줄 모르고 벽지로 바르거나 창호에 발라 두
었더라고 한다. 선주가 조선 정부에 탄원한 결과 경흥의 감리와 아전 여
러 명이 면직되고, 수년이 지난 다음 고사니 촌에 있는 국경 수직병守直
兵 네 명을 사형하였다고 한다.

구릉 사이에 자리잡은 10여 호나 됨직한 조그마한 마을에 이르러 그 중 가장 정결한 집을 빌려 짐을 내려놓고 통역인 김씨와 나는 포구를 구경하러 나갔다. 해변의 가장 높은 언덕에 올랐다. 조선 사람들은 이 곳을 안지安地라고 불렀다. 이 곳에 봉화대가 있어 변경에 사변이 돌발하면 봉화를 들어서 서울까지 신호를 했다고 한다. 그 자리엔 흔적만 남았는데 돌 틈에 무수한 뱀이 우물거린다. 조선 사람은 길고 흑갈색 빛이 나는 놈을 조선 뱀이라고 하고 회색빛이 나는 놈은 청국 뱀이라고 하는데 둘 다 독사이나 청국 뱀이 더 독하다고 한다. 봉화대 밑에는 조그마한 돌무더기가 있으니 이는 기도하는 곳으로 아이가 앓거나 불행이 있을 때에는 돌을 쌓고 그 앞에 쌀을 놓아 무녀로 하여금 기도하게 한다.

마을 옆을 지나가며 여러 가지 조선 예의를 보았으니 어떤 집 옆을 지날 때에는 말에서 내려야 한다. 부인네와 만날 때에도 이러한 예의가 필요하거니와 또 비슷한 사람들끼리 만날 때에는 땅에 내려 절을 하여야 한다. 여사로 돌아왔다. 방바닥에는 흙을 바르고 돗자리를 깔았다. 다리를 겨우 펼 만한 방 두 칸을 얻어 차를 끓여 마시고 저녁을 먹었는데 주인에게 차를 권하니 매우 기뻐한다. 주인은 양순한 사람이며 손님을 대함이 친절하였다.

밖에 나갔던 통역 김씨가 나를 급하게 부르기에 나가 보았더니 그는 어떤 오래 된 비각 옆에 서 있는데, 그 비각은 벽돌로 쌓고 지붕은 기와를 덮었으며 삼 면이 모두 견고한 벽이요 정면만 겨우 출입할 만한 입구가 있었다. 비면은 한자라 읽을 수가 없었으나 김 통역이 번역하는 바에 따르면 이는 300년 전 조선 영웅 이순신의 승전 기념비로 희대의 업적인 그 공훈을 기념하기 위하여 건립한 것이라 한다.

비각을 구경하고 여사로 돌아오니 뜰에 쉰대여섯 살쯤 되어 보이는 몸집 큰 조선인 한 사람이 있었다. 그는 사냥꾼으로서 집은 노령 크라스노예셀로에 두었으되 러시아는 사슴의 수렵을 국법으로 금하여 조선에 건너와 사냥을 한다고 한다. 그는 일생에 호랑이 9두와 큰 곰 21두, 그리고 사슴 7두와 무수한 표범과 노루를 잡았다고 한다. 조선의 삼손이다. 무슨 재주로 그러한 맹수를 잡느냐고 물었더니 "그럭저럭 잡지요" 하며 터벅터벅 돌아가고 만다.

뜰 안엔 무수히 많은 아동들이 모였다. 대개 얼굴이 넓고 눈이 작다. 안면엔 활기가 적고 수심이 있으며 골똘히 무엇을 생각하는 듯한 용모다. 나는 가지고 있던 비스킷과 사탕을 그들에게 나누어 주었다. 열너덧 명이나 될까? 마을 아이들이 다 모인 줄 알았더니 달랑 두 집의 아이들이라 한다. 그러면 이와 같이 조선인은 다산인가. 들으니 왕왕 10명 이상 15명까지 낳는 부인도 있다고 한다. 또 문 밖에는 무섭게 추한 얼굴을 한 사람 둘이 서 있었다. 나병 환자라고 한다. 이 마을에 두 사람이나 있다고 하므로 조선에 이런 환자들이 많은가 하고 물었더니 상당하여 때때로 무리를 지어서 돌아다닌다고 한다.

가스케위치 만의 시찰을 마친 후 경원을 향하여 오후 5시에 이 작은 마을을 출발하였다. 하천과 작은 못에는 물오리가 새카맣게 수면을 덮었다. 물에는 날짐승, 산에는 맹수, 나는 아직 이와 같은 곳을 보지 못하였다. 도중에 마을 사람 서넛과 동행이 되었다. 이 말 저 말 주고받던 끝에 그들은 지금의 왕조에 대하여 실망을 품고 있음을 알았다. 국왕의 에고이즘에 대하여 불평을 가졌으며 또 그 세자 되시는 이는 육체가 건강하지 못한 이라고 한다. 그리하여 백성들은 국왕의 서생의 왕자(아마 의친왕을 말하는 것인 듯 하다)에 기대를 붙이고 있었다. 그 왕자는 스물두 살로 지금 일본에서 교육을 받으신다고 하며 일본 미카도 천황은 그 따님을 왕비로 주신다는 말이 있다. 왕자께서는 지극히 총명하시며 내외의 지식을 구비하셨다고 한다. 조선의 문자는 두 종류가 있다. 하나는 사내의 글이요 하나는 여자의 글인데, 사내 글은 한자요 여자 글은 조선 글이다. 조선 글은 전 국민의 반수는 안다.

토지에 대하여 이야기했다. 토지는 광대하다. 면적의 단위는 가리(耕)인데 1가리는 800평방 샤찐(1샤찐은 약 7척尺)이요, 우리의 1제샤찐(제샤찐은 2,400평방 샤찐, 즉 1정町 1단段 5묘畝)의 가격이 250냥이다. 1냥은 20코페크이니 노화露貨로 환산하면 1제샤찐에 50루블이다. 이 땅값은 이 지방 함경북도의 시세요, 남방은 더 비싸다고 한다. 경지의 수입은 1제샤찐의 면적으로부터 100냥, 즉 노화 20루블이요, 작물은 보리, 귀리, 콩, 메밀, 대마 등으로 경지는 쉴새없이 여러 가지 작물을 계절에 따라 번갈아 한다. 밭의 표면은 고랑을 만들어 놓았는데 이는 온기 때문에 그렇게 하는 모양이다. 파종은 4월 중순에 하고 수확은 9월 중순인데 마침 이 때가 가을이다. 이 지방에 대지주는 없고 대개 평균이 2, 3제샤찐씩의 토지를 가지고 있으며 이에 따라 매매는 없는 셈이다.

우리의 행로는 강변 물이 질척거리는 곳으로도 뚫리고, 산정 높은 돌 비탈길이 되기도 했다. 겨우 말 하나가 통행할 만한 험준한 길이다. 안장에 앉아 가기가 고통이다. 10웨르스트 가량 나와서 동행들을 작별하니 우리 일행만 남았다. 산길에 잠긴 우리는 어느덧 석양을 맞이하였다. 어두컴컴한 평야 위에는 농부들이 부지런히 일을 하고 있다. 어둠을 뚫고 10웨르스트나 더 갔을까. 엉덩이는 흔들리는 말안장에 벗겨지고 온몸이 풀어져 노곤하기 짝이 없다. 그런데 동행 중의 한 명이 없어졌음을 발견한 우리는 오던 길을 다시 돌아 소리를 지르고 호각을 불어 신호를 하였으나 종적을 알 수 없다. 깊은 산중에 밤까지 깊었으니 나그네의 근심이 더욱 깊다.

신비한 꿈나라를 방황하듯이 한참 허덕거리다가 깊이 잠든 조그마한 촌락에 들어서서 하룻밤을 새기로 하였다. 10호나 될까. 그러나 잘 만한 방이 없어서 우리는 그들에게 고읍古邑까지 데려다 주기를 원하였다. 마을 사람들은 처음엔 우리를 의심하였으나 김씨의 통역이 주효하여 마을 사람 너덧이 소를 타고 앞장선다. 산이 험하여 범이 나온다고 그들은 큰 소리를 지르고 우리는 호각을 불었다. 나는 처음에 그렇게 요란스럽게 할 필요가 없다고 거절하였으나 마을 사람들과 통역에게 설득되어 그대로 따랐다.

새벽녘에 고읍에 도착하여 여사를 정하고 피곤한 몸을 비교적 평안하게 쉬었다. 아침에 일어나 어린애들에게 사탕을 나눠 주고, 주인에겐 장작 값으로 15코페크, 열세 마리의 말먹이 값으로 20코페크, 닭 한 마리 값으로 20코페크를 합해 우리 일행 열세 명의 숙박료로 지불하였더니 겸손한 주인은 엽전의 반을 돌려주면서 굳이 사양한다. 이 곳의 통화는 엽전 외에 러시아 돈과 일본 은전을 사용한다. 1루블과 일본 은전 1원 480 푼을 맞바꾸는 것이 시세다.

9월 15일

고읍으로부터 경원까지는 삼천 리이다. 노리로 15웨로스트이나 발자국을 뗀 수와 시간으로 보아 10웨르스트밖에 되지 않아 보였다. 도로는 두만강 변으로 통하는데 연도의 경치가 좋다. 양쪽 강기슭에는 넓은 모래섬이 200사젠에 미칠 듯하니 노를 저어 다니기에 불편이 많겠다. 맞은편은 청나라 땅인데 산악이 원형극장같이 둥그렇게 돌고 최고봉은 구름 속에 솟아 있다. 태양은 값비싼 인도의 융단 빛같이 찬란한 빛을 수면에 던지고 있다.

강 위에는 어부들의 작은 배와 마상이 같은 거룻배가 점점이 떠 있다. 연어가 많이 잡히기로 유명하다는데 어로는 전부 조선 사람들이 한다. 물고기가 풍부하므로 그들의 생활은 풍족할 듯하나 그렇지 못한 것은 음주가 지나치기 때문이다. 그들은 술 이름을 토주土酒라고 부르는데 무한히 즐긴다. 여기서도 나병 환자를 만났다. 장시와 가미치라는 5, 6호씩 되는 마을을 지나 경원읍을 바라보았다.

읍의 주위는 15, 16척의 높이나 됨직하게 돌로 쌓은 성이 있고 성문은 넷이 있다. 조선의 축성법은 으레 이와 같이 동서남북의 사방에 한 개씩의 문을 두어 그 곳으로 통행하게 한다. 문을 들어서니 가구 수는 140, 150이나 될까. 대개가 떳집에 진흙으로 벽을 발랐으며 시가의 가운데에 큰 집이 있으니 이는 병영과 감리 영문이라고 한다. 감리는 지방의 최고 행정관으로 절대적인 권력을 가지고 있다. 그는 촌락의 수장인 풍헌風憲을 지휘하며 도읍의 무사 수령武士首領인 좌수와 그밖에 명예 있는 지위를 가진 사람을 호령한다. 이와 같으므로 부호들은 그에게 재물을 바친다.

먼저 보낸 선발대가 정해 놓은 가옥에 들어갔으나 통조림 같은 좋은 식량은 벌써 회령으로 실어 내가고 조선 안에선 다시 구할 수가 없었다. 그러므로 사흘 안에 회령에 다다를 일정을 정하여 총총한 여행을 할 수밖에 없다. 그러나 비상한 경우가 아닌 다음에는 식량난에 빠질 리는 없고 기장밥도 있고 닭과 계란, 옥수도 구할 수 있으며 생선도 있다. 오히려 탐험대를 위해서는 식량을 지니지 않고 움직일 수 있음이 편리하기만 하다. 만일 우리가 200노리나 되는 백두산 정상을 오르게 된다면 모든 화물을 내버렸을 것이다.

곤한 몸을 쉬려 하는 참에 감리가 경관을 보내 나더러 여행권을 가지고 직접 감리에게 오라고 한다. 나를 직접 호출하는 것은 아마 뇌물을 요구하는 것이다 싶어 매우 불쾌한 생각이 일어났다. 나는 대원 중의 한 명과 통역을 맡은 김씨를 대신 보내 내 사진이 붙은 여행권을 보여주게 하였다. 약 반 시간이나 되어 둘이 돌아와 하는 말이 감리는 조그마한 사람으로 두 사람을 방 안에 청하여 의자에 앉힌 후 먼 길 온 손님을 후히 대접하지 못함을 사과하였다고 한다. 자기는 영국의 런던에 가 있던 경원 감리 박의겸朴義兼이라는 명함을 내주더라고 한다. 나는 다행히 내 추측이 그저 기우에 치우쳤음을 알고 기뻐하였다.

이 지방에는 이런 재미있는 전설이 있다.
옛날, 500년쯤 전에, 이씨李氏가 조선 국왕에 등극할 때, 박가朴哥와 이가李哥라는 두 영웅이 있었다. 둘 다 경원군 사람으로 이씨는 솔뫼, 박씨는 남뫼라는 마을에 살았다. 두 사람이 모두 산신령의 정기를 타고 잉태된 지 열두 달 만에 출생하니 어깨 밑에 날개가 달렸다. 그 둘은 나자마자 어머니의 젖은 먹었으나 그가 언제 젖을 먹고 가는지 본 사람은 아무도 없었다고 한다. 그들은 선사仙師에게 가서 병학兵學을 배우기 시작했는데 둘 다 얼굴이 백옥같이 희고 머리털도 노인처럼 백발이었다고 한다. 그러나 젖을 떼고 나서 두 부모는 그 자식의 얼굴조차 구경할 수가 없었다. 몇 해 뒤에 나라에 큰 전란이 일어나서 새 임금을 세우게 되자 백성은 필경 이씨를 추대하여 왕위에 오르게 하였다. 그런데 이씨가 왕위에 오르기 며칠 전에 그 이씨의 망부가 꿈에 나타났다. 아버지는 이씨를 보고 "내일 밤을 자지 마라. 촉지늪 위에서 청룡과 황룡이 어우러져 싸울 터인데 황룡은 네 애비요, 청룡은 박가의 아버지이니 만일 싸우다가 황룡, 즉 내가 지는 듯하거든 활로 청룡을 쏴라" 하는 부탁을 하고는 사라지고 말았다. 현몽한 아버지의 말을 명심한 이씨는 촉지늪에 나가 보았더니 과연 청룡과 황룡이 꼬리를 치며 싸우다가 필경에는 청룡, 즉 박가의 아버지가 목이 상하여 떨어졌는데 떨어지는 곳이 바로 늪 위였다. 대지가 진동하는 큰 소리가 나며 땅이 꺼져 촉지늪과 두만강이 그만 이어지고 말았는데 그로 인해 사람들이 이 강을 촉지강이라고 일컬었다고 한다.

그런데 싸움에 패한 박씨는 그 다음 날 밤에 자신의 아들에게 현몽하여 가로되 "불행히 내가 싸움에 패하여 네가 나라를 얻지 못하였으나 500년 후에는 자연히 네게 왕위가 돌아올 터이니 얼마 동안 몸을 숨기고 있어라. 만일 이씨에게 알려지면 큰 우환이 있으리라" 하고는 사라졌다. 아버지의 가르침을 받은 박씨는 즉시 행색을 감추어 깊은 산사로 들어가 숨어 버렸는데 때가 벌써 504년이나 되었으되 아직 박씨는 출현하지 않았다. 그러므로 사람들은 이제나 저제나 하며 그의 출현을 기다리고 있다고 한다.

그런데 이상한 것은 두만강 입구에서 멀리 동해 바다 가운데에 섬 하나가 있는데 그 섬에선 날이 흐리면 이상한 소리가 난다는 것이다. 호기심을 가진 사람들이 간혹 찾아가기도 하나 누구든지 한번 들어가면 다시 나오지 않는다고 한다. 사람들은 이 섬에 그 박씨가 있다고 믿는 모양이다.

조선의 씨족 제도는 대단히 복잡하다. 통역인 김씨는 고읍 출생인데 어디 가든지 그와 같은 성씨를 가진 사람들은 친형제와 같이 그를 대접한다. 우리는 감리에게 전설이며 또는 지리와 모든 사정에 정통한 안내인을 주선하여 달라고 부탁했다. 그는 노어까지 통하는 사람을 얻어 주겠다고 하여 믿고 있었으나 정작 온 사람을 보니 아무것도 알지 못하는 맹추이다. 우리는 무속인과 감옥 구경을 하려고 하였으나 경찰의 방해로 보지 못하고 회령으로 출발하였다.

김 통역도 이 지방 지리에 생소하므로 감리가 보낸 안내자에게 여러 가지 사정을 물었으나 그는 노어도 모르는 체하고 또한 이야깃거리도 잘 내놓지 않는다. 감리로부터 함구령이라도 받았는지 그저 묵묵히 길만 갈 뿐이다. 그에게 노어를 할 줄 아느냐고 내가 물었더니 머리를 가로 흔든다. 아는 듯하면서도 모른다고 대답함이 수상도 한데 혹은 감리가 우리 일행의 행동을 감시하기 위하여 보낸 것일는지도 몰라 그에게 엽전 100분을 줘 돌려보내려고 하였다. 그러나 그는 혼자 가기가 무섭다고 거절하다가 다우리라는 마을에 도착하여 다시 엽전 100매를 주어 간신히 떼어 버렸다.

길가의 조선 농부들은 산간에서 흐르는 조그만 계류도 버리지 않고 재치 있게 활용하여 물레방아를 돌린다.

길은 다시 험준한 낭떠러지 위로 기어오른다. 우리는 여기서 마지막으로 두만강과 작별하고 방향을 돌려 두만강의 지류인 가무리의 연안을 활모양으로 돌았다. 이틀 동안 친애하던 용용한 두만강 가의 가파른 바위에 올라 눈 아래에 펼쳐지는 아름다운 산과 강의 흐름을 바라본다. 낙조가 서산에 걸렸는데 하늘은 황금 가루를 뿌린 듯이 찬란하다. 정숙한 자연의 파노라마이다.

다우리라는 마을에서 온 조선 사람들과 이야기를 나누게 되었다. 그들은 멀리 남방을 가리키며 회령군이 저기라고 한다. 다시 손을 돌려 항송제라는 못을 가리키며 그 곳은 만주 족장의 발상지라고 한다. 만약 만주 황제의 발원지가 여기라 하면 그 능은 왜 봉천奉天에 있을까?

"중국 사람들은 조선인의 덕택 밑에서 사는 셈이지요" 하며 짧은 저고리에 테는 넓고 모자는 좁은 갓을 쓰고 긴 담뱃대를 문 노인이 쭈그리고 앉아서 옛말을 시작한다. 다른 몇 사람도 역시 그 모양으로 앉아서 그 노인의 말을 엄숙한 태도로 경청하다가 혹은 정정도 하며 천 년 묵은 옛 기억을 새롭게 한다. 노인이 말하는 한 편의 전설을 듣노라니, 이는 전설에 그치는 것이 아니라 그들의 신앙의 한 모습임을 분명히 알겠다.

하늘은 자줏빛 융단을 깔아 놓은 듯하다. 늙은 노인의 신화 같은 전설을 듣노라니 우리가 산 위의 바위에 앉은 것이 아니라 두만강 위에 둥실 떠 있는 꽃구름 위에 앉아 있는 듯한 기분이 난다. 구름 밖엔 산봉우리들이 첩첩하게 이어지고 깊은 골짜기에는 푸른 저녁 안개가 모호한데 두어 채의 떳집은 밥 짓는 연기에 잠겨 있다. 평화스러운 산촌의 정경이다. 어디선가 들려오는 우렁찬 소 울음소리! 고요한 공기를 흔든다. 우연한 과객인 우리도 천 년 전 사실에 다다르매 밑 없는 구렁에 떨어진 듯한 감개가 깊다.

천 년 전의 전설을 신앙같이 이야기하는 조선 사람들은 마치 어린애들같이 지금도 영웅의 출현을 바라고 있다. 행복을 갈망한다. 이리와 지네의 위협 밑에서도 그들은 견고한 신앙으로 그들을 구해 줄 영웅이나 신의 출현을 믿고 있다. 미라같이 냉정한 그 얼굴에 아득한 희망이 떠오르고 있는 것이다. 해가 완전히 저물었다. 선선한 저녁 바람이 선득 불어 어둠을 내려 덮으니 신비의 사색도 그 속에 덮이고 말았다.

앞으로 나아가기를 재촉하던 우리는 도중에서 "조선인은 돈을 사랑하느냐"고 물었더니 그 대답이 "옛날 세 형제가 산중에 들어가 인삼을 캐어 가지고 돌아오는 길에 욕심에 눈이 어두워 맏형과 둘째가 서로 공모하여 막내 동생을 죽였다. 셋째를 죽이고 남은 두 형제는 제각기 생각하기를 저 혼자 산삼을 가지면 거부가 될 것이 아니냐 하는 욕심이 또 생겼다. 그리하여 큰 형이 둘째 동생을 때려죽이려고 술을 사오라고 마을로 보내 놓고 오는 길에 습격할 준비를 해 놓았다가 계획대로 때려죽였다. 큰 형은 만족하여 동생이 사 가지고 온 술을 마시고는 저마저 죽어 버렸다. 까닭인즉 그 술에는 둘째가 형을 죽이려고 독을 타 놓았던 것이다. 이리하여 세 형제는 자멸해 버리고 귀중한 산삼은 썩어 버렸다. 이것이 본보기가 되어 조선인은 재물보다도 형제애가 더 깊다"고 한다. 이 이야기야 그야말로 한 이야기에 불과하겠지만 실제로 조선인은 형제간의 우애가 매우 도타운 모양이다.

9월 16일

비가 보슬보슬 내린다. 짐을 실은 말은 먼저 떠나보내고 나는 뗏집에 들어앉아 창문을 열어 제치고 원고를 쓴다. 창 밖은 옥수수와 수수로 앞이 막혔다. 수수밭 사이에 논이 있으나 풍작이 못된 듯하다. 시원한 바람이 마른 풀 향기를 안아다가 내 얼굴에 끼얹는다. 우리가 타고 온 말은 좋아라고 옥수수 대를 뜯어 먹는다.

하인은 물오리를 구해다가 기름에 볶았는데 산중 별미이다. 처마 밑에는 매 한 마리가 매여 있다. 이 집 주인은 매 사냥의 명수라 한다. 그러나 요새는 날짐승들이 깃을 가는 환우기가 되어 사냥을 하지 못하고 있다고 했다. 사냥이 허락되는 시기는 11월부터 4월까지라고 한다. 사냥하는 법은 사냥개로 하여금 꿩을 날리고 매로 하여금 채 오게 한다고 한다. 주인은 매 사냥으로 유명할 뿐 아니라, 이 동리의 동장이다. 몸은 호리호리하게 생기고 얼굴은 유순한데, 수염이 드물게 났다. 이 노인이 우리의 앞길을 인도하게 되었으나, 한 시간 뒤에라야 떠날 수가 있다 하니 그 이유는 마을에 재판이 있기 때문이라 한다.

마을 재판이라는 말에 호기심이 불쑥 생긴 우리는 재판 구경을 간청하였다. 다행히 허락을 받아 나는 김 통역과 동행하여 구경했다. 재판받는 사람이 누구냐고 물었더니 열여섯 살의 어린 아낙네로 남편한데 매를 맞고 달아난 것을 붙잡아 놓은 뒤에 시비를 판단하는 것이라고 한다. 이윽고 법정이라는 떳집을 찾아가 보았다. 가옥의 구조는 보통 가옥과 차이가 없다. 방 안에는 여덟 명의 재판관이 앉았고 그 뒤에 노인 아홉 명이 앉았으며 그 앞에는 나무로 깎아 만든 책상이 놓여 있다.

그 옆방엔 열여섯 살이라고는 하나 제 나이보다 올되어 보이는 피고와 그 남편이 앉아 있다. 남자의 나이는 스무 살이라고 한다. 나는 방으로 들어가면서 장화를 벗을 일이 염려스러웠지만 다행히 면제되고 모자만 벗었더니 통역이 모자를 쓰는 것이 예의라고 주의를 주기에 다시 썼다. 아닌 것이 아니라, 재판장 이하 모두가 갓을 쓰고 있지 않은가. 여기 있는 조선 사람들의 얼굴은 빛이 검어 보이며 윤곽이 넓고 수염이 적다. 눈동자는 대개 온순해 보이고 얼굴은 추한 사람도 있으나 이탈리아의 미남자를 연상시키는 우아한 사람도 있다.

재판의 광경을 절반쯤 보다가 돌아와서 행장을 수습하고 주인 노인이 돌아오기를 기다려 길을 떠났다. 도중에 노인에게서 마을 재판의 판결을 들었다. 결국 남편의 과실로 인정되어 곤장 열 대를 집행하였을 뿐 도주한 그의 처에 대하여는 하등의 형벌을 가하지 않았다고 한다. 이 말을 듣는 우리는 의아한 생각을 풀 수 없어 "그러면 그 여자는 어떻게 하느냐"고 물었더니, 노인의 대답이 "남편을 벌한 것은 아내를 잘못 가르쳐 동리를 소란하게 한 죄를 처벌하였을 뿐이요, 그 아내에 대한 처결은 그 남편의 의사에 맡길 뿐이라"고 한다. 형을 받은 남편은 걷지를 못하므로 마차에 태워 아내가 보호하며 갔으니 이로써 그 여자도 마음을 다시 먹었다고 한다. "그러면 그 여자가 다시 도주하면 어찌 하느냐"고 물었더니 그는 "그 때에는 혹독히 처벌하여 달아나지 못하도록 한다"고 한다.

비가 억수로 퍼붓는다. 하늘에서 물을 내려 퍼붓는다는 편이 옳을 것이다. 외투마저 젖어 온 몸이 흠뻑 젖었다. 조선 사람들의 우의는 삼 껍질을 벗긴 것으로 엮었는데 매우 솜씨 있게 만들었다. 그 모양이 마치 고슴도치의 털 같아 보인다. 폭우에 새로 생긴 급류가 돌을 굴리고 길을 막는다. 곳곳이 이러하니 그 어려움을 탄식하지 않을 수가 없다. 가파르게 내리깎인 듯한 가팔령이라는 고개를 간신히 넘을 때에 날은 저문다. 길 안내인은 더 이상 전진하지 못하겠다고 한다. 그 이유는 말이 냄새를 맡고 꼼짝하지 못하는 까닭이라고 한다. "냄새를 맡다니 무슨 냄새란 말이오?" 하고 물었더니, 안내인이 서슴지 않고 "호랑이 말이오" 하면서 이 고개는 밤중에 통행하는 사람은 아무도 없고 대낮에도 두 명 이상씩 떼를 지어 다니는 곳이라고 한다. 우리는 억지로 끌다시피 그를 재촉하여 앞으로 나아갔다. 이런 때에 나에게도 기원이 일어남을 깨달았다. 조선인은 고개 위 산령당山靈堂에 여러 번 허리를 굽혀 깊은 골, 높은 고개를 무사히 넘을 수 있게 해 달라고 축수한다.

9월 17일

가팔령 아래 발개리라는 마을, 김희봉의 집에서 피곤한 몸을 쉬었다. 마을 앞에는 탁류가 내를 이뤄 물소리가 요란하다. 골짜기에는 안개비가 자욱하여 아직 쾌청하지는 않았다. 열 명 남짓한 마을 사람이 찾아와서 말동무가 되어 준다. 그들도 나와 더불어 이야기를 나누는 것을 희망하는 모양이거니와, 나도 어린이와 같이 순진한 그들에게서 기담이며 설화를 경청하는 것이 매우 흥미 있다.

화제는 종교 이야기를 중심으로 각종 설화를 섭렵하였다. 유교, 산악 숭배 등 조선 사람이라면 상식으로 아는 이야기가 내 귀에는 몹시 신기하다. 수많은 화제 중에서 가장 나에게 감흥을 준 것은 많은 사후론이니 조선 사람은 영혼 윤회설을 믿고 있다. 즉 사람에게는 혼이 셋이 있는데 제1혼은 사람이 죽는 즉시 세 천사가 내려와 그 혼을 천상 극락으로 불러 간다. 극락의 주인인 옥황 상제는 그가 지상에서 행한 선악을 심판하여 그 공과 죄에 따라 극락에서 영생을 누리게 하거나 혹은 다시 사람으로 환생하게 하고 혹은 축생으로 변생하게 하기도 한다. 반역의 죄를 지은 자는 영겁에 축생으로 윤회한다. 제2혼은 육신에 붙어서 지하, 즉 지옥으로 가는데 이것도 세 명의 사자가 잡아간다. 제3혼은 공중에 부유하면서 항상 자손을 보호하는데 이 혼은 한 명의 사자가 불러간다.

매장은 대개 수일 혹은 수십 일이 지난 뒤에야 행하는데 이는 옥황 상제의 심판 여하로 다시 환생할지도 모르는 까닭이다. 그 환생일은 3일, 5일, 7일 등 기수 일을 택한다고 한다. 발인 날은 점쟁이나 예언자 혹은 역관이 택하는데, 환생에 대한 기대 때문에 부호들은 대개 시체를 3개월이나 빈소에 안치해 두고 그 동안 생시와 같이 받든다. 또 묘지를 택함에서는 가장 위치가 좋은 명산을 고르는데 이는 제3혼의 안녕을 꾀하는 것으로 일족의 영고성쇠가 이 묘지 여하에 있다 하여 지관으로 하여금 택하게 한다. 그러므로 조선의 산림은 거의가 조금씩 여러 사람이 분할하여 가지고 있으니 이는 장차 조상들의 능묘를 만들기 위함이다. 그러나 명당을 구하는 것은 지극히 어려운 일이다. 그 때문에 관을 파 가지고 이 산에서 저 산으로 명당을 찾아 전전하기도 한다.

아닌 게 아니라, 어제 이 곳으로 오는 길에서도 관을 이송하는 것을 목도하였다. 그 사람들에게 옮기는 이유를 물었더니 그들은 대답하기를 "우리 집 어린애가 병을 앓던 중인데 무당에게 물었더니 여섯 달 전에 사망한 조부의 묘지를 잘못 쓴 탓이라. 명당으로 옮기라고 하므로 좋은 날을 택하여 묘를 옮기는 것이라"고 한다. 조선 사람들은 제3혼, 즉 공중에 부동하는 혼을 위로하기 위하여 산중의 산신당 또는 성황당에 돼지를 잡고 쌀밥을 지어 가지고 무당으로 하여금 기원하게 한다.

인류의 생사는 명부冥府의 주인인 염라 대왕의 주관이라고 한다. 그 대왕은 모든 사람의 이름을 기록한 책을 가지고 있다. 그 책에는 그 사람의 수명이며 생후의 선악을 기록하여 둔다. 그런데 염라신도 과실이 있던지 어느 때 명천에 사는 박 모의 혼이 사자에게 붙잡혀 염라청에 갔었다. 대왕은 명부를 열독한 후, 단천에 사는 박 모를 잘못 알고 불러 온 것이 판명되어 죽었던 명천 박 모는 회생하였다고 한다.

비가 폭주한다. 어제 종일 젖은 옷에 습기가 배어 불쾌하기 짝이 없다. 성냥도 습하여 불이 붙지 않는다. 나는 집주인을 보고 이 집에는 시체를 둔 적이 없냐고 물었더니 2년 전에 상을 당해 바로 며칠 전에야 탈상하였다고 한다. 나는 그 시체를 어느 방에 두었느냐고 다시 물었다. 그랬더니 시방 내 침대 놓인 곳이 그 곳이라 한다. 병명은 천연두라고.

여러 사람들에게 사의를 표하고 다시 길을 떠났다. 작은 시내는 물이 불어 탁류가 펑펑 솟아나듯 흐른다. 안개는 점점 걷히고 검기만 하던 하늘도 훤하게 터 온다. 길은 한 치 틈도 없이 빽빽한 숲과 어린 나무로 가득한 숲 사이를 구절양장같이 누빈다. 듣건대 이 산림이 전에는 하늘에 닿을 듯 키 큰 나무들로 빼곡하여 늘 어두침침하던 것이 근년에 이르러 화전을 개간하기 때문에 이 모양이 되었다고 한다. 지대가 급경사인데 여기에 보섭을 넣는 재주는 사람이 아니라, 산양이나 표범이 아니면 어렵지 않을까?

한 2노리쯤 걸어와서 강을 건너려 할 때 우리 눈앞에 기괴한 모습이 연출되었다. 마침 강변에 서른 명 남짓한 조선 사람이 모여 있기에 무슨 일이냐고 물었더니 내일이 추석이므로 제물을 준비하기 위하여 소를 잡는 것이라고 한다. 대개 웃통을 벗어 구릿빛의 피부를 노출하였는데 팔뚝과 어깨에 근육이 불룩거리는 것이 모두가 힘깨나 쓰는 사람들이다. 쭉 둘러앉은 그들 앞에는 각기 한 몫씩의 고깃덩이가 놓여 있다.

강을 건너는 데 꽤 큰 곤란을 겪었다. 격류라서 짐을 실은 말이 중간쯤에서 미끄러지는 등 야단법석이 일어났다. 일행 중 어떤 사람은 소중히 가지고 다니던 철학 서적을 떠내려 보내기도 했다. 도저히 우리의 힘으로는 제대로 건널 수가 없기에 소 잡는 사람들에게 힘을 빌리며 약간의 대가를 주었더니 순식간에 건널 수가 있었다.

산포도가 시커멓게 익었다. 뽀송뽀송한 송이를 따서 입에 넣어 보니 송이는 비록 작았지만 맛은 꿀같이 달았다. 광산가와 동행한 사람은 근처 산중에 산양이 서식한다는 말을 듣고 사냥을 떠난다. 갈 때에 몰이꾼으로 몇 명의 조선 사람을 얻으려 했더니 공포를 느껴 주저한다. 통역으로 하여금 산양은 무서운 동물이 아니라고 타일러 간신히 따르게 하였다.

강 가운데에서 넘어진 말을 건지느라고 조선 사람 둘이 벌거벗고 땀을 흘린다. 더러는 우리 짐을 나르느라고 우왕좌왕한다. 또 강 언덕엔 조선 사람들 여럿이 둘러앉아 긴 담뱃대를 퍽퍽 빨며 새파란 연기를 내뿜는다. 한 폭의 그림이 아니고 무엇이랴! 나는 사진기를 꺼내 이 광경을 필름에 넣었다. 조선 사람들은 사진기를 보고 깜짝 놀랐으나 통역의 설명을 듣더니 안심하고는 외양을 단정히 차린다. 촬영 후에 귀엽게 생긴 어린애들에게 사탕을 나누어 주었다. 그 중에 가장 어여쁜 아이가 있었다. 나중에 들으니 그는 어린 아이지만 벌써 장가를 들었다고 한다. 그는 기혼자의 표증으로 머리에 초립을 쓰고 있었다.

하늘을 찌를 듯이 높이 솟은 큰 나무 밑에 천막을 치고 이 냇가에서 하룻밤을 쉬기로 하였다. 근동 사람들이 하나둘씩 천막으로 모여들기 시작하는데 그 중에는 노국 신부가 쓰는 것 같은 넓은 관을 쓴 사람도 있으니, 이는 이 곳 양반이라 한다. 흰 갓을 쓴 사람도 있었다. 그는 상을 당해 아직 상중인 사람이라 한다. 조선 사람은 상복으로 백색을 사용한다. 머리 위부터 발끝까지 온통 백색이다. 꼭 상복뿐 아니라 조선 사람은 일반적으로 백색을 애용하는 경향이 있다.

저녁 후에는 다른 동리 사람들의 내방도 받았다. 그 중에는 유명한 학자도 있었기에 나는 통역에게서 배운 예의대로 두 손으로 그의 두 손을 잡아 상석에 앉혔다. 약간의 물품을 기증하고, 또 모인 사람 전부에게 꼬냑을 대접하였다. 비록 몇 잔씩밖에 돌아가지 않았으나 이것으로도 그들의 혀끝을 얼리기는 충분한 모양이었다.

이 양반 학자님은 모든 사람의 존대를 받는다. 그는 조금 흥분된 어조로 지금의 시국에 대해 큰 불만을 토로한다. 이전에는 관직을 그 지식과 명망에 따라 주었는데, 언제부터인가 벼슬을 돈으로 사게 되더니 요새는 아예 서울 사람들끼리만 나눠 먹어 다른 사람들은 벼슬 맛을 볼 수가 없게 되었다고 분개하며 가난한 것에 대해 긴 탄식을 내놓았다.

그는 이어 긴 한숨을 내쉬며 "어찌해 다른 나라 사람들은 풍요로운데 우리는 가난할까요?" 하며 진지하게 묻는다. 내가 대답하기를, "나의 관찰에 의하면 조선 사람은 타고난 부자는 있으되 과학적인 부자가 나지 못합니다. 그 까닭은 기술을 모르기 때문입니다. 그렇기에 현대에서는 부자가 될 수 없는 것입니다. 가령, 우리가 도보로 여행하면 하루에 20노리를 못 가되, 기차는 능히 일천 노리를 가지 않습니까? 설사, 그런 철도가 있다고 하더라도 사용법을 모르면 역시 마찬가지가 아니겠습니까. 조선 사람은 매우 유용한 재질을 가지고 있는 국민이니 배우기 시작하면 일본인이 유럽인을 배우는 것 같이 진취할 수가 있으리다. 더욱이 조선의 북변은 노국과 인접하였으니 조선 사람의 희망만 그렇다면 우리는 형제의 정을 나누는 마음으로 조선에 신지식을 전수할 것이외다"라는 긴 설명으로써 하였다.

그 학자는 "우리가 바라는 바외다. 그러나 남들이 다 우리 같아야지요" 하며 조선의 학자들을 비난한다. 조선의 학자는 오직 한문을 숭상함으로써 만족한다. 조선 문자인 한글은 여자의 글이라 하여 애초에 배우지 않으므로 그들은 조선의 문자만 아는 대다수의 민중 사이에서 홀로 무식한 자가 되는 것이다.

이 노학자에 대한 뭇 사람의 공경은 대단하다. 무엇이든지 줄 때마다 반드시 두 손으로써 하고 나에게서 대접을 받을 때에도 일일이 그의 허락을 받는다. 스무 살이나 된 그의 아들은 항상 꿇어앉아 장죽에 담배를 담아 두 손으로 바치고 술은 한 잔도 받지 않는다. 노학자는 우리와 하직하고 천막을 떠날 때에 두 손으로 내 왼손을 잡아 손바닥을 이윽히 들여다보더니 내가 아흔 살을 넘겨 살 것이라고 한다. 이것은 손바닥에 잡혀 있는 선을 보는 관장술觀掌術이다. 김 통역이 하는 말을 들으면 회령으로 가면 유명한 점쟁이가 있는데 그는 능히 과거와 미래의 길흉화복을 알아낸다고 한다.

9월 1X일

새벽 4시 반에 눈이 뜨여 일어났다. 주변은 아직도 캄캄하다. 천막 밖에는 밤새 숙직을 하며 천막을 지킨 조선 사람 두 명이 불꽃이 늠실거리는 화톳불 옆에서 무엇이라고 떠들고 있다. 그 음성은 높고 어조는 빠르나 물결 소리같이 은은히 들린다. 5시 반에 동녘이 터 온다. 우리는 천막을 골짜기에 쳤으므로 아직도 어두운 기운이 가득하다. 그러나 대기는 엷은 면사포를 씌워 놓은 것같이 점점 투명해 오고 흐르는 강물, 으늑한 골짜기, 잠자는 떳집 들이 한 폭의 아름다운 그림처럼 맑고 아름다운 정경이다. 어제 조선 사람들에게서 오늘이 명절이라고 들었는데 과연 명절답게 상쾌한 기분이 솟는 날이다. 명절은 어느 나라에서든지 기쁜 날이다. 어린 시절 명절을 즐기던 생각이 떠오른다.

6시쯤 되자 벌써 마을의 아이들이 모여든다. 어제와 달리 그들은 백색혹은 홍색, 남색의 울긋불긋한 새 옷을 입어 몸을 깨끗이 하였다. 그 중에 어른 한 명이 섞여 왔는데 백지로 만든 상 보자기로 덮은 두 소반에 명절 음식을 차려 가지고 왔다. 음식의 종류는 조선식 흰 떡과 누런 떡, 삶은 돼지고기, 저린 외瓜, 무김치, 익힌 생선, 소창자국, 개장국, 술, 수정과, 채소 등 열몇 가지의 진미로 나는 감사하며 일일이 맛을 음미하였다. 건너다보이는 길 저 편에서는 어제 왔던 노학자도 소반에 무엇을 가지고 온다. 그를 발견한 농부들이 우리에게 귀엣말을 했다. 양반은 벌써 1895년 을미년에 칙령으로 그 사회적 계급이 소멸되었지만 이러한 벽지에선 아직도 양반이 남아 있다. 서울 같은 대처에서는 양반 계급은 서민과 차별이 없이 된 지가 이미 오래라는 말이었다.

본디 조선 양반은 그 종류가 넷이라 한다. 하나는 촌락 양반, 하나는 도읍 양반, 하나는 지방 양반, 하나는 서울 양반인데, 서울 양반은 정부고관으로 황제가 내리는 벼슬을 받은 자를 일컬음이요, 지방 양반이라는 것은 지방에서 관리의 직에 있는 사람이요, 향촌 양반이라는 것은 혹은 군직도 있지마는 하등의 권위가 없다고 한다. 푸른 이끼로 덮인 골짜기 길을 더듬어 그 학자가 서 있는 집으로 갔다. 그 집은 기와를 덮었는데 기와 모양이 청나라의 그것과 흡사하다. 집을 뺑 둘러 울타리를 하였고 호박과 누런 옥수수와 초록색 담배와 붉은 고추가 띄엄띄엄 달려 있다. 조선의 밝은 경치다. 주인은 우리를 영접하며 "이것은 능금이요, 이것은 앵두외다" 하면서 우리에게 그 전원을 구경시킨다. 돌아다보니 사면이 골짜기인데 돌 벼랑을 갈아 잡곡을 심었다. 산 속엔 머루 덩굴과 앵두나무가 있다.

나는 주인 학자에게 향하여 말했다. "시기가 옵니다. 그대의 힘으로 골짜기를 개간한 것과 같이 조선 민족의 분투 노력은 능히 조선을 부자로 만들 수가 있겠습니다. 그러나 이 과정을 결코 청나라의 결과 없는 한문만을 배워서는 불가하니, 모름지기 현대 신과학을 닦아, 과수원을 조성할 줄 알고, 산중에서 보물을 채굴할 줄 아는 기술을 연마함이 조선을 부자의 나라로 만드는 첩경이지요. 그 때까지는 조선 사람은 오직 선량한 민족으로 있을 것이요, 선조의 산소만 지키는 선량한 민족일 것이외다. 그러나 선량한 민족에겐 모멸이 있을 뿐이지요."

노학자는 공손히 허리를 굽혀 내 말에 찬의를 표하며 도중까지 전송한다. 산촌에 사는 이 늙은 학자를 대하매 나는 돈키호테 생각이 불현듯 난다. 그와 서로 헤어질 때에 이르러 조선의 예의를 따라 말에서 내려 두 손으로 친절히 그의 손을 잡았다. 그는 감격하여 "나는 생전에 그대를 다시 한번 뵈면 하오" 한다. 나는 이 학자의 충정에서 우러나오는 요망에 "만일 내가 다시 와서 뵙지 못한다면 내 아들이라도 대신 보내리다"라고 굳은 약조를 남기고 앞길을 재촉하였다.

9월 18일

2노리의 넓이나 됨직한 골짜기를 걸으면서 서너 마을을 지났다. 골짜기는 돌투성이지만 훌륭히 개간되었으며 오히려 관개수가 충분한 탓으로 논이 많이 보였다. 그러나 땅이 척박한 탓인지, 차가운 기운 때문인지

발육이 불량하다.

명절 쇠는 광경이 처처에 전개된다. 마을마다 처녀들은 그네를 뛰고, 젊은이들도 삼삼오오 짝을 지어 거닐고 있으며, 어른들은 성묘에 겨를이 없는지 산 위엔 흰 옷만이 점점이 보인다. 조선 사람들은 분묘에 대한 관념이 대단하여 만일 타인의 묘지를 해치기라도 하면 죽음으로써 엄형에 처한다. 1년에 몇 차례씩 묘를 찾아 지내는 제사는 모든 음식과 과실을 바치고 또 술을 따르는데 석 잔을 묘 위에 끼얹는 것이 법도라고 한다. 문득 어느 집 앞을 지날 때에 어떤 사람이 뛰어나오며 우리를 부른다. 그는 노어로 인사를 하고 우리를 자기 집으로 불러들인다. 그는 오랫동안 노령에서 노동하던 사람이라는데, 매우 반갑기는 하나, 해거름까지 회령읍에 들어가야 하므로 앞에 펼쳐진 노정이 총총하여 그저 호의를 감사히 여길 뿐이다.

시중을 드는 비비크가 무엇을 생각하는지 빙그레 웃는다. 이 사람은 풍요롭기만 한 하리콥 현 태생으로 톰스키 현에서 자랐기 때문에 노국 부녀들의 방언을 쓴다. 그에게 물었다. "어떤가, 조선도 살기 괜찮지?" 그러자 그가 다시 빙그레 웃으며 대답한다. "뭐가 좋아요, 이런 산골이? 우리 톰스키 현은 넓은 벌이 끝이 없는데요." "집은 어떤가. 자네 살던 곳보다 깨끗하지, 사면은 녹음이요…." "글쎄, 그러나 여기는 가축이 없지 않습니까? 우리 고장은 양도 있고 다 있는데 여기는 소뿐이니까…." "그러나 여기는 방이 나뉘어 있지 않은가. 노국의 농가는 하나로 뚫린 방에서 뒤끓지 않는가?" 그는 다시 빙그레 웃으면서 말했다. "그까짓 것이 방입니까? 닭장이지요." 7척 장신의 그는 귀밑까지 찢어진 입을 비쭉이며 "나는 예서 살기 싫소, 청국도 이렇겠지요" 하는 양이 향수에 빠진 모양이다. 그는 금년까지 나와 여행을 하는 동안에 한 번도 유쾌한 빛을 띨 때가 없었다. 그만큼 그는 감상적 인물이다.

오늘 우리 일행은 열두 시간에 100리를 답파하였다. 황혼녘에 마지막으로 나루를 건널 때 산골짜기의 장려한 경색이 황홀하였다. 산정과 협곡이 한 가지로 영롱한 오리털의 빛깔로 장막을 친 것 같이 기이하였다. 어둠이 내려 덮이면서부터 북풍이 선들선들 불더니 한기가 엄습한다. 공중에는 어느덧 은반같이 밝은 달이 청량한 빛을 발하고 있다. 우리는 장도의 여행에 극히 피곤하여 정신을 차릴 수 없을 지경이 되었고, 머릿속은 오직 수면이 가득할 뿐이다. 낭랑한 달빛에 한 물체가 비치니 이것이 회령 성문이 아닌가 하는 생각이 든다.

말들도 종일 먹지 못하여 길가의 잡초는 물론 나뭇가지까지 물어뜯는다. 조선의 말이 지닌 위의 강건함이란 놀랄 수밖에 없다. 노국의 말이 건초와 꼴을 먹는 것과 같이 옥수수대를 비롯하여 먹지 못하는 물건이 없다. 그러면서도 난폭한 취급을 받는다. 노국의 농부가 마필을 부리듯이 음성을 높여 질책하고 있다. 어느 골짜기를 지날 때에 길 안내인은 이 산 속에 구렁이가 산다고 하며 손으로 그 길이를 형용하는데 십오륙 척은 족히 됨직하다. 나는 그에게 제 눈으로 보았느냐고 물었더니 그리 큰 것은 보지 못하였으되 사오 척쯤 되는 놈은 보았다고 한다. 말을 들으니 구렁이는 뱀같이 생긴 놈 말고도 악어같이 네 발 가진 놈도 있는데 구렁이에 대한 전설도 많다. 어떤 놈의 머리는 사람 머리 같이 생기기도 하였는데 이 놈은 장성한 처녀를 퍽 사랑한다고 한다. 이에 대한 전설은 대동소이하게 방방곡곡에 전해지고 있는 모양이다.

구렁이는 겨울에는 동면하고 봄, 여름, 가을에 날뛰는데 들쥐와 개구리를 포식한다고 하며 독소를 가졌다고 한다. 가장 독한 놈을 굴뱀이라고 하여 땅 속에 구덩이를 파고 여러 놈이 함께 사는데 만일 한 놈을 건드리면 많은 놈이 공동으로 일치하여 대적한다고 한다. 하나 이 놈은 그리 크지 않아서 삼 척 내외에 불과하며, 색은 흙색과 같은 보호색을 가지고 있다고 한다. 이런 말 저런 말을 들으면서 슬금슬금 걷다 보니 어느덧 회령 성 앞에 도달하였다. 성문은 석회를 발라 희다. 둥근 홍예문의 넓이는 2사젠이나 된다. 성문으로부터 성벽이 시작하여 시가를 통과하며 이리저리 얽혀 있다. 성의 높이는 2사젠이나 될까. 동서남북의 네 곳에 문이 하나씩 있어 성 밖과 교통을 하게 만들었다.

나는 문틈으로 성 안을 들여다보았다. 거기는 아지랑이가 낀 것 같기도 하고 백옥 세계가 전개된 것도 같아 깊은 구렁이 속으로 굴러 들어가는 듯한 몽롱한 느낌이 일어난다. 환상 같은 동방의 건축이여! 그러나 문을 뒤로 두니 벌써 여기는 몽환경도 아니요, 백옥 세계도 깨져 버리고 오직 전답이 질펀할 뿐이다. 도로 좌우에 100개나 넘게 박혀 있는 회색 말뚝과 같은 것은 이 곳을 통치했던 관리들의 덕을 칭송하는 기념비다. 이러한 밭두둑을 걷기 한참만에야 겨우 인가가 있는 시가에 도달하였다. 시가라야 다른 촌락과 같이 납작한 떳집이 다닥다닥 붙어 있어 농가보다 도리어 불결하다. 내가 탄 말이 지나가매 길이 막힐 지경이며, 내 머리가 처마 밑에 부딪친다. 아직 초저녁이라 8시도 못 되었음직한데 길가에 있는 점포를 비롯하여 읍내가 온통 죽은 듯이 잠을 잔다.

이렇듯 모든 것이 잠을 자는 밤에 우리는 어디서 하루 밤을 샐꼬? 어느 집에 이르러 대문을 두드렸더니 그 집 주인이 나와서 "우리를 위하여 군수가 객사를 준비하였으리라"고 한다. 이 기쁜 소식을 들은 길 안내인은 몸이 나는 듯이 앞장을 서서 달린다. 이윽고 요란한 소리가 나며 흑단령을 입은 사령이 마중을 나와 우리를 인도한다. 골목을 몇 구비나 돌았을까 한 군데에 이르니 커다란 집이 나타났다. 이것이 객관으로 군수가 우리 일행의 숙소로 정해 둔 곳이다. 기갈과 피로가 얼마나 심하던지 저녁을 치우자마자 자리에 누웠다. 곡조에 변화가 없이 길게 늘어지는 동방의 가요가 바람결에 날려 온다.

9월 19일

이상한 소음이 점점 가까워지더니 우리 여관 앞이 무슨 사변이 일어난 듯이 와자하게 시끄럽다. 잠결에 놀라 통역으로 하여금 알아보게 하였더니 군수의 행차가 우리를 찾아온 것이다. 6시가 좀 지났을까 한 때였다. 우리는 아직 이불 속에 들어 있으므로 통역으로 하여금 무례를 사하게 하는 동시에 장차 관청으로 방문할 의향이 있음을 전달하게 하였다.

군수는 우리의 사정을 헤아렸음인지 멀리 온 진객에게 경의를 표할 겸 인사 겸 왔노라고 문안을 하고는 돌아갔다. 그가 돌아선 후에 그 행렬을 보았더니 선두에 선 열몇 명의 사령은 만세를 호창하는 듯한 소리를 길게 빼며 그 뒤에는 노년의 군수가 흰 옷에 갓을 쓰고 사인교 위에 앉았으며 사인교에는 표범 가죽을 얹었다. 그 좌우로는 미목이 빼어난 두 소년이 따르며 시중을 드니 이는 부관이라 한다. 또 그 뒤에 열서너 명의 사령이 호위하는데 선두에 선 사령의 만세 소리 같은 소리는 앞길을 틔우는 호령이라 한다. 군수의 행차에는 반드시 이러한 의식이 필요하다. 서민은 그를 대함에 국궁 배례로 공대하여야 한다고 한다.

오후 2시나 되어서야 짐을 실은 말이 도착하였으므로 우리는 옷을 갈

아입고 군수를 방문하기 위해 나섰다. 우리 선두는 경리警吏가 인도하고 뒤로는 어린애들이 쫓아왔다. 연로에는 많은 사람이 늘어서서 우리를 구경하는데 그 중에는 혈색 좋고 얼굴빛이 흰 부인도 서 있어 그 행색이 유난스럽게 다르다. 미상불 이상한 생각이 없지 아니하여 통역에게 물었더니 그가 웃으며 하는 말이 그 여자는 과부라 한다. 그러나 이 과부는 보통 과부와 다르다 하니 그는 이전 군수의 애첩으로서 수청을 들었던 기생이라 한다. 통역에게 "기생은 도회지의 상민 계급에서 택하지 않느냐"고 물었더니, 그는 연로에 서 있던 사람들과 잠시 문답을 한 끝에 상민 계급만이 아니라 농촌에서도 무속인이나 점쟁이들에게 점을 쳐서 만일 요절할 운수라 하면 신수를 떼기 위하여 기방에 넣는다고 한다.

우리는 군수의 선정비가 나열된 길을 누벼 한 큰 집에 이르렀다. 이 집은 건축의 기교가 청나라의 방식을 모방한 듯이 기와를 덮고 문루가 있다. 누 위에는 큰 북이 있는데 이는 성문을 열고 닫음을 알리는 것이라 한다. 관청 안에 있던 군수는 우리를 보고 마중 나와 중문을 열고 안으로 인도한다. 이 중문은 군수 외에는 하인이라도 임의로 출입하지 못하는 금역이다. 군수의 인도로 높은 계단을 올라 커다란 방에 들어가니 중앙에 흰 상보를 덮은 탁자가 있고 그 사위에는 좌식 의자가 놓였는데 그 중 두 개에는 표범 가죽이 깔렸다. 군수는 이 두 자리에 나와 광산 기사를 앉히고 나머지 두 자리에 통역과 자기가 앉았다.

군수는 우리를 보고 먼 길의 피로를 위로하고 조선의 풍토와 민족이 어떠냐고 묻는다. 나는 그의 호의를 사례하고 조선은 공업이 발달해야만 장차 번영할 수 있으리라고 하였다. 군수는 내 말에 "무엇보다도 신교육이 필요하지요. 우리 셋째 아들은 벌써 1년째 페테르부르크에 유학 중이외다. 조선은 불행하여 다른 강국의 침략만 없으면 능히 자립할 수 있소. 조선 사람은 강하지 못하여 겨우 청나라의 굴레에서 벗어나니 또 일본의 우환이 있소. 일본인들은 탐욕이 있고 허식을 좋아하오" 하며 그는 일본인을 혐오하는 표정을 얼굴 위에 가득히 그린다. 아마 그는 이 때문에 관직에서 물러날지도 모른다. 그러나 그는 매우 솔직하다. 진객인 우리를 보려고 많은 사람이 창 밖에 운집하였다. 손가락으로 창을 뚫고 구멍으로 들여다 보는 사람도 있다.

"이 애는 내 둘째 아들이오. 셋째 첩의 몸에서 나온 애요" 하며 그는 아들을 내게 소개한다. 이전에는 조선에 서자와 적자의 구별이 엄연하였다고 한다. 옛날 어떤 대신이 적자가 없어 집안의 대를 생질에게 상속시키기로 정하고 그 축하로 잔치를 베풀었을 때에 귀빈은 물론 황제까지 친히 왕림하였다. 그 때 열 살 된 대신의 서자가 빈객 앞에 나아가 "여러분, 보십시오. 제가 우리 아버지의 자식이 분명합니까, 분명치 않습니까" 하고 당돌히 물었다. 집을 가득 채운 빈객들은 무슨 영문인지 모르고 무심히 "네가 네 어른의 자식이 아닐 수 있느냐" 하매, 그 소년은 다시 언성을 높여 "내가 우리 아버지의 자식이 분명할진대 어찌하여 아들의 권리를 박탈하여 사촌에게 상속하고자 하나이까. 내 사촌이 내 아버지의 아들은 아니겠지요" 하였다. 그 말에 그 아버지는 너무 민망하여 "법이 그러니 어쩌느냐" 하였다. 그러자 소년은 또 말했다. "그러면 법률은 누가 기록한 것이겠습니까?" 여러 손들은 서로 바라보며 웃음을 참지 못하면서 "사람이 법을 만들었지" 하고 어이없이 대답을 하니, 그 소년이 뒤를 이어 "그러면 여러 손님이 사람일진대 공정하지 못한 법률을 고칠 수 있지 않겠습니까?"라며 추궁하여 좌중을 정색하게 하였다. 이 때에 황제께서 "오, 그놈 어린것이로되 기특하다" 하시며 서자를 박대하는 법을 고치게 하니 그 뒤부터 서자의 대우가 평등하게 되었다고 한다.

군수에게 "양반 계급이 소멸되었다니 사실인가요" 하고 물었더니 "계급은 의연하되 그 특권은 1895년 을미년에 박탈되었습니다" 한다. 노예제도는 어떠냐고 물었더니 아직 있으되 없애려고 준비 중이라고 한다. 이러한 담화가 오고가는 사이에 식탁에는 붉은 약과와 빨갛고 흰 강정과 대추와 청나라식 생강편과 같은 단 과일과 생면生麺 그리고 차와 꼬냑이 준비되었다. 이 술은 그 병을 보니 러시아 사람의 손에서 나온 것임이 분명하다. 우리는 지니고 온 선물인 50개비의 여송연, 100개비의 궐련과 여송연을 넣는 서랍을 기증하였다. 그는 매우 감사해한다. 그에게 사진 촬영을 권했더니 만족한 빛을 보였다. 부인과 모든 첩, 자녀 그리고 관기와 많은 하인과 함께 박히기를 바라기에 광산 기사로 하여금 촬영하게 하였다.

우리는 새 안내인을 구했다. 이 사람은 전설도 잘 알고 글도 잘 읽는다. 그 동안 조선 설화집 일곱 권을 샀으니 이는 도중에서 읽고자 하는 것이다. 저녁때 군수는 다시 우리를 내방하였다. 청사롱, 홍사롱에 불을 밝히고 위풍당당하게 찾아오매 송구한 생각이 없지 않았다. 우리는 문전에 나가 그를 영접하여 실내로 인도하고 꼬냑을 따르고 과자를 냈더니 그는 단 것을 좋아하지 않는다고 술만 마신다. 이윽고 몇 잔이 거듭되어 거나한 취색이 도는가 싶더니 뜻밖에도 그가 러시아 말을 한다. 놀라운 마음을 금치 못하여 배운 곳을 물었더니 그는 일찍이 블라디보스톡에 갔던 일이 있어 그 때 기차도 타 보고 그 곳 지사와 오찬도 같이 하였다고 한다. 그러한 일이 있어서도 그러하려니와 그는 노국에 대하여 호의적이다. 그런 그가 일본을 매도함이 지당하다. 그는 회령 근방에서 발견된 석회 덩어리를 견본으로 가지고 와서 우리에게 보이며 노국의 힘으로 회령과 사할린 간에 석탄 철도를 빨리 건설하기를 바란다고 한다.

군수가 돌아간 뒤에 우리는 조선식으로 저녁을 먹었다. 반찬은 칠첩 반상이라 하여 닭 백숙과 쇠고기 전골과 너비아니와 백반 등 7종인데 여기에다가 빵을 섞어 먹으니 별미다.

9월 20일

오전 6시. 벌써 많은 아동들의 눈알이 창을 뚫고 들여다본다. 더 자고 싶지만 아이들의 설레에 더 잘 수가 없다. 아이들은 귀엽다. 그러나 이상한 악취가 코를 찌른다. 왜 이리 어린이들을 깨끗하게 챙겨 주지 않을까.

어제 저녁 연회 후에 도난당한 것이 상당함을 발견하였다. 차와 술도 잃고 통조림도 없어진 것이 많고 탄환도 더러 없어졌다. 조선에 들어온 뒤로 아직 잃은 물건이라고는 하나도 없었는데 결국 도적을 맞았다. 그러나 좀도적이 없는 나라가 어디 있을까. 영국 런던의 큰길에서도 도적을 만나지 않았던가. 거리에 나가서 풍경을 두어 점 촬영하였다. 점방과 국수집도 박고 어린애를 등에 업고 가는 부인도 박고 상반신을 벗은 채로 일하는 부녀도 박았다. 어느 점방을 보니 어떤 어여쁜 젊은 부인이 백색 허리를 드러낸 복색을 하고 솜을 사고 있다. 한 손에는 실로 꿴 엽전 꾸러미를 들었다.

또 어느 집은 뜰 안에 차일을 쳤다. 대상 제사를 지내는 것이라 한다. 이 날에는 가까운 마을 친척이 모여 먹고 마시며 고인을 기념한다고 한다. 이 곳 상인도 까치 다리를 하고 태연히 앉아 있는 모습이 러시아의 상인과 마찬가지로 금전 외에는 모든 것을 멸시하는 듯하다.

남문 밖을 나서니 젊은 아낙네들이 높은 동이에 물을 담아 이고 들어온다. 길에서 지나치는 사람마다 우리에게 상당한 경의를 표하며 어린이들은 낮은 소리로 "아라사, 아라사" 하며 우리를 유심히 본다. 한 노인이 우리 앞에 버티고 서서 큰 소리로 무슨 말을 한다. 통역에게 물었더니 아라사俄羅斯 사람은 양순하되 노국 병정은 불량하다고 한다.

회령의 인상은 이것뿐이다. 1,000호의 집에 6,300의 인구와 100두의 목우와 50두의 암소, 30두의 마필과 1,000두의 돼지가 있는 회령에서 밀가루 7푸드와 계란 7개를 구하였을 뿐이다. 다시 말을 타고 남문에서 회령과 작별하였다. 물동이를 이고 오락가락하는 젊은 아낙네를 보니 이국의 정서가 더욱 사무친다. 산 중턱에 묘지가 많다. 그 중에는 석상을 세운 곳도 있다. 조선의 리 수로 3리나 됨직한 곳에 비석거리라는 동리가 있다. 비석거리는 명칭과 같이 비석이 많은 거리라는 말인데 신구 사또가 서로 바뀔 때에 이 거리에서 황제가 직접 서명한 인부印符를 교환한다고 한다.

비석거리를 지나서부터는 촌강물이라는 비단결 같이 아름다운 시내를 끼고 간다. 산 밑을 지나면 푸른 배추밭과 보리밭이 나오고 그것이 다하면 조밭이 펼쳐진다. 조밭이 그치는 곳은 숲이 되고 숲을 지나면 수양버들 늘어진 방천이 전개된다. 수정같이 투명한 수면에 버들가지 너울너울 춤을 추는 광경은 완전한 한 폭의 아름다운 그림이다. 회령에서 80리 되는 산 중턱에 엎드린 조그마한 촌골이라는 부락에 이르니 날이 저물었다. 숙영을 준비하는데 농가의 밥 짓는 연기가 어두움을 재촉한다. 어느덧 근방 마을 사람들이 모여들었다. 그 중에 스무 살가량 되어 보이는 청넌이 향토미가 농후한 설화를 들려 준다. 이야기 끝에는 시를 읊듯이 노래를 부르기도 한다.

조선 사람은 아직 어머니의 품을 벗어나지 못하였다. 그들은 아직 신화적 설화를 듣기 좋아하고 말하기를 즐겨 한다. 그러나 그들의 이야기는 대개 선조의 이야기와 행복의 기대뿐이다. 자기의 행복을 위하여 선조의 백골을 이리저리 옮기는 것을 힘들다고 여기지 않고 길일을 택하러 예언자를 방문하기에 겨를이 없다. 산에는 머루와 능금과 배와 자두가 성숙하고 지하에는 금은이나 구리와 철 그리고 석회가 무진장으로 매몰되어 있으되 조선 사람은 이에 욕심을 내지 않는다. 오직 그들은 설화와 행운을 필요로 할 뿐이다.

9월 21일

우리 탐험대는 벌써 출동하였다. 농가에서는 집집마다 가을걷이를 하느라 분망하다. 아침 하늘이 청명하여 심신이 상쾌하다. 많은 아동들이 벌써부터 모여서 떠드는데 그 중에는 불쌍한 나병 환자가 있다. 여기서는 이러한 환자를 격리시키지 않고 건강한 사람과 같이 둔다. 길 옆으로 보이는 산 중턱에는 성묘하는 조선인들의 흰옷이 무리지어 흐드러졌다. 길은 오르기만 한다. 도중에서 헝겊과 청나라 술을 실은 소달구지 서넛을 추월하니 면포는 노령에서 수입하여 들여오는 것이다. 무산령茂山嶺 정상에는 산신당이 있다. 주위가 6척이나 됨직한 큰 나무 밑에 기와 덮은 당우가 있고 그 안에는 갈색 종이에 황색 얼굴을 하고 흰 수염과 흰 눈썹이 난 노인이 푸른 옷에 누런 장갑을 끼고 나무로 만든 검정 신을 신고 의자에 앉아 한 손으로 호랑이 머리를 쓰다듬는 모습을 그려 붙였다.

이 그림은 회령 부근에 사는 화가가 1898년 3월에 그린 것이라고 한다. 산신당 토벽에는 많은 낙서가 있었다. 그 중에는 노국의 문자로 "1889년 3월 8일, 웨테르고프", "1890년 3월 25일, 웨테르고프, 네오위우스, 크루소프", "1886년 2월 26일 데사노"라고 적어 놓은 것도 있었다. 이것은 모두 나보다 먼저 이 고개를 답파한 사람들이 남겨 놓은 흔적들이다. 나도 "1898년 9월 21일, 가린"이라고 기록하였다.

오늘 아침 떠난 곳에서부터 11노리 가량이나 되는 곳부터는 인적이 닿지 않은 곳처럼 잡초가 황량하고 행로가 험준하다. 20노리 되는 곳에 이르러서 비로소 서너 채의 인가를 만날 수 있었다. 이 부근은 마적의 출몰이 빈번하여 조선 사람들이 매우 무서워하는 곳이다. 실상 조선 사람들은 겁이 많아 100명이 뭉쳐서 가다가도 마적을 만나게 되면 서너 명은 몸에 지닌 물건을 모두 내버리고 달아난다고 한다.

청나라 사람들 또한 세상에서 약한 인종이다. 그러나 조선 사람들보다는 강하다. 조선 사람은 전쟁에는 적당하지 않은 사람들 같다. 그들은 전설에 의하면 영웅의 행동을 우러러보며 따르고자 하지만, 근세의 조선 사람의 실제는 소아와 같이 유순하고 영약하다. 나의 시종 비비크는 조선인의 이 약점을 이용할 염려가 많으므로 그가 조선인에게 대하여 물품을 매입할 때에도 항상 간섭하지 못하게 하고 부녀를 희롱함과 조선인들로 하여금 불쾌한 감정을 살 행동을 하지 못하게 엄중히 감시한다.

삼림은 양호하지 못하다. 불에 타고 남은 것이 아니면 썩어서 쓰러진 것뿐이다. 반듯하게 서 있는 나무는 버들과에 속한 것과 침엽수나 낙엽송이 대개일 뿐 적송류는 드물다. 날이 저문 뒤에 무산의 끝인 차유령車 諭嶺을 넘어 석사리골이라는 산촌에 이르러 밤을 지내기로 하였다. 마을 주위는 자욱한 수목뿐인데 저녁의 찬바람이 우렁차게 운다. 무서운 바람 소리! 어떤 나그네는 이 산골에서 4, 5일을 묵으면서 바람이 자기를 기다렸다고 한다. 그러나 이 모양으론 바람이 좀처럼 잘 것 같지가 않다.

궁촌이요, 가난한 집이다. 코카서스의 띳집이 연상된다. 기온이 4도로 날은 춥고, 건초도 없고 귀리도 없다. 사람을 10리나 보내서야 겨우 2푸드의 귀리와 스물다섯 단의 볏짚을 구해 왔다. 우리는 이미 열흘째 감자와 빵을 먹지 못하고 지냈다. 한 어여쁜 부인이 몸종을 데리고 우리 주막 내실에 들었다. 그들을 발견한 시종 비비크는 베세딘을 보고 단장을 하여 장관같이 보이도록 꾸미라고 권한다. 그 여인 덕분에 지저분하고 더러운 실내와 피곤 때문에 원기가 가라앉았던 일행들 사이에 웃음판이 벌어졌다.

이 여자는 회령읍에 사는 반가의 부녀라 하고, 몸종은 열다섯 살 소녀로 조선의 남부에 큰 가뭄이 들었을 때 팔려 왔다고 한다. 이 부인의 행색은 의복이 단아하다. 허리에 은으로 만든 방울을 찼으니 이것은 일종의 패물이라고 한다. 여자답게 생긴 여자다. 그녀가 타는 말에는 편안히 앉을 수 있는 안장이 얹혀 있고 그 위엔 서양식 양산이 놓여 있다. 이 밖에 또 한 명의 젊은 남자 나그네도 들었는데 그도 의복 범절이 깔끔하다. 나는 통역으로 하여금 이 청년의 직업이 무엇이며 생활이 어떠냐고 묻게 하였더니, 그는 회령 근처에서 약간의 밭을 일구어 그것으로 생활을 유지한다고 한다. 그 수입으로 부족하지 않으냐고 하였더니 "뭘요, 좁쌀 얼마와 이러한 의복이면 넉넉하고 갓은 일생을 두고 쓰는 것이니까요" 하며 대수롭지 않게 대답한다.

9월 22일

우리는 다시 행진을 시작하였다. 한 고개를 넘으니 골짜기요 거기는 떳집이 점점이 박혀 있었다. 산비탈은 급경사인데 전면이 개간되어 있다. 이 험한 곳에 무슨 재주로 보섭을 넣었는지 감탄할 수밖에 없다. 조그마한 나루를 건너다가 조선 농부가 사용하는 보섭을 보았다. 그 모양이 러시아의 그것과 흡사하다. 농구는 전부 조선에서 만든 것을 사용하였으나 최근에는 일본 제품이 수입되기 시작한다고 한다.

노상에서 무산 방면으로부터 백양목을 적재하고 오는 소달구지를 만났다. 조선인은 백양목으로 관을 짜면 백골이 썩지 않는다는 미신을 가지고 있기 때문에 이와 같이 백양재의 이송이 빈번한 것이다. 나는 길 앞잡이더러 누가 천지를 창조하였느냐고 물었더니 그는 "하늘은 옥황 상제가 지은 것이요, 땅은 사람이 만든 것"이라고 한다. 옥황 상제는 누가 만든 것이냐고 재차 물었더니 "사람이 생기는 것과 마찬가지로 되었지요" 하며 명확한 대답을 하지 못한다. 우리 일행이 한 작은 부락에 들어갔을 때에 조선 사람들은 내가 조금 전에 했던 질문을 화제로 하여 서로 다투다가 결국 존경을 받는 듯한 사람이 나서서 땅은 스스로 생기고 하늘과 사람은 옥황 상제가 지은 것이라고 대답하였다.

석양에 무산이 바라보였다. 무산은 그 글자의 뜻이 산이 깊다는 것이니, 아닌 게 아니라, 준령이 첩첩하고 온갖 산들은 높고 높아 과연 무산이다. 어느덧 황혼이 시야를 덮어 버린다. 이런 산중에 사찰이 하나 있음직한데 하나도 보이지 않는다. "왜 조선은 산중에 사원이 없냐"고 길 앞잡이에게 물었으나, 그도 피곤한 듯이 "없어요, 없어요" 할 뿐이지 이유를 대지 못한다. 무산읍에 당도하여 어느 큰 집에서 하룻밤을 쉬게 되었다. 기와집인 데에다 청결한 방 넷이 준비되었으며, 방의 창호도 회색 견사지를 발라 상쾌한 기분이 생겼다. 일행도 기뻐 떠들었으며 구경꾼도 소란하다.

얼른 저녁을 먹고 잠자리에 들어야 하겠으나 할 일이 태산 같다. 기술 보고서도 적어야 하겠고, 일기도 써야겠고, 천문 관측도 하여야겠으며, 조선의 신비한 전설도 수집하고 호랑이와 마적의 소굴인 백두산 이야기도 들어야 하겠으니 말이다. 그 때 이반 이바나세프가 황급히 뛰어 들어와서 마필 5두는 편자가 떨어져 나갔고, 2두는 등이 상하였으며, 말먹이와 고기도 떨어졌다고 한다. 또 일행의 속옷 세탁을 요망하니 하루 동안 체류할 필요가 있다고 보고한다. 세탁은 물이 차다고 해서 못 할 리도 없겠으나 다수가 휴식을 원해서 하루 동안 체류하기로 결정하였다.

9월 23일

오늘은 무산에서 쉬는 날이다. 아침에 명함을 장관에게 보냈더니 그는 우리를 초대하려고 모든 준비를 다하고 기다린다고 한다. 항간에 떠도는 말을 듣건대 이 장관은 청렴하여 뇌물을 탐하지 않고 또 재판을 공정하게 하기로 유명하다. 장관의 저택을 방문하였더니 생활이 매우 질박하여 보이나 인품은 체구가 늠름하고 안광이 형형하여 풍채가 당당하기 짝이 없다. 나는 알지 못할 일종의 경애를 느꼈다.

실내엔 의자가 없어 우리는 불편하게 바닥에 앉을 수밖에 없었다. 식탁에는 닭 백숙과 조선 국수와 김치 같은 일상적인 음식이 놓여 있었다. 차와 기타 단 것은 권하지 않는다. 우리는 약소한 기념품을 내놓으며 장차 우리가 이 곳을 통과한 것을 기념하라고 말하였더니 그는 사의를 표하며 벌써 우리의 여정을 위하여 모든 준비를 해 두었다고 한다. 무산에서 백두산으로 가는 길은 보통의 조선 도로에 비하면 이상적이라고 할 수 있으며 교량도 가설되어 있다고 한다.

나는 그의 정치적 의견을 한번 두드려 보았다. 그는 자기 개인의 의견이라고 하며, "조선 사람은 전쟁에는 부적당한 인종이니 인자하고 평온합니다. 그러나 행복스러우니 이는 적은 것에 만족할 줄 아는 까닭입니다. 금전은 반드시 인류에게 행복만 가져오게 하는 것이 아니니까요" 하며 웃음짓는데 그 붉은 입술과 하얀 이와 형형한 안광이 매우 호남아일 뿐더러 열정적 성격의 소유자임을 엿볼 수 있었다. 그는 다시 말을 이어 "일본은 조선과 같은 계의 민족이나 부패하지 않았다고 할 수 없으니 그들은 허식과 탐욕이 많습니다. 그러고도 부자가 되지 못하나 러시아는 부자이면서 국민이 강합니다. 북부 조선의 주민은 러시아의 덕을 입음이 큽니다. 조선은 자신을 위해서는 군비가 필요 없고 오직 인류애가 귀여울 뿐이나 마적을 방어하기 위해서는 다소의 군비가 소용됩니다" 한다.

무산에는 400호, 1,500여 명의 인구가 살며 소 300두와 말 100여 두가 있다. 주민의 반은 농업이요, 그 나머지는 관청 종업과 상업이요, 또 그 나머지는 무직자이다.

우리의 앞길, 두만강과 압록강 변에는 무한한 곤란함이 가로놓여 있다. 가옥도 없고 추위도 심하고 마적, 맹수 같은 험난함이 있다. 그러나 하늘이 우리를 보호할 것이다.

9월 24일

어제는 종일 일을 하였다. 글도 쓰고 무산 시가도 순회하였다. 시가는 역시 좁고 더럽고 구멍가게가 있을 뿐이다. 오전 7시에 장관이 내방하였다. 그는 사인교도 타지 않고 군노 사령이 소리도 외치지 않는다. 그는 이미 새로운 법을 준수하기 때문에 질서 있음과 정온함과 겸손함을 좋아한다. 어제 나의 요청에 의하여 그는 백두산 가는 노정표와 조선 토산물을 조선 종이로 포장하여 가지고 왔는데, 표면에 한문으로 "광명光明의 시초始初"라고 썼다. 나는 그와 기념 사진을 박고 피차의 행복을 축수하며 헤어졌다. 금일부터 짐을 실은 말은 한번에 뭉쳐서 가기로 되었으니 이는 중도에 마적으로부터 받을 수 있는 피해를 조금이라도 줄여 보기 위함이다.

또다시 두만강 변으로 나섰다. 여기서부터는 강이 아니고 작은 시냇물이다. 폭이 불과 25사젠에 지나지 않는다. 강안의 좁은 길은 험난하여 때때로 수중을 건너가기도 한다. 강의 이 쪽과 저 쪽은 모두 나무숲이요, 군데군데 각색 풀꽃들이 수를 놓았다. 두만강의 우렁찬 물소리가 갈색 양탄자를 깐 듯한 하늘로 스며 들어간다. 맞은편 청나라 땅에는 비옥한 땅이 질펀하다. 이 땅은 전부 조선 농부가 청나라 사람의 토지를 빌어 일구고 경작한 것으로 1속束의 수확에 소작료로 16단을 바친다. 이와 같이 조선인은 청나라 지주의 이욕에 희생될 뿐 아니라 마적의 침략까지 무상하여 국경을 넘어온 조선인은 생활에서 안도를 얻지 못한다.

길가의 조선 농민은 아라사를 신뢰한다. 만일 아라사라면 능히 마적도 섬멸할 수 있을 것이라고들 하며 아라사를 신뢰함이 두텁다. 일행들은 평탄한 청나라 땅을 걷는 것이 더 편하다고 했지만 마적의 화를 면하기 위하여 가능한 한 조선 땅을 걷기로 하였다. 그러나 조선 쪽은 생각보다 험하여 짐을 실은 말들도 상하고 우리 일행도 발을 다쳐서 할 수 없이 맞은편 청나라 땅으로 건너갔다.

저녁 노을은 이상하게도 찬란하다. 오색이 영롱한 것이 신비한 풍경이다. 어두워진 뒤의 추위는 심하다. 오는 도중에 한 농가를 얻어 야영하기로 하고 우선 말들에게 먹이부터 주었다. 부근에 사는 조선인 십수 명이 모여 우리 일행을 환영하며 이 땅은 청나라 땅이라 하나 실상은 조선 소유이니 조선 내지를 여행할 때와 같이 안심하라고 한다. 무슨 곡절인지 몰라 반문하였더니 그들의 대답이 두만강에서부터 150리는 조선 땅인데 마적에게 옥토를 침탈당했다는 것이다. 아마 50노리의 국경 중립 지대를 말함인 듯하다. 중립 지대를 청나라 사람들이 빼앗은 모양이다.

조선인들이 백두산 소식을 말해 준다. 정상에는 일대 호수가 있어 압록강, 두만강, 송화강과 같은 삼대 강의 발원이 되었다고 하니 아마 이 호수는 필시 옛날의 분화구일 것이다. 이 호수는 신비하여 그 주위 10노리는 항상 뇌성과 같은 소음이 그칠 때가 없으며 사람은 그 정상을 바라볼 수는 있으되 가까이 갈 수는 없으니 만일 사람이 가까이 하면 음산한 바람이 크게 일어난다고 한다. 웬 바람이 그렇게 일어나느냐고 물었더니 그 대답인즉 호수에 큰 용이 있어 자기가 서식하는 곳을 사람에게 보이지 않고자 하는 까닭이라고 한다.

9월 25일

아침의 기온은 영하 2도나 되는 추위다. 오전 7시가 되도록 아직 짐도 싸지 못하고 출발 준비도 차리지 못하였다. 강 건너로부터 벌써 조선 군중과 아동들이 달려와서 소란스럽게 떠들고 있다. 그러나 언제, 어디서나 그랬듯이 부녀의 자취는 보이지 않는다. 땅 위엔 안개가 자욱하고 하늘은 흑연을 덮은 듯 거뭇하다.

우리를 둘러싼 조선인들이 입을 벌리고 우리를 바라본다. 나는 "당신들의 눈동자는 우리 눈으로는 다투지 못하오. 우리로서는 여자의 밝은 눈동자가 당신들을 대신하면 얼마나 유쾌할는지 모르겠소" 하는 말을 통역으로 하여금 전하였더니 일동이 크게 웃으며 갑자기 웃음판이 벌어졌다. 필경 우리는 떠나지 않을 수 없었다. 나는 심중으로 시취詩趣가 가득한 조선과 작별하고 마적의 나라, 황색 악마의 왕국인 오래 된 큰 나라의 요람지로 들어가는 데에 대해서 일종의 공포와 애수를 느끼지 않을 수 없었다.

9월 25일

강 하나를 사이에 두고 저 쪽은 산악 지대인데 이 곳은 오곡이 풍요한 옥토이다. 금년은 보기 드문 풍작으로 굉장히 키가 큰 수수와 누런 옥수수 그리고 조와 대두가 잘 익었다. 나는 이런 곡물 30여 가지를 수집하였다.

1노리도 못 와서 우리는 다시 조선 땅으로 건너왔다. 강을 끼고 걸어가는 길에 호피를 지고 오는 포수를 만났다. 그 호피는 그가 조선 음력 8월 14일, 즉 약 1주일 전에 사살한 것이라고 하는데 길이가 꼬리를 내놓고도 2아르신이나 된다. 포수에게서 들으니, 이 호랑이는 두만강 가에서 김장 배추를 씻는 부인을 물어 동리 사람들이 잡으려고 몰이를 하다가 나중에 이 포수의 손에 사살된 것이라 하며 잡은 호랑이 가죽은 법에 의하여 원님께로 바치려 가지고 가는 길이라고 한다. 관아에서는 그 호랑이 가죽을 값을 매겨 일부분은 관고의 수입으로 하고 일부분을 상금으로 내린다고 한다.

나는 무산 군수에게 이 호피를 나에게 주면 좋겠다는 내용의 편지를 써서 보냈다. 아침저녁은 냉랭하지만 낮에는 늦더위가 30도를 웃돈다. 높은 산과 깊은 골짜기를 헤집고 다니는 통에 사람과 말이 한 가지로 피곤해 24노리(60리가량)를 다 오지 못하여 날이 저물었다. 예정한 잡네동까지 돌파하지 못하고 농가 2, 3호가 있는 적은 산중에서 야영하게 되었다. 해가 지기 무섭게 한기가 엄습한다. 오늘의 낙조는 다른 날과 같이 영롱한 색채가 보이지 않고 뽀얀 노을이 서산의 윤곽을 딸기빛으로 그릴 뿐이다.

✳

   이 글은 잡지 「동광」에 실렸던 것이다. 1931년 2월부터 모두 여섯 차례에 걸쳐 연재되었다. 김동진의 번역으로 연재된 당시의 제목은 "外眼에 비친 朝鮮—1898년, 露文豪 가린의 朝鮮紀行"이었다.
   글을 쓴 가린 미하일로브스키(1852-1906)는 톨스토이나 안톤 체홉과 동시대의 인물이지만 우리 나라에는 널리 알려지지 않은 작가이다. 대표적인 작품으로는 1892년에 발표한 아동 문학인 「쪼마의 유년 시대」가 있다. 우리 나라에 알려진 것으로는 백두산 기슭에 살던 사람들이 말하는 민담을 모은 아동 출판물이 있다.
   그는 1898년 7월 9일 당시 러시아의 수도인 페테르부르크를 출발하여

가린 미하일브로스키

기차로 시베리아를 횡단한 끝에 블라디보스톡에 도착하였고, 9월 13일부터 두만강을 경유하여 조선 땅에 첫발을 디뎠다. 그 후, 경흥, 회령, 무산과 같은 조선의 북부 지역을 경유하여 백두산 등정에 나섰다. 백두산을 오른 다음에는 압록강을 따라 10월 18일 의주에 도착하여 강을 건너갔으니 근 40일 동안을 조선 땅에 머문 것이다.

번역을 한 김동진에 따르면 이 기행문이 처음 발표된 것은 1916년이다. 당시 러시아의 문예지로는 가장 규모가 컸다는 「니봐」에 발표되었는데 책은 그 전에 출판되었던 듯하다. 그리고 김동진이 번역한 것은 잡지에 실린 글이 아니라 이미 출판되어 있던 단행본을 번역했다고 한다. 1981년 김학수의 번역으로 단국대출판부에서 나온 「조선, 1989년」 또한 가린의 기행문을 번역한 것이다. 그와 이를 비교해 보면 김동진의 번역은 페테르부르크에서 블라디보스톡까지의 여정을 생략하였으며 어떤 사정에 의해서인지 백두산을 등정한 기록과 그 뒤 압록강으로 향하는 가린 일행의 모습은 찾을 수가 없다.

가린은 말을 타고 백두산으로 향하면서 그 아름다움에 대해 말하기를 "도저히 글로는 형용할 수 없고 사진으로도 전할 수 없다. 다만 그림을 그리는 붓이 필요할 뿐이다"라고 한다. 9월 30일, 이윽고 백두산 천지에 다다른 그는 천지의 위용에 놀란 듯 "호수는 마법에 걸린 듯 평온한 적막에 쌓여 있었다. 우리와는 다른 생명이 숨쉬고 있는 듯했다. 뭔가 강렬한 생명체의 인상이 강하게 풍긴다"라고 했다.

이 글에서 가장 관심 깊게 봐야 할 것은 여행자의 시각이다. 가린은 철저하게 문화상대주의적인 관점을 지니고 있다. 그것은 자신이 여행하고 있는 지역의 문화와는 일정한 거리를 유지한 채 투명한 유리창을 통해서 보는 것과 같다. 자기가 교육받고 소비하던 문화만이 우월하다는 식의 문화절대주의는 여행자들이 가장 경계해야 할 것이다. 흔히들 자신이 살아온 환경보다 못한 곳을 여행할 때에는 오만해지기 쉽고 그보다 나은 곳을 여행할 때는 비굴해지기 쉽다. 이러한 것은 지극히 소극적인 여행일 뿐이다. 그러나, 여행이란 다양한 문화의 모습들을 바라보고 이해하며 아름다운 풍광을 만끽하는 것이라고 한다면, 가린이 조선을 이해하려는 관점은 아주 훌륭한 것이라 할 수 있다.

물론 그들이 나선 걸음이 무작정 떠난 여행은 아니었다. 비록 정부의 지원을 받아 조사를 목적으로 한 것이긴 하지만, 그렇다 해도 그러한 입장을 취하기란 쉽지 않은 것이다. 당시 러시아의 수도에서 살던 가린이 경제와 문화가 상대적으로 척박한 곳일 수밖에 없는 조선 북부 지방을 대했을 때 자칫하면 오만해지기 십상이었을 것이다. 하지만 그는 조선을 여행하는 동안 특별 대접을 원하지도 않았고 마을 사람들과 어울리기 마다하지 않았으며 통역을 앞세워 그들과 이야기하는 것을 즐겨 했다. 그 결과가 백두산 기슭에 사는 사람들에게 전해져 내려오는 이야기들을 모은 백두산 민담집이다.

또 그의 글은 시정이 듬뿍 넘쳐난다. 김동진의 번역이 탁월한 것인지 아니면 가린의 글 솜씨가 좋은 것인지는 원본을 보지 못했으니 알 수 없지만 조선을 바라보는 그의 따뜻한 눈 그리고 생각과 함께 자연을 노래하는 구절구절이 아름다워 김동진이 그를 두고 문호文豪라고 표현한 까닭을 알 수 있을 것만 같았다.

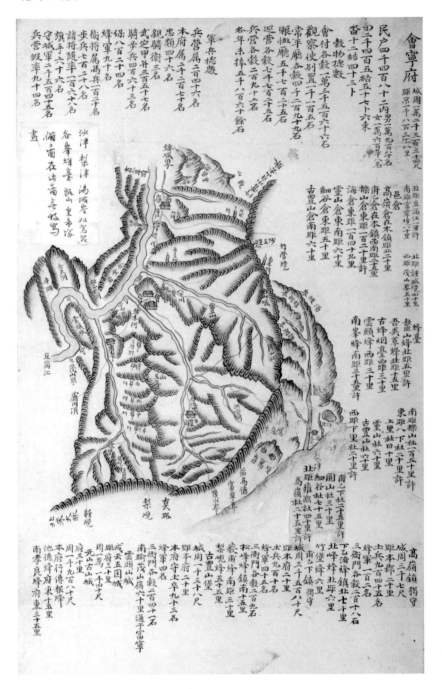

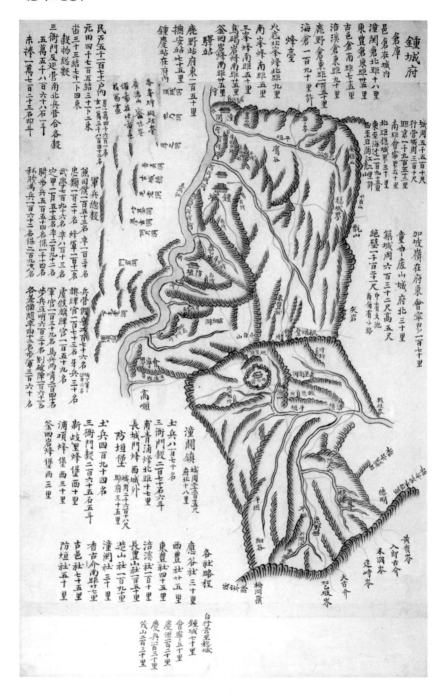

鍾城府

邑名在城內

倉庫
渾戎鬼北距十八里
東豊鬼東距廿二里
古邑倉南距廿五里
東豊倉南距七十五里
洁溪倉東距九十里
鹿野倉東距一百十里
海倉一百九十里許

烽臺
火屺北峯烽北距九里
南峯烽南距五里
三峯烽南距五里
鳥碣岩烽南距廿五里
釜回岩烽南距廿五里

驛站
鹿野站東一百五十里
撫安站七十五里
鍾慶站在府內

城周五千五百十尺
行當城周三百十尺
距二千九百五十里
南距會寧界五十里
北距穩城界三十里
東至海过一百里許
西至豆滿江四里許

加坡嶺在府東會寧界一百七十里
童巾廢山城府北三十里
鎭城周六百三十二尺高五尺
絕壁一千二百三十尺甲申築南有小野

民戶五千二百七十五內
男一萬四千六十一名
女一萬四千八十四名

元田四十七百五結三十下四束
諸三十三結十七下二束

軍兵總數
軍功
忠順一百二十名
武學七百四十六名
定甲二百五十五名辛二里分三名
軍官一百二十九名
步兵六百四十三名
牙兵二百四十名

兵摠
騎牌官二百四十七名
旗牌官二百十五名
虞候旗牌官一百五十九名
馬兵兩哨二百四十名
別破陣一百六十名

穀物總數
三衙門及迎營南北兵營合各穀
五萬五千八百六十六石零
私賑爲兵二百六十二名求軍三百六十名
各名備題年四十三名求軍三百六十名
未捧一萬七千二百三十四斗

潼關鎮
城周二百三十尺
土兵八百九十四名
防垣堡
城周三百三十五尺
土兵四百九十四名
三衙門親二百九十五石五斗
新岐里烽堡西四十里
浦項烽堡西三十里
釜崖烽堡西三里

各社路程
自行當至程塚
應谷社三十里
西豊社十五里
東豊社四十五里
洁溪社一百十里
長豊社一百二里
造山社一百九里
古邑社三十里
潼關社二百里
香古介南距七十里
三衙門親二百九十五石五斗
鍾城七十里
會寧五十里
慶源一百三十里
慶興二百三十里
茂山三百三十里

黃賁谷
入郞古介
禾洞谷
連峰谷
大古介
聖坡谷
德明

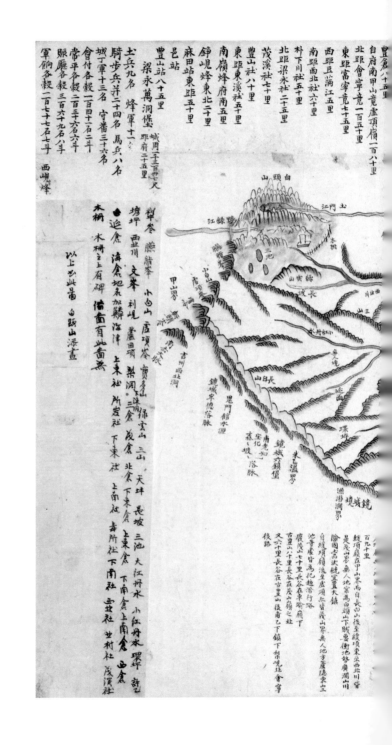

豊倉八十五里

自府南甲山竟蘆頂嶺一百八十里

北距南山竟蘆頂嶺一百八十里

北距會寧竟一百五十里

東距富寧竟七十五里

西距豆滿江五里

南距西北社六十里

朴下川社五十里

北距西北社二十五里

茂溪社七十里

豊山社八十里

東距溪社五十里

南嶺烽南五里

錚峴烽東北二十里

麻田站東距五十里

邑站

豊山站八十五里

梁永萬洞堡　城周二千三百七十尺
　　　　　　邪府二百五里

烽軍十二

土兵九名

騎步兵并二十四名　馬兵八名

城丁軍十三名　守番三十六名

會付各穀一百四十二石二斗

常平各穀二百三千六百六十名

賑廳各穀三百六十九石八斗

軍餉各穀一百七十七石七斗

西嶺烽

犂岺　鹽臍峯

埃坪　西亞川　文峯　小乃山　庫項谷　賣倉仙山　綠雲山　三山　天坪　昆坡　三池　大江丹水　小紅舟水　璆坪　許記

●延倉　海倉地名加鱗海津　上東社　所友社　下東社　上南社　壽所社　下南社　西古社　生村社　西倉　茂溪社

木柵　木柵之上有碑　借面有此面無

以上芒此山畺　白頭山添畫

茂山府

城周六千二百二十六尺
距京二千一百九十五里

民戶一千七百六十八戶內
男五千四百五十三名
女四千四百五十六名

元田一千七百四十六結九十九卜九束
畓二結九卜四束

穀物總數

會付米一千二百八十七石三斗
田稅別置米三千五百九十四石五斗
常平米各穀四十九百十三石四斗
賑廳各穀一千五百五十六石二斗
巡營各穀一萬五千一百九十七石二斗
兵營各穀一百八十九名二斗
都會各穀二萬六千六百五十五石

軍兵總數

武學及定甲一百八十六名
騎步兵並一百十七名
烽軍摠三十六名
兵營軍假卒十二名
各邑隨辛二百四十八名
馬兵四十五名
馬兵一百二十名
步兵一百六十九名
步兵四百三十七名
城下軍三百八十三名
城下軍二千四百三十九名

倉庫

邑倉在城內
海倉東距二百五十里
東倉五十里
下倉南距二十里
上倉五十里

豊山堡 城周二千五百五十尺
距府九十里

武學戶年並十八名
定甲並十七名保二十八名
騎步兵並五十名保八十五名
馬兵四十名
東伍步兵一百一名
守堞一百六名
各衛門各穀一百六十四石七斗
三衛門合穀三百四十六名二斗
巡營穀四百七十一石十二斗
軍糧各穀一百二十九石四斗

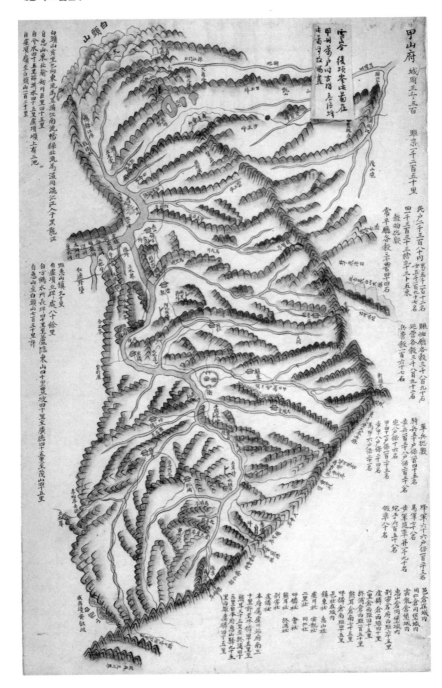

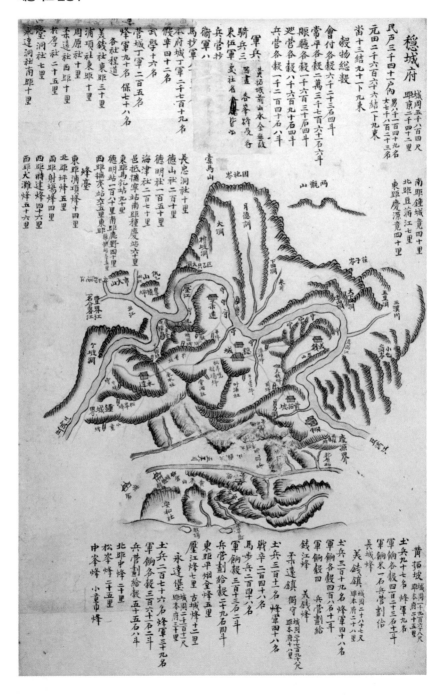

穩城府

城周五千六百四尺

南距鍾城竟四十里
北距豆滿江七里
東距慶源竟四十里

民戶三千四百二戶內
男二千一百四十二名
女七十八百二十三名

元田二千六百卒六結
當十三結九十一下九束

穀物總數
會付各穀六千二百二十四斗
常平各穀二萬三千七百六十石六斗
賑廳各穀一千六百三十石四斗
迎營各穀八千六百九十五石四斗
兵營各穀一千二百四十石四斗
衛軍八
馬抄軍八

軍兵
騎兵三
假兵四十二名
武學十六名
菅城丁軍二百五十名
烽軍九十名 保七十八名

黃拓城前山永全盍設
東伍軍支社名□□□□

各社程道
美錢社東距三十里
浦項社東距十里
德原社西距十里
柔遠社東距二十五里
壁溪洞社南距十里
來達洞社南距十里

烽臺
長忠洞社東距二十里
德山社二百十里
德明社一百五十里
海津社二百七十里
邑抵懷寧站南距種慶站六十里
德明站一百九十里南距鹿野里四十里
西距操臺站交五里東距
西距射場峰四十里
西距時建峰十里
西距大灘烽五十六里

觀兩山
壽馬山
月德洞

青拓坡烽臺
城周十九百丸八尺
烽軍三十五名

土兵九十七名
軍餉各穀四百三石六斗
軍餉一石兵營劃給

美錢鎮
城周二十八尺
獨守城周二百一十九九尺

土兵三百十九名
軍餉各穀四百八十石十斗
兵營劃給

美錢烽
獨守城周二百九十尺
烽軍四十八名

錢江烽
美遠鎮
兵營劃給穀五石斗

壘江烽七里
古城烽十二里
東距甲烟室烽四十里

永達堡
土兵二百七十六名
軍餉各穀三百六十二石二十
兵營劃給穀五十五石八斗

戰卒二百四十六名
馬步兵二百四十六名
軍餉各穀四百二十三石四斗
兵營劃給穀五十石斗

土兵三百十一名
烽軍四十八名

北距中烽二十里
松峰烽二十五里
中峰烽
小童市烽

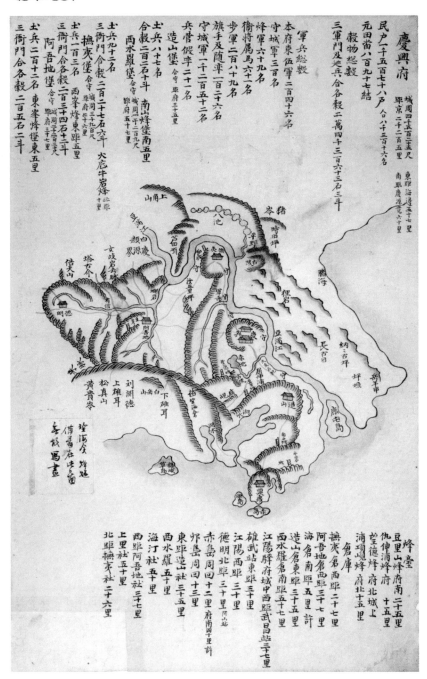

慶興府

城周四千一百三十五尺　東距海邊五十七里　南距慶源寬六十里

民戶二千五百七十八戶　合八千三百九十六名

元田畓八百九十七結

穀物總穀

三軍門及迤兵合各穀二萬四千三百六十三石三斗

兵營假牙二十二名

守城軍一千二百五十二名

旗手及隨率一百二十六名　原府三十五里

步軍二百八十九名

衛將屬馬六十一名

烽將軍六十九名

守城軍三百名

軍兵總數

本府束伍軍二百四十六名

造山堡　合守　原府三十五里

兵合八十七名

合穀二百三石十斗　南山烽堡南五里

西水羅堡　合守　城周一千二百九尺　距府五十七里

三衛門合穀二百二十七石六斗　火臺牛岩烽北十里

撫夷堡　合守　城周三千九百尺

士兵一百三名　西峯烽東距十里

三衛門合各穀二百三十四石十二斗

阿吾地堡　合守　城周三千三百二十尺

士兵二百四十二名　東峯烽堡東五里

三衛門合各穀二百五十石二斗

烽臺

豆里山烽府南二十五里

仇伸浦烽府十五里

望德烽府北上

浦項嶺烽府北十五里

倉庫

江陽驛府城中西距武昌站三十七里

雄武站東距

海倉府南距五里許

造山倉府東距三十五里

西水羅倉府南距五十七里

德明北距三十里　阿吾站

赤島周回四十二里府南距四十里許

炉島周回四十三里

東距造山社三十五里

西水羅五十里

海汀社五十里

西距阿吾地社三十七里

撫夷倉府西距二十七里

阿吾地府西距三十七里

上里社五十里

北距撫夷社二十六里

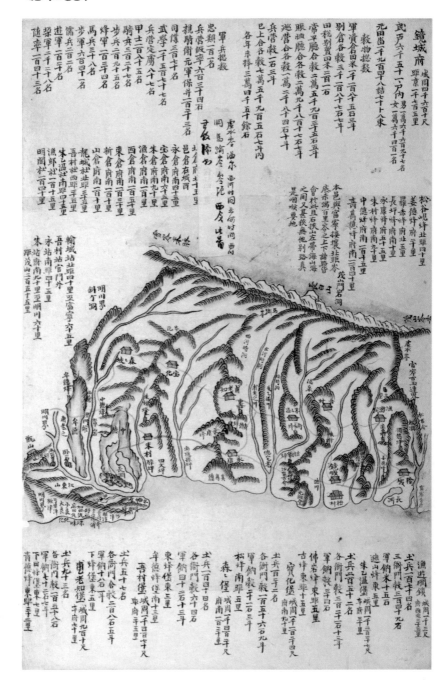

鏡城府

해동지도 홍원부

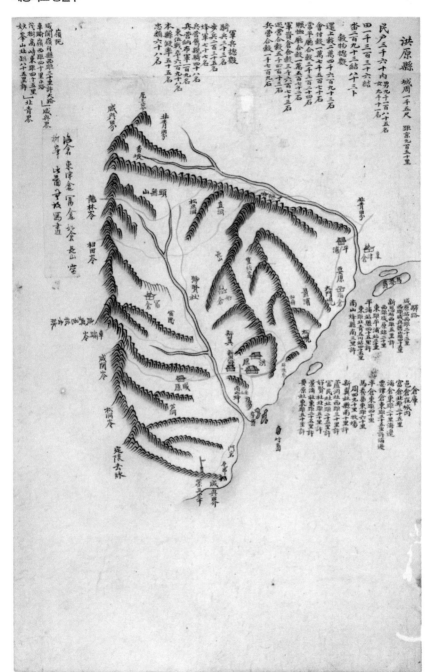

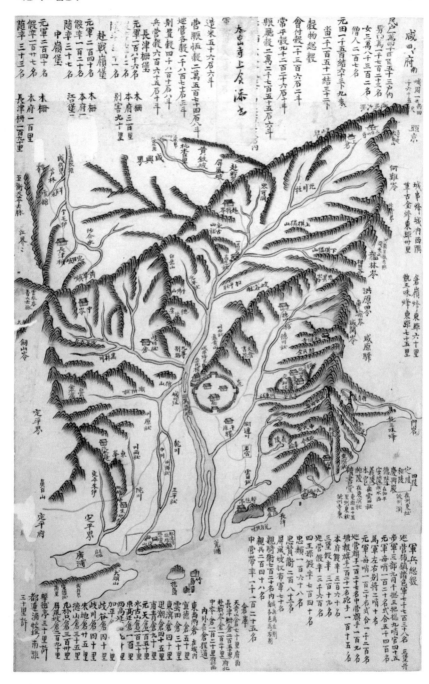

평평물을 찾아서 | 박금

동아일보
1929년 8월

평평물이라는 것은 함경남도 갑산군 보혜면 대평리에 있는 농롱곡을 일컫는 지방 말이다. 농롱곡은 말 그대로 풀면 옥구슬이 서로 부딪치며 내는 소리를 말하는 것이니 물방울이 그렇게 튄다는 것을 상징한 것이지 싶다. 그 곳에 폭포가 연이어 셋이나 떨어진다고 하니 말이다. 가 보지는 못했지만 참으로 아름다웠을 것이며 이름 또한 우리말의 아름다움이 고스란히 살아 있는 순박한 것이어서 더욱 정감이 가는 곳이다. 하지만 이 글은 승경의 아름다움을 묘사한 글이 아니다. 1929년 6월 17일. 이 일대가 불바다로 변해 아수라장이 되었던 까닭이다.

살같이 달리는 기차는 어느덧 함흥평야를 지나 장차 함남의 산악 지대를 향하고 나아간다. 어제 저녁 11시에 경성역을 떠난 우리들은 벌써 기차 속에서 하룻밤을 자고 아침밥을 먹고 또 점심까지 먹었다. 오른편으로 보이는 망망한 바다는 굽이굽이 백사 청송의 아름다운 물기를 머금어 여름의 손님으로 하여금 자못 상쾌한 흥취를 준다. 그러나 우리의 여행은 이러한 경치를 구경하고자 하는 것이 아닌 동시에 이러한 경치가 있는 곳을 찾아가는 것도 아니다. 왼쪽으로 보이는 태산 준령이 천만 겹으로 둘러 서 있는 곳에 우리의 갈 길이 있으며 그 산 넘어, 그 물 건너 자꾸자꾸 가는 곳에 우리의 목적지인 화전민가에 불을 지른 사건으로 갑자기 세상에 유명하게 된 갑산군의 펑펑물이 있는 것이다.

앞길의 험난함이 과연 얼마나 할까? 참상이 또한 어떠할까? 암연히 눈을 감고 산비탈 굽은 길과 시냇물을 건너는 외나무다리를 그려 본다. 집 잃은 백성들이 늙은이는 막대 짚고, 젊은이는 애기 업고, 이곳 저곳 나무 밑에서 비를 피해 웅성거리는 모습도 그려 보다 보니 차창 밖에는 비록 아름다운 승지 강산이 있을 망정 그다지 좋은 여행은 아니며 기쁜 걸음도 아니었다.

신북청역에서 기차를 버리고 자동차에 몸을 던져 북청읍에 당도하니 때는 7월 19일 오후 3시, 서울에서 떠나 열네 시간이 지났고 거리로는 천릿길이다. 옛날 같으면 한 달, 두 달을 두고 가야 할 길을 하룻밤 사이에 오고 보니 참으로 문명한 세상의 혜택이 아니라고 할 수 없다. 이렇게 문명한 세상에서 문명한 기계를 타고 온 몸이 장차 가는 곳은 어떠한 곳인가. 역시 문명한 세상일까? 그렇지 않으면 원시 세계일까?

"20세기 문명 시대." 이렇게 부르는 말은 벌써 한 시대를 지나간 옛날

말 같다. 오늘의 태양이 비치며 오늘의 바람이 부는 곳 어디인들 문명이 없으랴? 황금국의 미국에도, 노동자 내각의 영국에도 모두 이 시대의 문명이 움직이고 있다. 호주의 토인 세계나 아프리카의 흑인 세계에도 벌써 문명의 바람이 분 지 오래이다. 정의와 인도를 표방하는 것도 문명 세상에서 보는 일이요, 안녕과 질서를 표방하는 것도 문명 세상의 한 가지 일거리이다. 약한 자를 보호하는 것도, 사람 죽인 놈을 처벌하는 것도, 남의 물건을 훔친 놈, 남의 집에 불 놓은 놈도 모두 벌을 받는다. 그러니 백주 대낮에 사람이 사는 집 70여 호를 태워 버리는 것은 분명 문명한 세상의 일이 아닐 것이다.

그러니까 우리의 걸음은 문명 시대의 사람으로서, 문명한 세상의 발명품인 귀한 차를 얻어 타고, 문명한 시대에 새로 발명된 주택 소각이라는 해괴한 사실을 탐사하기 위하여 가는 걸음이라고 할까. 어찌 되었든 가는 걸음인지라 한시라도 빨리 가려고 했으나 이 곳에서 오후에 떠나는 자동차는 도중에 풍산에서 자야만 된다. 가다가 자느니보다 북청에서 하룻밤을 지내면서 서툰 국경 여행의 예비 지식도 얻고 여러 가지 준비도 하는 것이 유리하다는 의견이 결정되어 깨끗한 여관의 손님이 되었다.

7월 20일 오전 9시, 자동차를 몰아 서쪽으로, 또 북쪽으로 꼬불꼬불 산길을 헤치며 나가기 시작하였다. 험악한 산, 우악살스러운 바위, 억센 개울물들이 서로서로 물고 뜯고, 버티고 떠미는 틈으로 조심조심 닦아 놓은 길이다. 그렇지 않아도 험한 길로는 조선에서 제일이라고 하는 데다가 작년의 관북 수해를 겪고 10여 일 전에 또 다시 함남에 수해가 있어 길바닥에는 한 줌의 흙도 붙어 있지 않고 돌덩어리뿐이다. 덜커덩, 덜커덩 가는 자동차는 굴러가는 것이 아니라 차라리 절름발이 걸음을 친다는 편이 적당할까 보다.

110리를 오고 나니 앞에 닥치는 곳이 험하기로 유명한 후치령이었다. 이 고개는 험하고 무섭고 긴 곳으로도 유명하지마는 고개의 한쪽 편만 있고 한쪽은 없는 것으로 더 유명하다. 북청 편인 이 쪽의 거리가 50리나 되니 만일 저 쪽이 있었다면 안팎 100리가 될 것이다. 안팎이 100리라 하면 그 얼마나 멀고 긴 고개일까. 너무나 긴 것이 미안한지 이 고개는 한쪽이 없다. 올라가거나 내려오기만 할 뿐 올라가면 그 반대의 내리막이 없는 것이다. 고갯마루는 또한 엄청나게 넓어 그 위에는 풍산군이라는 한 고을이 놓여 있다.

급한 커브가 80리요, 중복된 길 구비가 30리나 되고 밑에서 위를 쳐다보려면 턱을 잔뜩 치켜들어야 보이는 급한 경사로 해발 4,000자라는 끔찍스럽게도 높고 험한 고개다. 이 고개를 넘는 사람은 아무리 담대하다 할지라도 감히 아래를 굽어보지 못한다고 하니 오고가는 자동차 손님네가 얼마나 가슴을 졸이고 등골에 식은땀을 흘렸을까. 그러므로 이 고개를 넘을 때에는 운전수와 이야기를 하지 말 것, 담배를 먹지 말 것, 앞길을 살펴볼 것 등 주의 사항이 있다. 자동차 문턱을 단단히 잡고 입을 꽉 다물고 오르고 올라 거의 두 시간이나 허비하여 고갯마루에 올라서니 "휘" 하는 한숨 소리가 앞뒤에서 일어난다. 갑자기 맞는 찬 기운과 서늘한 바람에 전신에 흐른 땀을 식히면서 사방을 바라보니 동남은 땅이 움푹하게 꺼져 있고, 서북은 느즈러진 고원이다. 하늘로부터 내려와서 첫 고을이라는 풍산의 모습은 이로부터 시작이 되니, 가고 가는 곳이 모두 딴 나라, 딴 세상 같다.

후치령에 배를 매는 날 번藩 씨가 왕도를 정하리라는 '배상개등'에 당도하니 주위가 100여 리나 되는 넓은 평원이다. 남쪽에는 내리內里 장터가 있고, 북쪽에는 황수원黃水院이라는 아름다운 승지가 있다. 청량 음료의 원료로도 유명하거니와 해소병에도 명약이라는 들쭉은 이 곳의 특산이다. 그러나 대체로 보아 이 땅은 매우 척박하다. 사철로 북풍이 불어오므로 말을 달려 100만 대군의 연병장으로는 씀직할지언정 경작지로는 아주 부적당할 것 같다. 여기저기 흩어져 있는 화전민들은 무엇을 먹으며, 무엇을 바라고 이 곳에서 살까. 번 씨의 세계나 꿈꾸고 있을까.

북청에서 떠날 때에 여러 친구들로부터 험한 곳으로 가는 걸음이니 부디 조심하라고 누구나 주의를 준다. 그 주의의 말은 분명히 두 가지 의미가 있는 것처럼 들렸다. 첫째는 가는 길이 험한 것이요, 둘째는 다른 무엇이 험한 듯싶었다. 과연 그럴까, 어떨까, 하면서 우리는 불과 100여 리를 와서 우선 후치령의 험함에 넋을 잃었으니 더욱 험하다는 앞길을 재촉할 때 과연 그 심정이 어떠했으랴.

풍산읍에 도착하니 자동차부에서 혜산진까지의 직행을 거절한다. 이유는 지난번 수해에 다리가 떠내려간 곳이 있어 배로 건널 뿐 아니라 길이 너무 험악하다는 것 때문이었다. 또 혜산진에는 밤에야 들어가겠으니 도저히 이러한 모험 운전은 할 수가 없다는 것이다. 우리는 모험에 대하여는 이미 각오한 바라 더 주저할 어지조차 없었으나 오직 선로에 독점권을 가진 공흥 회사의 전횡과 거만한 태도가 몹시 가증스러웠다. 바쁜 일이 있으니 기어이 직행을 시켜 달라고 애걸복걸하여 겨우 떠나게 되었다. 인포因浦 도선장에 이르니 작년 수해 때에 그 마을의 60여 호, 200여 명의 생명을 삼켜 버렸다는 무서운 강물이다. 살같이 흐르는 급류에 시커먼 물 밑을 들여다보며 배에 올랐다. 만사는 모두 자기의 신념에 있는 것이로되 저 강 가운데 서 있는, 작년 수재 때에 20여 명의 사람을 살려냈다는 감리수甘梨樹 두 그루의 의용스러운 자태가 위안을 준다.

신갈파新乫坡로 갈라지는 삼수군 상리上里에 다다르니 해는 벌써 황혼이다. 이 곳은 산수가 아름답기로도 유명하거니와 북국의 색향이라고 옛날부터 일러 온다. 지금은 아편 재배지로 유명하니 옥빛같이 어여쁜 꽃송이 아래의 몸에는 무서운 독을 가진 이 아편이 색향이라는 이 땅에 재배되는 것은 또 무슨 기이한 인연인고? 길 양쪽의 수없는 아편 밭을 지나 어느덧 허천강을 건너 진북문을 들어서니 이 곳이 갑산이다. 정류장에 다수의 유지들이 나와 환영을 해 준다.

이로부터는 밤길을 가지 않으면 안 될 것이매, 총총히 감사한 인사를 남기고 운전을 재촉하였다. 7시, 8시, 9시 이렇게 밤은 차차 깊어 가며 깊은 산의 컴컴한 하늘에는 구름마저 덮여 가끔 빗방울을 던져 준다. 10시가 다 되어 가는 때에 별안간 수천 길 구렁텅이로부터 찬란한 전등불이 나타난다. 운전수는 문득 자동차를 멈추고 저기가 혜산진이라고 말한다. 아하! 이 곳이 바로 혜산진 뒤에 있는 저작령인가 보다 하고 담배 한 대를 꺼내 피웠다.

숨을 돌려 천천히 내려가 여관에 드니 북청으로부터 530리 길이다. 험악한 후치령을 위시하여 해발 4,500자의 허항령, 5,080자의 응덕령, 상리령, 내포령, 끝으로 저작령 등 여섯 곳의 높은 고개를 넘었고 시간으로 열네 시간이었다. 밥상을 받고 둘러앉아 보니 서울에서부터 동행한 김병로 씨, 북청에서부터 동행한 김학수 씨, 갑산에서부터 동행한 김은서 씨와 나 이렇게 넷이었다. 고요한 국경의 밤거리에는 이따금 압록강 물에 구르는 물방아 소리가 들려온다. 온 길은 왔지마는 앞길이 또 있다 하여 피곤은 나중에 두었다 보자 하고 무엇인가 준비하기에 밤이 새도록 바빴다.

국경이다. 국경, 더욱이 압록강 상류의 국경이라면 누구나 무슨 사자 굴이나 전쟁터처럼 무서워한다. 문화 정치를 말한 조선에서 과연 민중화가 어떤 곳에서 어떤 모양으로 되어 있다는 것을 일찍이 들은 바가 없는지라, 하물며 국경이야 오죽할까. 경관이란 명함뿐이지 기실은 누런 빛 복장을 한 군인이다. 군인 중에서도 보초병처럼 항상 무장을 하고 있다. 10리가 멀다고 배치해 놓은 주재소는 그 구조가 마치 전쟁터의 누호壘壕 모양으로 견고한 내외 성곽에 총을 내밀고 쏘는 구멍까지 뚫려 있다.

겨울 동안 두 나라를 한데 꽉 붙들어맸던 압록강 얼음이 따뜻한 봄날을 당하여 차차 녹아 내리기 시작하면 이름도 영문도 모를 주검이 뒤를 이어 떠내려온다 한다. 그러니 이 '국경'이라는 명사 속에는 얼마나 몸서리칠 만한 특이한 기분이 포함되어 있는지를 넉넉히 짐작할 수 있을 것이다. 이런 이야기를 듣고 있는 것도 우리가 험난한 갈 길을 앞에 놓고 밤을 새워 가며 준비하는 프로그램의 한 가지였다.

이 길을 떠나는 데는 이러한 준비도 매우 필요한 것이었지마는 우선 목적지가 이 곳으로부터 몇 리나 되며 가는 길은 어떠한가를 알아야 하겠다. 또는 사건을 저지른 관계 당국이 이 일에 대하여 지금 어떠한 태도를 가지고 있는가도 알 필요기 있었다. 혜산진이나 평평물은 모두 이 보혜면의 같은 구역이건마는 이 곳에는 그 거리나 길 속내를 자세히 아는 이가 한 사람도 없었으며 방향과 이름조차 모르는 이도 있었다. 가장 아는 체하고 나서는 이에게 물으면 묻는 대로 대답이 각각이요, 안다고 해야 100리 내외다.

그러나 여러 가지 정보는 들어온다, 길이야 알거나 말거나 우선 긴급한 회의부터 열었다. 문제는 현장에 못 간다는 것이니 태산 준령을 넘어 1,500리는 왔을지언정, 앞으로 100여 리 길은 더 못 간다는 것이다. 이 얼마나 돌변한 사실인가? 그러면 어찌할까? 혜산진에 조사 본부를 두고 그 곳으로 사람들을 불러 내자, 아니면 쥐도 새도 모르게 한두 사람이 갔다 오자. 주위의 공기는 부지불식간 우리로 하여금 이러한 못난 소리를 하게 하였다. 아니다. 우리는 위험을 각오한 사람이며, 이 땅이 부른 것이다. 만장일치. 가기로 결정하고 보니 이 곳까지 와서 새삼스럽게 회의를 한 것이 참으로 떫고 싱거운 일이었다.

몇 시간 눈을 붙이는 동안에 벌써 21일 아침이 왔다. 양식, 반찬, 의복, 우장, 신발, 약품, 말 등을 준비하는 일에 착수했다. 물가는 경성의 세 배요, 말조차 백두산 등산대가 모두 가지고 가 버려 아예 없었다. 꾸려 놓고 보니 서울로부터 뒤쫓아온 '중외일보'의 정인익 씨, 북청에서 온 김광 씨, 운흥면의 청년으로 특히 우리를 위하여 나선 한남형 씨를 합하여 일행이 모두 일곱이요, 말 세 필과 마부 두 사람까지 해서 아주 당당한 1개 소대는 된다.

서울서 온 우리 셋은 말을 타고, 다른 이들은 모두 걷기를 지원했다. 오후 3시에 떠나 10시에 가림리 주막에서 자게 되었으니 밝은 달, 맑은 시내는 그윽하게 산중의 정취를 자아낸다. 예전 혜산의 만호 첨사가 선참 후계의 특권을 쥐고 이 땅에 올 때에도, 저 달 역시 밝았던가. 강 건너에서 들려오는 태평소 소리에 옛일이 다시금 새롭다. 혜산진에서 가림리까지는 동쪽으로, 동쪽으로 압록강을 끼고 왔지만, 이 곳에서부터는 압록강의 지류인 가림천을 끼고 간다. 가고 가는 길이 심산유곡의 강가라 천길 만길 깎아지른 듯한 절벽으로도 붙어 가고, 때로는 시커먼 물살이

핑핑 돌아 음흉스러운 용왕이 들어앉은 듯한 웅덩이 위로도 지나간다. 가림 주막에서 새벽에 떠난 우리 일행은 밤을 지낸 무거운 안개가 아직도 마른 나뭇가지에서 떨어지지 않은 보천보를 지나게 되었다. 이 곳은 이번 문제를 일으킨 주인공인 보천보 삼림 보호구가 있는 곳이요, 백두산으로 오르는 길과 갈라지는 곳이었다.

여기저기에는 삼림을 채벌한다는 작업소가 보인다. 이것이야말로 총독부 수입 중에 제1위를 차지했다고 할 만하다. 소위 영림 수입이라는 막대한 돈을 만들어 내는 곳이다. 삼림의 종류는 거의 전부가 이깔나무이며 자작나무도 간혹 있다. 개국 이래 반만 년 동안이나 아들 손자 전해 가며 고이고이 자라던 나무들이다. 200살이나 300살을 먹어 아름드리가 100여 척이나 되는 것들이 함경 남북도의 넓은 산에 하늘과 고개가 보이지 않도록 빽빽하게 들어섰으니 이것이 조선의 자랑거리 백두산 삼림이다.

묻노라 장송아, 네 나이 몇 살인고, 이 땅의 우로雨露 바다에 옥玉들이 자라나니, 낯모를 친구 와서, 목숨을 내라 하네.

컴컴한 나무 숲을 가득 싣고 있는 웅장한 산봉우리에는 때때로 흰 구름이 걸쳤다가 흐르고, 흐르다가 걷치곤 한다. 흩어신 바위 사이로 소용돌이 치며 흐르는 개울물들은 이 골짝, 저 골짜기에서 우렁찬 소리로 내리지르니 적막한 산간에 벽력이 치는 듯 자못 요란스럽다. 이 같은 풍경은 보천보에서 대진평으로 가는 30리 사이에서 가장 많이 볼 수가 있었다.

오후 1시, 대진평에 이르러 점심을 먹고 가는 길을 물어야 했으니 참으로 딱한 일이었다. 온 동리 사람이 다 나왔어도 어디로 가야 한다는 분명한 대답을 못 한다. 필경에는 두 갈래 길로 갈라져서 각각 그 길이 옳다는 두 파가 생겼다. 한 파는 억계동으로 가라 하고, 또 한 파는 길 같지 않은 오른편 숲 사이로 가라 한다. 그나마 두 파의 여론과 형세가 서로 비등하고 보니 결국은 묻지 않은 것이나 마찬가지가 되고, 가는 길은 우리가 스스로 선택하게 되었다.

우리 역시 회의를 한 결과 험하다고는 하나 좀 가깝다는 오른편 숲 사잇길로 들어섰다. 일행은 벌써 피로가 극도에 달하고 보행하는 이들은 발병이 생겨 그 동리에 있던 말 한 필까지 빌려 김은서 씨가 탔다. 비가 내리기 시작했다. 길은 사람이 다닌 자취가 있는 듯 만 듯 한 데다가 말 배꼽을 한정 삼고 쑥쑥 빠지는 수렁이다. 대진평까지 오는 동안에 일행은 길에 너무나 애를 태우는 피차의 정경이 가련하여 10리에 한마디씩이나마 서로 말솜씨를 건네며 웃곤 했다. 그러나 이 길에 들어서서는 일행이 누구나 할 것 없이 이야기할 생각도 없었다. 남의 말을 들을 정신조차 없어서 저마다 침묵을 지켜 가며 앞길을 살피기에 신경이 자못 예민하다. 비는 더욱 심하게 내린다. 날은 차차 저물어 간다. 컴컴한 하늘, 으슥한 숲 속의 쑥쑥 빠지는 수렁, 펑펑물에는 언제나 닿나?

그럭저럭 가는 걸음이 문바위를 지나고 대휴골을 지나니 보이는 곳은 작은 송가동이다. 이 동리에서부터 영림서에서 퇴거 명령을 내린 곳이다. 동리의 남녀노소들이 양복쟁이 우리 일행을 보더니 갑자기 무슨 일이나 난 듯이 이 여편네는 저 집으로 달리고 앞집 아이는 뒷집으로 뛴다. 밭에서 일하던 농부 한 사람이 황망히 달려나와 우리 일행을 향하여 코가 깨지도록 절을 한다. 이 무슨 극적인 장면이겠느냐. "우리는 영림서 사람이 아니니 안심을 하시오" 하고 일행 중에 누군가가 말했다. 이 동리는 퇴거 명령은 당하고 있었으나 아직도 불붙은 집은 없었던 것이다.

10리쯤 되는 고개 하나를 넘어가니 이 곳이 열 집을 태워 버렸다는 큰 송가동이다. 이 동리 사람들은 작은 송가동 사람들과 아주 딴판이어서 우리 일행을 보더니 태도가 자못 냉랭하다. 북청에서 온 김광 씨가 평평물은 어느 길로 가느냐고 물었더니 "나는 몰루" 하고 핀잔을 준다. 우리는 어디를 가든지 영림서원의 대접을 받는 것이 속으로 우스웠다. 이 동리에는 제법 번듯한 학교가 있다. 물론 완전한 학교는 아니었지마는 주민들의 열성으로 서당을 개량시켜 학교 모양으로 만들어 놓은 것이다. 잠깐 학교에서 쉬며 이 곳 유지 몇 사람의 안내를 받아 바로 평평물로 향하였다.

안밖 25리나 되고 아름드리 이깔나무가 빼곡하게 들어선 험상스러운 고개를 또 넘어야 한다. 평평물이 눈앞에 있는 듯한 이 고개를 넘기는 매우 쉬우리라고 생각했지마는 기실은 이 고개에서처럼 단단히 고생한 적은 없었다. 사람이 다니기 시작한 지가 일년도 채 못 되는 곳이니만치 길이 아니라 나무 사이로 이리저리 빠져나간다. 땅은 전부가 쑥쑥 빠지는 수렁이고 천년 만년 살다가 살기 싫어 저절로 죽어 넘어진 오래 된 나무들이 되는대로 수없이 쓰러져 있다. 나무통을 넘으면 빠지는 수렁이고, 수렁에서 헤어나면 또 나무통이다.

이 곳 사람들은 이것을 문턱을 넘는다고 말한다고 한다. 일행 중 말 잘 타기로 유명하여 갈 때에는 끝까지 선봉대장으로 나섰거니와 이런 통나무가 연이어 셋이 있는 것을 고등 마술의 재주를 부려 뛰어넘은 김병로 씨도, 꾀 있기로 제일이던 정인익 씨도 이 곳에서는 말을 내리고야 말았으며, 기자가 탄 말은 원래가 말썽꾸러기여서 타는 것보다 걷는 것이 오히려 안전했다. 이 곳은 몇 해 전만 해도 마적이 왕래했다 하니 10여 명

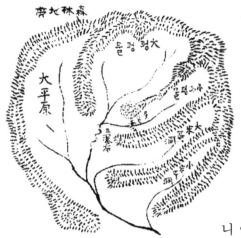

평평물 부근 지도

우리 일행을 모르는 이가 보면 마적단과도 같았을 것이다.

여름만 되면 날마다 비가 온다고 하니 평지에서도 하늘을 보기 어려웠겠지마는 20리 길을 오도록 하늘 구경을 못하고, 쓰러진 나무통을 수천수백을 넘어 고개 이 편으로 내려오니 여기가 작은 평평물이라는 곳이다. 큰 평평물에 가려면 아직도 10리나 되는 큰 고개를 또 넘어야만 한다고 한다. 여기저기에서 불탄 자리가 보인다. 남아 있는 두어 집을 방문하니 한 집에 서너 가족씩 수십 명 사람이 모여 야단법석이다. 때마침 저녁밥 짓는 솥뚜껑을 열어 보니 풀죽만이 가득하다. 이번 사건으로 많은 고초를 당했을 뿐 아니라 주인조차 없는 사이에 경관의 조사를 받다가 방안에서 어린아이가 불에 떨어져 타 죽은 참변까지 보았다는 전원술 씨 주택을 방문한 뒤에 큰 평평물로 향하였다.

고개를 넘어서니 큰 평평물 주민들이 고개 밑에까지 나와 맞이한다. 작은 평평물에서 어떤 이가 먼저 넘어와 우리가 오는 것을 말한 까닭이다. 부지불식간에 서로의 손길이 잡혀지고 피차의 눈에서는 눈물이 뚝뚝 떨어졌다. 구슬처럼 내리는 깊은 산의 저녁 비는 손길을 마주잡고 맥을 놓고 서 있는 여러 사람의 머리 위를 한참이나 내렸다.

우선 불탄 자리를 돌아본 후 높은 곳에 올라서서 지형을 살펴보니 마치 삼태기 모양으로 된 넓은 평원이다. 동남북은 밋밋한 산록이 활 등같이 안으로 휘어져서 서쪽으로 터졌다. 가운데는 주먹을 불끈 쥔 팔뚝 모양과 같은 산줄기가 서쪽의 터진 곳으로 향하여 뻗치고, 그 끝에는 둥실봉이라는 아름다운 봉우리가 솟아 있다. 이 산줄기를 가운데 두고 왼쪽은 작은 평평물, 바른쪽은 큰 평평물이라 하며 좌우편 평평물로부터 흘러나오는 개울물이 서쪽으로 터진 산 어귀에서 합수가 되어 10여 길씩 되는 폭포가 차례로 셋이나 쏟아진다. 평평물이라는 이름은 이에서 나온 말이요, 한문으로는 옥이 서로 부딪쳐 내는 소리라 해서 농롱곡瓏瀧谷이라고 쓴다.

위치는 갑산군 보혜면 대평리이다. 백두산에서 떨어진 주맥이 남으로 200리 동안 소백산, 포태산을 만들고, 아무산에 이르러 다시 서쪽으로 떨어져 공부산이 되고, 이 공부산의 주맥이 다시 수십 리 내려와서 이 곳이 생겼다. 큰 평평물 가운데 놓여 있는 평원이 이번 문제의 땅이니, 길이가 45리요, 넓이가 15리나 된다. 이와 같은 험산 속에서는 과연 꿈에도 생각하지 못할 크고 넓은 평원이다. 주위의 산에는 삼림이 많으나 이 평원에만은 삼림이 없고 간혹 서 있는 나무는 불탄 것뿐인데 이 곳 사람들은 벼락이 내려서 탔다고 한다. 그러나 3년 전까지도 마적이나 몰래 아편을 재배하는 사람들의 소굴이 있었다고 하니 아마 그들이 놓은 불인 듯하다.

우리는 심어 놓은 곡식과 지질도 보았다. 지질에 대해 무식한 우리의 눈에도 그 검고 누런 흙이 몇백 년이라도 농사를 지어 먹음직한 옥토로 보였다. 심어 놓은 보리는 말갈기와 같고 1,200평 정도의 가리에서 감저가 70석 내지 100석이 난다고 하니 땅의 질을 가히 짐작할 것이다. 작년 총독부에서 이 곳의 지질을 검사했다는데, 사실인지는 몰라도 미국 어느 지방의 사탕 재배지와 흡사하다고 감정해 두었다는 풍설이 있다.

이 곳은 아직도 봄이다. 우리가 온 이 날은 7월 22일인데 감저는 아직 꽃이 피지 않고 보리는 청청하다. 밭둑에는 백합꽃이 피어 있고 산에서는 뻐꾸기 소리가 들린다. 9월부터 서리가 오기 시작하여 한겨울 삼동에는 오래도록 눈이 내리고 이듬해 4월에야 겨우 눈이 녹는다고 하니 기실 농사짓는 기간은 5월로부터 8월까지의 넉 달 동안이다. 농부 한 사람이 넉 달 동안 쉬어 가며 농사를 지어도 일고여덟 명 가족의 일 년 생계가 넉넉하다고 한다. 나머지 여덟 달 동안은 비록 춥기는 하나 한없는 태평 세월에 싫도록 자유를 맛보고, 때로 적적하면 눈 위의 산짐승을 쫓아 달음질도 한다고 하니 과연 희한한 곳이다.

산짐승이라야 맹수 같은 것은 없고 사슴과 멧돼지가 많다고 하며 곡식은 벼 외에는 어떤 것이든지 된다고 한다. 이 곳에 살기로 하면 적어도 1천 호의 5천 명은 넉넉히 살 수가 있다고 하며, 동구 밖 폭포 아래에는 삼림은 있으나 이 평평물보다 열 배나 더 큰 평원이 있다. 전승화 씨가 손가락으로 가리키는 곳을 따라 눈을 돌리니 참으로 일망무제한 임평선 林平線이다. 이 모두를 합하면 5만 인구, 1만 호를 넉넉히 수용할 만하다 하니 이 곳이 이른바 청학동이나 아닌지….

창파에 떠 가던 몸이 배를 만난 듯이, 가뭄에 시달린 풀이 비를 만난 듯이, 그들의 기쁨은 자못 한량이 없었다고 한다. 마른 풀뿌리에 인색한 비가 있을 수 있으며, 강물에 떠 가던 사람이 뱃전을 잡았다고 힐난하는 심정이 있을 수 있으랴. 그러나 판국이 바뀐 이 세상인지라 혹시는 무슨 일이나 있지 아니할까? 그들은 이러한 기우도 없지 않았던 것이다. 그러자 4월 초순경, 이 곳을 관할하는 대진평 주재소에서 가등이라는 순사가 들어와서 인구 조사를 한 후 "이 땅에 살려면 산불을 극히 조심하고 아편을 몰래 재배하는 등 좋지 못한 일을 하지 말라. 새로 들어오는 사람은 반드시 왔다고 말하고, 속히 면사무소에 가서 민적民籍을 하라"고 하며 그 규칙까지 가르쳐 주는 친절한 태도를 보였다고 한다. 그 후 영림서원도 들어와 돌아보고는 역시 좋은 낯으로 돌아갔다고 했다.

이에 그들은 다시 펼쳐지는 삶에 감사를 느끼며 영구한 보금자리를 이 땅에 두고 집도 더 짓기로, 곡식도 더 심기로 여러 가지 준비를 하던 중이었다. 그러는 동안에 4월부터는 관헌의 출입이 잦아지는 한편 그 얼굴이 차차 푸른빛으로 변하기 시작했다고 한다. 산골에 살자면 제일 무서운 것이 산신이라고 한다. 그것을 잘못 대접하면 맹수나 독사의 재해를 입는다는 미신이 있는 까닭이다. 푸르게 변해 가던 관헌의 얼굴이 기실 산신보다도 몇 배나 무섭게 보이기도 했거니와 그럴수록 산신을 대접하는 것보다도 한층 더 잘했다. 그들이 오면 삶아 먹으려고, 다섯 집에 한 마리씩 돌아가며 부담하는 통닭이라는 제도를 실시하고, 간혹 소와 도야지도 잡아먹였다고 한다. 이같이 다하던 정성도 마침내 헛일이 되고 필경에는 이 땅에 살지 말고 나가라는 퇴거 명령이 내리고 말았으니, 아, 실과 같은 생명의 줄이 끊어짐이여, 참으로 청천의 벽력같이 천지가 아득하였다 한다.

이유는 삼림 지대가 가까이 있으니 불이 무섭다는 것이었다. "불은 절대로 조심합니다." "안 된다." "가을까지 연기해 주십시오." "안 된다." "우리는 이 곳을 떠나면 갈 곳이 없으니 차라리 이 곳에서 죽겠소." "나무가 더 중하냐, 사람이 더 중하냐." "국유지에 국민이 살지 않으면 누가 산다는 말이오." 이런 말들은 도리어 아픈 매를 버는 데에 지나지 않았을 뿐 아무런 효과도 없었다. 이에 관헌은 화전민 수용지가 있으니 그리로 가라는 말을 했다. 동민 100여 명은 수용지라는 의화리儀化里의 선덕골을 찾아 대엿새 동안이나 답사를 해 보매, 태반은 바위요, 흙이 있다는 데는 수렁이며, 여간 좋은 곳은 벌써 700여 호나 되는 화전민이 곡식을 심은지라 할 일 없이 거절을 하였다.

관헌은 다시 다른 화전민들이 심어 놓은 땅을 얼마씩 빼앗아 주마고 하는 바, 이것은 더욱 못할 일이라 하여 모두 펑펑울로 돌아왔다. 이제부터는 관헌의 태도가 더욱 강경하여져서 "너희는 관리에게 반항하니 총살을 해도 무방하다"는 둥 "불을 지르겠다"는 둥으로 겁박하였고, 계삼림 주사 같은 이는 "너희를 징역을 보낸다"거나 "내가 너희를 쫓아내지 못하면 배를 가르겠다"는 결심마저 보였으며, 경관은 주민들 중 말마디나 하는 자는 잡아다가 가뒀다. 그러고는 양식마저 빼앗으며 야단을 치매 주민들은 여기저기 진정을 내는 등 5월 한 달 동안은 거의 매일 이런 풍파가 있었다고 한다. 그러니까 심어 놓은 곡식은 김을 맬 사이조차 없었고, 양식이 없으니 먹지 못하고, 근심이 있으니 자지도 못하고, 날마다 밤마다 서로 붙들고 울며 지내다가 어느덧 6월 16일이 되었다.

그 날 혜산경찰서 복전 경부보 이하 11명과 계삼림 주사인 박춘식 등 영림서원 6명 해서 도합 17명이 무장을 하고 들어와서는 "오늘이 최후다"라는 말을 남기고 주민들의 주택을 태워 버렸으니 그 때의 광경이 과연 어떠했을까?

서릿발같이 번쩍거리는 총칼 아래에서 사정없이 붙는 불은 주민들의 구곡 간장을 함께 태워 황황한 화염은 10리에 어리고, 몽몽한 검은 연기는 하늘에 사무쳤다. 콸콸 흐르는 압록강 물은 흐르긴 하지마는 불을 끌 생각은 못 했으며, 엄연히 서 있는 백두산은 내려다보았지만 아무 말이 없었다. 16일부터 붙은 불은 20일까지 닷새 동안 평평물과 송가동에서 73동을 태우고 3동을 무너뜨려 버렸으니 100여 호, 1천여 명의 남녀노소는 갑자기 주거를 잃고 노천에 방황하게 되었다.

침침하고 어두운 밤, 산비탈 나무 밑에서 애 터지는 통곡성은 귀신의 소리냐, 사람의 소리냐 싶었다. 20동쯤 남은 집에 요행히 수용된 사람들도 그 소리를 듣고는 차마 집 안에 들어앉지 못했으며 잠을 자지도 못했다고 한다. 먹는 것은 풀이요, 자는 데는 나무 밑, 지루한 장마조차 내리고보니 이 형편을 무어라 말하랴. 비참이니, 참담이니, 잔인이니 하는 형용사를 구태여 이 곳에서 다시 말하지 않겠다. 이것이 만일 비참함이라면 세상의 다른 비참함과 어떻게 구별지어 말해야 좋을는지 알지 못하는 까닭이다.

"가난과 추위에 몰려서는 들에서 몰려나고, 삼림에서 쫓겨나고, 산에서 또 구축을 당하니 초목만도 못한 목숨이라 갈 곳조차 없으니 살아 무엇하리" 하는 염세의 탄식을 발하는 사람, "어찌하여 이 곳에 왔을까. 남과 같이 들에서, 도회에서 살지 못하고 어찌하여 이 곳에 왔을까" 하며 운명을 저주하는 사람, "아니다, 잘못이다. 다시 나가 물에서, 도회에서 남과 같이 버티고 싸우며 살자"며 새삼스럽게 젊은 용기를 뽐내는 이들도 있었다.

그러나 이런 말들은 당면의 문제를 해결하는 데 아무런 상관이 없으니 다시 한번 관청에 진정을 하자, 이런 기막힌 사정을 세상에 애소하자 하여 이렇게 움직이게 되었으니, 천리 변경 깊은 산 속에서 생각 없이 그은 성냥개비가 이렇게 세상에 물의를 빚어 낼 줄이야 누가 꿈엔들 생각했으랴. 관헌은 떠나라 하고, 주민은 못 간다 하니, 이 사이에서 주민을 몰아

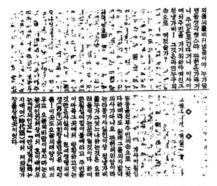

박금의 이 글이 실린 신문 기사. 불을 지른 사람이 누구라는 것을 밝혔음 직한 결론 부분이, 아마 검열에 의한 듯, 고의적으로 지워져 있다. 동아일보, 1921. 8. 30

내기 위하여 당긴 그 성냥개비! 그것은 과연 누구의 손으로 켠 것일까?

(이어지는 결론 부분은 검열에서 제재를 받은 듯 원문이 고의적으로 지워져 있다.)

71동을 전부 주민의 손으로 놓았다 하더라도 원래 그들의 자발적 의사가 아니요, 관헌의 위압이라는 타동이 사실인 이상 성냥개비를 누가 그었느냐 하는 것은 오히려 둘째 가는 문제일 것이다. 하여튼 70여 집이 불에 타고 주민들이 아직 그 곳에서 방황하고 있는 것만은 사실이니 1천여 생명이 재생의 희망을 담았던 펑펑물! 이 곳도 오늘의 태양이 비치고, 오늘의 바람이 불지만 오늘의 인간 세상에서 흔히 내세우는 '정의 인도' 나 '안녕 질서' 라는 시대어時代語에서 제외된 가장 불쌍한 곳이었다.

평평물이라는 것은 함경남도 갑산군 보혜면 대평리에 있는 농롱곡瓏瓏谷을 일컫는 지방 말이다. 농롱곡은 말 그대로 풀면 옥구슬이 서로 부딪치며 내는 소리를 말하는 것이니 물방울이 그렇게 튄다는 것을 상징한 것이지 싶다. 그 곳에 폭포가 연이어 셋이나 떨어진다고 하니 말이다. 가보지는 못했지만 참으로 아름다웠을 것이며 이름 또한 우리말의 아름다움이 고스란히 살아 있는 순박한 것이어서 더욱 정감이 가는 곳이다.

하지만 이 글은 승경의 아름다움을 묘사한 글은 아니다. 1929년 6월 17일. 이 일대가 불바다로 변해 아수라장이 되었던 까닭이다. 당시 그 곳에는 화전민 190호에 건물이 모두 86동이나 있었는데 그들 모두는 갈 곳 없는 신세가 되고 말았다. 그런 현장을 찾아가는 슬픈 기행문이다. 당초 평평물에 사람이 들어가 살기 시작한 것은 1928년부터였다고 한다. 1928년의 큰 홍수로 인해 갈 곳을 잃은 사람들이 하나둘씩 모여들기 시작해 부락을 이루었으며 주재소에서도 호구 조사를 할 뿐 더 이상 말이 없었다고 한다. 그러던 것이 4월 초순 갑자기 삼림 지대에서 농사를 지을 수 없다는 이유로 내쫓았으나 주민들이 나가기를 거부하자 6월 17일에 그만 불이 나고 말았다는 것이다. 그 날 주민들을 내쫓은 사람들은 당연히 혜산진 영림서원들과 주재소 경관들이었다.

누가 불을 질렀는지는 명약관화한 일이겠으나 그 곳에 살던 주민들은 진정 오갈 데가 없었으니 딱한 일이었다. 그 전에도 삼수군의 화전민들이 사는 곳에서 불이 나서 주민들이 갈 곳을 잃고 방황하였으나 교통이 막연하고 통신망이 없던 시절이라서 세상에 뒤늦게 알려진 일이 있었다. 오죽하면 화전민이었을까. 그러나 그마저도 빼앗겨 버린 그들은 삶의 터전을 간도로 옮기거나 더 깊은 산 속으로 들어가 다시 화전을 일구어야 했으니 그 참혹함은 상상키 어려운 것이리라.

또 글의 마지막 부분에 누가 불을 지른 것인지에 대한 결론을 내린 것은 검열에 걸린 듯 고의적으로 지워져 있다. 그러니 더욱 불을 지른 사람들이 누구인지는 불을 보듯 뻔한 일인 것이다.

글을 쓴 이는 박금이며 당시 동아일보의 원산 특파원이었다. 박금은 1929년 1월 14일에 벌어진 원산부두노조의 총파업을 주도한 인물이다. 당시 최경식崔境植, 김두산金頭山, 임봉순任鳳淳, 차주상車周相, 이재갑李載甲, 김동철金東轍, 최등만崔等萬, 이항발李恒發, 한기수韓琦洙, 김대욱金大旭, 강반姜反 등과 의형제로서 금호결의錦湖結義를 맺은 것은 널리 알려진 일이다. 총파업의 슬로건은 일제 상품을 일체 사용하지 말자는 것이었다. 일본 제국주의가 조선의 주권을 빼앗은 후 경제적 잠식을 강행하는 악랄하고 교활한 수법을 써 왔던 터여서, 이를 저지하려는 투쟁이었다. 100일 동안이나 계속된 파업은 빼앗긴 정치와 경제 그리고 문화 중 경제적인 독립을 쟁취하려는 민중들의 싸움이었으며 앞서 말한 금호결의는 제2의 기미 독립만세를 준비하려던 모임이었다.

글은 1929년 8월 2일부터 8월 14일까지 모두 열 차례에 걸쳐 동아일보에 연재되었으며 9회분은 신문이 남아 있지 않아 찾을 수가 없었다.

관북여행기 | 김창집

시조
1938년 10월

이 글이 인상적인 것은 연재에서 두 차례나 할애한 부전고원에 대한 것이다. 너무도 상세하게 기록해 놓은 덕분에 가 보지 않고도 그 모습들이 눈에 그리듯 선하다. 또 일대의 지명들이며 기차역 그리고 인클라인 기차의 모습까지도 세세하게 기록해 놓은 덕에 자료적 가치도 충분하지 싶다. 또 하나의 특징은 사물이나 자연을 보고 그 느낌으로 삶의 방법을 비유하는 방식은 자연이나 사물을 있는 그대로 묘사하는 글쓰기와는 다른 사색적인 글쓰기여서 여느 기행문들과는 달리 보인다. 더군다나 자신의 감정의 기복 또한 가감없이 기록하는 솔직함도 보이고 있어 더욱 돋보이는 글이다.

나는 여름을 맞을 때 마다 어디를 좀 가 보면 하는 충동을 받는다. 여름이라고 하는 이 계절에 어떤 매력을 느끼는 것이다. 그러나 이것은 봄의 들뜬 마음이나 가을의 애수에 젖은 마음에서 생기는 현상과는 같지 아니한 것이다. 여름의 넘치는 자연미를 찾아 깨끗한 산이나 물가에서 놀고 싶은 것이 이 때의 나의 기분이다. 여름은 자연계의 번영기이니 득의의 때는 여름이다. 산과 바다도, 계곡과 평야도 여름에 비로소 활기를 띠고 또 가장 본색을 나타낸다. 자연의 품에 안기고 싶고, 자연에서 그윽한 위안을 얻고 싶은, 이 자연스러운 마음! 이것은 신의 큰 섭리 아래서 자연의 아들이 된 나의 거짓 없는 본심이 아닐까? 여름, 자연, 인생, 이것은 여름 여행을 즐기는 사람에게 제공된 그럴듯한 과제인 것이다.

나는 여행을 좋아한다. 여행에도 여름 여행을 더 좋아한다. 나의 지금까지의 여행은 대부분 여름 여행이었다. 그리고 나는 혼자 여행하기를 좋아한다. 자연의 경치를 호흡하며, 속세의 괴로움을 잊으며, 조용한 명상에 묻히고 싶은 여행일수록 혼자 여행하지 아니하면 안 된다. 나는 이번 여름휴가에 안배능성安倍能成 씨의 기록인 「청구잡기青丘雜記」를 보았는데 그도 혼자 여행하지 아니하면 여행의 맛을 모른다고 한 것을 보고 그의 여행기를 파고들었다. 그 결과 금년의 여름도 나로 하여금 여행을 아니 하지 못하게 하였다. 내가 이번에 가 보고 싶은 곳은 관북의 명미明媚한 산수, 맑고 억센 정조가 흐른다는 북쪽 땅의 풍물이었다. 부전고원의 특이한 풍정을 찾고 멀리 국경 지대인 청진, 나진까지 다녀오기로 계획을 세웠다. 그 곳에 나를 기다리는 사람은 없건마는 공연히 마음이 바쁨을 느끼면서 떠날 날을 기다렸다.

8월 5일

여름 아침의 깨끗한 햇빛이 이슬에 젖은 녹음 위에서 서늘한 감촉을 발산할 때 가벼운 차림으로 집을 나섰다. 세 살 된 어린 것이 버스 타는 곳까지 내 손을 붙잡고 와서 작별을 아니 하고 같이 타겠다는 바람에 좀 곤란하였으나 버스가 휙 달아나 억지로 작별이 되었다. 그러나 어린 것이 얼마나 우는지 몰라 어버이 마음에 민망하였다.

동 경성역에 이르니 금강산으로 가는 본사 총무 킬리스 씨 부부, 그의 영식과 자부, 또 왕그린 여사가 벌써 와 있었다. 우리는 8시 55분에 성진 城津행 열차로 청량리를 떠났다. 나는 함흥까지 차표를 사고 3등칸에 탔지마는 잘 아는 분들이 있는 2등칸으로 왔다. 3등 승객으로써 2등칸으로 오는 것이 아무리 방문이라고 해도 거북함을 느끼지 않을 수 없었다. 그렇다고 한 집안에서 같이 일하는 가까운 처지에 등급이라는 것에 막혀 너는 너고 나는 나다 하며 내 자리에 그대로 앉아 있을 수도 없었다. 등급, 계급 이것이 세상에 없을 수도 없지만 이것 때문에 서로 막혀 지내는 경우도 없지 않은 것이 사실이다.

윗사람이기 때문에, 아랫사람이기 때문에 서로 자주 찾지도 못하고, 서로 정도 나누지 못하는 경우가 많다. 따라서 자연히 두 사람 사이에 줄이 그어지고 벽이 막히는 것은 인간 사회의 한 가지 결함이라면 결함이라고 할 수 있다. 그러나 예수께서는 종 된 자가 상전보다 높지 못한 것을 기억하면서 서로 발을 씻기라고 하셨다. 여기에 사회 융화의 진리가 있다고 본다.

우리는 차창을 통하여 푸른 곡식이 꽉 들어찬 기름진 들, 녹음 속에 파묻힌 농촌의 한아閑雅한 정경을 바라보며 향긋한 풀 냄새 풍기는 시원한 바람을 몸에 받으면서 사람이 자연에서 얻을 수 있는 여러 가지 혜택을 이야기하였다.

　기차는 도봉산 앞을 지나간다. 나는 이 도봉산을 바라보기도 좋아하거니와 하이킹하기도 좋아한다. 한번은 도봉산의 망월사라는 전망 좋은 절에서 일 주일을 묵은 적도 있다. 그 뒤에도 몇 번 사원들과 같이 하이킹을 갔지만 도봉산에 대한 깊은 인상을 받기는 망월사에서 조용히 지낸 때였다. 그 때 같이 갔던 사람은 지금 미국에 가 있는 애광涯光 군이었는데 그도 산을 몹시 좋아하는 친구였다. 우리 둘이는 달 밝은 산사에서 조용히 누워 계곡의 맑은 물소리, 소쩍새 우는 소리 듣기를 끝없이 좋아했고, 땀을 흘리면서도 여기저기 탐승하기를 매우 즐겨 했다.

　나는 그 때의 인상을 추억하면서 인생과 자연계의 관계는 실로 오묘하며 긴밀한데 그 중에서도 자연 풍경을 대하면 왜 그런지 가슴이 넓어지며 사특한 마음이 없어진다고 말했다. 또 세속의 근심 걱정을 잊어버리게 되는 것도 참으로 기이한 일이라고 아니할 수 없다 했다. 왕그린 여사는 작년에 구라파를 여행할 때 스위스의 빼어난 자연미에 취했던 이야기를 한다. 또 자기가 읽은 어떤 글 가운데 사람이 잊어버리는 일이 없으면 큰일이라고 써 놓은 것을 보았다고 한다. 나는 그 말이 명구임을 느끼고 두 번 세 번 고개를 끄덕였다.

　세상에 누가 슬픈 일, 분한 일, 억울한 일, 괴로운 일을 한두 번 당해 보지 않았을 것인가. 그 당시의 감정을 그대로 가지고는 일 년을 견디기 어려울 것이다. 그러나 사람은 이런 일, 저런 일을 잊고 헤쳐 버리기 때문에 전과 다름없는 원기로 살아가는 것이다. 그러므로 관대한 사람, 남을 불쌍히 여길 줄 아는 사람일수록 세상을 힘차게, 가치 있게 살 수 있는 것이다. 우리가 한창 자연계에 대한 이야기로 시간 가는 줄 모르는 때에 형사 두 분이 우리를 찾아왔다.

일본인 형사가 처음부터 끝까지 모든 것을 소상하게 묻는다. 그는 관리다운 엄격함을 잃지 않으면서도 매우 친절하게 물었다. 그에 대한 인상은 매우 좋았다. 우리는 그가 묻는 대로 모든 것을 대답하였다. 나는 몇 해 전, 동경에 갈 때에 동해도선東海道線에서 만났던 한 형사를 생각하였다. 그 때 그의 표정이 어찌나 부드러웠던지 그에 대한 인상을 지금도 잊지 못한다.

기차는 어느 사이에 철원에 도착하였다. 차를 탄 지 벌써 두 시간이 지났다. 금강산으로 가는 서양인 일행은 여기서 내렸다. 그들과 작별하고 돌아오니 내 자리는 내가 없는 동안에 다른 사람이 점령해 있었다. 아무리 찾아도 앉을 자리가 없었다. 나같이 자리를 못 얻고 서서 가는 사람이 지나다니기가 어려울 만큼 많았다. 대체 웬 사람들이 이렇게 열차마다 가득가득 차서 다닐까 싶었다. 분주한 세상의 한 면은 열차 안에서 가장 잘 나타난다. 현대의 생활 범위는 이상스럽게도 자꾸만 넓어져가고 있다.

차장이 차표 검사를 한다. 나도 차표를 내주었다. 그는 나를 한 번 쳐다보더니 아까 2등칸에 있지 않았느냐고 묻는다. 그렇다고 하였다. 내가 그 때 킬리스 씨 가족의 차표 관계로 차장과 몇 마디 말을 주고받은 일이 있었으므로 그는 나를 기억했던 것이다. 내 차표를 잠깐 달라고 하여 가더니 다른 사람의 차표를 다 검사하고 다음 칸으로 갔다. 얼마 후에 그는 다시 나에게 와서 2등칸으로 가서 자기를 기다리라고 한다.

나는 속으로 팔자에도 없는 2등칸에 잠시 탔다가 욕을 보는가 보다 하고 생각하면서도 차장도 내가 왜 2등칸에 있었는지 잘 알 터이요, 또 2등칸 임금을 물라고 하면 물면 그만이라는 삐쩍한 생각으로 2등칸으로 갔다. 차장은 볼 일을 다 보고 왔다. 그는 점잖게 요즈음 3등 차표로 무단히 2등칸에 타는 사람도 없지 않은데, 당신이 짐짓 그렇게 한 줄로는 생각지 않으나 누구를 방문할 경우가 있으면 차장에게 먼저 말을 해 두어야 한다고 타이른다. 그러지 않으면 검사할 때 군말을 듣게 된다는 뜻으로 말을 하고 차표를 도로 준다. 그만한 순서를 몰랐다는 것과 2등칸에 욕심이 나서 그리 된 것이 아니었다는 것과 미안하게 되었다는 말을 하고 다시 내가 섰던 자리로 돌아왔다.

어쨌든 창피를 당한 셈이다. 좀 기분이 나쁘지만 내 잘못이니 어쩔 수 없다. 언제든지 무식이란 것은 망신을 가져오는 것이라는 점을 절실히 느꼈다. 나는 여기서 한 가지 새 지식을 얻은 셈이다. 여행은 곧 지식이라는 말을 다시금 긍정하게 된 것이다. 내리는 사람은 많지 않고 타는 사람은 많아서 차 안은 더욱 복잡해졌다. 어린아이를 업은 부녀자들이 땀을 흘리면서 서 있건마는 아무도 자리는 내주지 않는다. 점잖아 보이는 신사 같은 사람들도 아무 동정이 없는 모양이었다. 너무 오래 앉아서 지루할 듯한 사람도 꼼짝없다.

세상은 자기 이권을 확보할 줄만 아는 차디찬 세상이로구나 하고 개탄하였다. 기차가 검불랑을 넘느라고 허덕거릴 때 양장을 한 어느 젊은 여자가 일어나서 아이를 업은 여인을 자기 자리에 앉게 한다. 나는 그 여자를 유심히 바라보았다. 조금 전까지만 해도 나는 그의 존재를 몰랐지마는 이 때부터 나는 그를 존경하는 눈으로 자주 바라보았다. 어떤 여자일까. 퍽 얌전한 여성이다. 그는 아마도 크리스천일 것이다. 그렇지 않으면 크리스천이 될 소질을 상당히 가지고 있는 여인이다. 이런 생각이 떠오름을 금할 수가 없었다.

그런데 잠깐 후, 그 앞으로 두어 자리 건너편에 앉아서 시시덕대는 통에 차 안의 사람들에게서 경멸의 눈길을 받고 있던 갈보류의 여자들 가운데 한 여자가 불쑥 일어서더니 양장을 한 그 여성을 향하여 함경도 사투리로 퉁명스럽게 히야까시 비슷하게 "색씨, 어디 가우" 하고 묻는다. 그 여자는 즉시 얼굴빛이 흐려지면서 "그건 왜 물우"라며 쌀쌀한 대답 한 마디뿐, 잠깐 후에 그는 얼굴에 어이없다는 표정을 지으면서 묻는 까닭을 말하면 대답을 더 하겠다는 한 마디를 더하고 입을 다문다. 그는 퍽 유쾌하지 않은 기분인 모양이다. 그러나 상대편이 아무리 천한 사람일지라도 예의를 갖추어서 인사 겸 진실한 태도로 물었다면 그가 대답하지 않았을 리가 없다. 더욱 불쾌함을 느낄 까닭이 없었을 것이다. 예의와 진실한 태도, 이것은 우리의 사교 생활에 없을 수 없는 것이니 이것이 없을 때에 곧 자신에게 모독을 가져오는 것이다.

기차가 삼방협三防峽 부근의 빼어난 푸른 계곡을 지나가건마는 줄곧 서서 가기에 몸이 피곤하고 시원스럽게 밖을 내다볼 수도 없어서 아무 흥취가 없었다. 이 부근에서부터는 하늘에 검은 구름장이 떠돌고 소나기가 지나갔는지 땅도 젖었고 도랑물도 붉다. 구름이 철령鐵嶺을 못 넘어 여기에서 비가 되어 떨어졌는가. 세면 칸에 다녀오다가 우연히 시인인 주朱씨를 만났다. 머리를 박박 깎고 얼굴이 살도 좀 빠져서 오래간만에 보는 그를 얼핏 보고는 알아볼 수가 없었다. 가족 동반으로 송전 해수욕장에 정양을 가는 길이라고 한다. 그는 재사로 이름 높고 또 점잖고 청렴한 인사이다.

언젠가 한번 그에게 글을 한 편 얻어 오고 우리 회사에서 출판한 위생 서적 한 권을 증정하였더니 그는 그가 주간으로 있는 모 잡지에 그 서적에 대하여 찬사를 다하며 전면 광고를 내주었다. 그래서 우리는 그에게 더욱 신세를 지게 되었다. 그는 안변에서 내렸다. 그와 작별하려고 내렸을 때에 그의 소개로 조선에서는 일류 단편 작가라고 하는 이씨와 인사를 하였다. 그도 송전으로 가는 길이라고 한다. 그는 별로 훌륭한 학력을 가지지 못하였지마는 조선 문단의 별이라는 칭호를 받으며 문장이 유려하고 구상이 풍부하다는 평을 받고 있다. 사람이 배우기도 해야 하지만 선천적으로 재주를 타고 나야만 하는 것 같다. 안변에서 겨우 자리를 잡고 시계를 보니 오후 2시, 시장함을 느껴 친구에게서 받은 점심 꾸러미를 끌렀다.

원산을 지났다. 원산 이북으로는 처음이므로 찻길 좌우의 풍경을 주의 깊게 보았다. 역시 여름의 부드럽고 시원한 자연의 모습을 볼 수 있다. 산하는 모두 푸른 색 일색이라 푸르고 또 푸른 모습이다. 땅이 비옥한 듯하고 곡식도 풍작인 듯하다. 차에 새롭게 오르는 승객들을 훑어 보면 골격이 굵직굵직하고 해풍에 그을린 듯한 거뭇한 얼굴들을 많이 볼 수 있다. 고원역을 지나서 왼쪽으로 기찻길이 하나 보이기에 물어 보니 이것이 아직 다 개통되지 아니한 평원선平元線의 일부라 한다. 내년이나 그 다음 해에는 평양에서 원산까지 완전히 개통된다고 한다.

용흥강龍興江을 지나니 영흥永興평야가 시원스럽게 전개된다. 기름진

논, 끝이 없는 듯한 넓은 들에 푸른 곡식의 물결이 넘실거린다. 이 일대는 소의 산지로도 새롭게 이름이 높다고 한다. 기차는 벌써 왕장旺場, 부평富坪 등을 지났다. 부근이 광산 지대라 하여 살펴보매 정차장에는 광석을 넣어 놓은 짐짝이 높이 쌓여 있다. 정평定平 부근에서부터 다시 전개되는 큰 평야. 이것은 조선 전체에서 몇 째 안에 든다는 함흥평야이다. 끝이 보이지 않는 망망한 평야이다. 멀리 아득한 동쪽 지평선에 표표히 연기가 떠오르는 것을 볼 수 있는데 그것이 흥남의 공장 지대라고 한다.

한 일본인 승객의 말을 들으니 그 일대는 연기로 인하여 맑은 날을 볼 수 없다고 한다. 원산을 지나 벌써 3백 리, 이제는 함흥도 가까웠다. 기차가 어느덧 성천강城川江을 지나더니 즉시 함흥에 도착하였다. 오후 5시 20분이다. 역에는 오랜 친구인 김봉덕 씨가 마중을 나와 있었다. 그의 안내로 꽤 좋다는 역 앞의 어느 여관에 여장을 풀었다.

저녁 시간이 아직 많이 남았으므로 김 형과 같이 시가지 구경을 나섰다. 시가지로 통하는 역 앞의 도로는 꽤 넓고 깨끗하게 정돈되어 있으나 길가에 건물들이 꽉 들어차지는 않았다. 또 건물들이 균형을 이루지 못하여 인구 6만에 가깝다는 대 함흥의 역 앞 풍경으로는 쓸쓸한 느낌이 없지 않았다. 역 앞 도로를 따라 서쪽으로 얼마 가지 않아 십자로가 있는데 서남쪽 모퉁이에 공회당이 꽤 뚜렷한 모습으로 서 있다. 십자로 북쪽 길로 들어가면 부청府廳, 도청, 경찰서 등 큼직큼직한 건물이 있다는 것을 이튿날 여관 2층에서 바라보고 알았거니와 우리는 시가 중심지로 통하는 남쪽 길로 들어섰다. 얼마쯤 가니 상가는 점점 규모 있게 정돈되었고 시가 중심이라는 꽤 번잡한 네거리가 나타난다.

우리는 이 거리, 저 거리를 돌아다녔지만 좀더 눈에 띄는 시가 풍경은 볼 수 없었다. 그러나 이 도시는 오랜 역사를 가진 북선北鮮의 옛 성터요, 특히 조선 이씨 왕조의 발상지로 유명한데 근년에 장진, 부전 등 오지의 사철私鐵 개통, 대규모 수력 발전기 등 큰 기업들이 갑자기 들어서는 바람에 비약적인 발전을 이룬 것은 주지의 사실이다. 이것은 인구가 급격한 증가를 보인 것으로도 알 수 있다. 우리는 이 곳의 유일한 대중 교통 기관이라는 버스의 신세를 지지 않고도 짧은 시간 안에 함흥시의 중요한 거리를 돌아 볼 수 있었다.

저녁때였으므로 한산하였으나 북선 특유의 시장 풍경을 넉넉히 엿볼 수 있었다. 물건을 벌여 놓고 파는 이들도 여자, 사는 이들도 여자, 시장 전체에서 볼 수 있는 사람은 거의 다 부녀자들이다. 야채, 생선, 곡물, 무엇이든지 여자들이 팔고 산다. 마치 여인국에 온 듯한 느낌이다. 젊은 여자, 얼굴도 밉지 않게 생긴 여성들이 "어서 오시오"를 연발하며 손님을 끄는 광경이며, 여인들이 깨끗한 옷맵시 그대로 큰 함지박을 머리에 이고 소위 현대 도시의 거리로 걸어 나가는 광경은 과연 눈을 끄는 특이한 광경이 아닐 수 없다.

8월 6일

오후에 김 형과 같이 반룡산盤龍山에 올라갔다. 반룡산은 바로 함흥 서북단에 붙어서 우뚝 솟은, 그리 높지는 않으나 수려한 산인데 함흥의 경치를 이룬 유일한 존재이다. 이 반룡산만 없더라도 함흥은 평야에 놓인, 아름다운 경치를 지니지 못한 도시가 되었을 것이다. 이 날 날씨는 어젯밤 가랑비를 잊어버리기라도 한 듯이 한여름의 뜨거운 햇빛이 북선의 맑은 산하를 명랑하게 비친다. 우리는 땀을 흘리면서 지름길로 산등성이로 올라갔다. 홀연히 전개되는 조망의 경치! 넓고 넓은 함흥평야가 한눈에 들어오고 함흥 시가지가 손바닥 위에 놓고 보듯이 자세히 내려다보인다. 우뚝우뚝 솟은 큰 건물들이 약진하는 도시의 면모를 보이고 있으며 북쪽으로는 첩첩한 원산 연봉들이 흰 구름 아래 가물거리는데 성천강은 굽이치며 함흥으로 감돌아 내려간다.

멀리 동쪽으로는 이태조가 양위한 다음 계셨다는 구저가 있는 본궁이 구름 아래 한 점 점으로 보이고 흥남 공장 지대의 검은 연기를 토하는 큰 굴뚝도 보인다. 산 정상에는 이 태조가 청년 시절에 용마龍馬를 타고 달렸다는 치마대馳馬臺라는 곳이 있다고 하나 우리는 날이 너무 더워서 산등성이를 타고 반룡산 공원으로 내려갔다. 아직 공원이라고 하기에는 설비가 불완전하나 도로를 잘 만들었고 나무도 잘 가꾸었으며 위치가 절묘하고 조망이 좋아서 저녁 후에 산책을 하기에는 좋아 보인다.

성천강이 바로 발 아래 흐르고 그 위의 만세교가 한층 더 자연의 아름다움과 조화를 이루고 있으매 강 건너편으로는 눈길 닿는 끝까지 넓은 평야가 활짝 트여 있었다. 평북 영변의 약산 동대東臺에서 바라보는 전망을 방불할 만큼 매우 좋은 경치이다. 한적한 정자에 앉으니 부드럽고 맑은 바람이 가만가만 몸 속으로 스며 들어오는데 고달픈 마음에 생기가 도는 것 같았다. 자연을 즐길 때 생기는 마음의 청정함, 이 마음의 깨끗함을 다시 속세에서 더럽힐 것을 생각하면 무한히 아깝기만 하다.

우리는 공원에서 내려와 유명한 만세교로 갔다. 꽤 긴 다리이지마는 매우 초라하고 낮은 시멘트 다리로 아무 치장도 없는 다리이다. 강물도 깨끗하지 못하고, 강이 매우 얕아서 강바닥의 더러운 것이 빤히 들여다

보인다. 멀리서 바라볼 때의 풍치와는 딴 판으로 볼 것이 없다. 그러나 정월 보름날의 답교 풍습은 이 다리가 가진 함흥의 옛 유풍遺風의 비밀이다. 지금까지 해마다 음력 정월 14일과 15일이면 누가 시키거나 주최하지도 않았건만 성대한 답교 놀이가 열린다고 한다. 언제부터 이런 행사가 시작되었는지 그 기원을 아는 이는 별로 없다. 다만 답교의 의미를 들어 보면 정월 15일에 다리를 밟으면 오래 살고 한 해 동안 무사히 지낼 수 있다는 생각으로 그렇게 열광적으로 모여든다고 한다.

옛날에나 지금이나 사람이 오래 살고 무사히 지내기를 바라는 것은 욕망 가운데에도 가장 큰 욕망이다. 이 욕망으로 말미암은 미신적 풍습도 옛날로부터 오늘날까지 많이 있거니와 사람들이 바른 길을 찾지 못하고 미로에서 허덕이는 것 또한 사실이다. 사람들은 오래 사는 것을 이 더러운 육체의 생명을 연장시키는 데에 그치고, 무사히 지내는 것을 의식주의 부족이 없고 질병 없이 지내는 데에 한정한다. 또한 이것이라도 나무 아래에서 물고기를 구하는 것과 같이 터무니없는 행동을 하기 일쑤이고 앉아서 모든 것을 얻으려는 요행심을 가지기가 일쑤이다. 실로 하잘것없는 인생이다. 왜 좀더 영원하고 가치 있는 생명을 바라지 못하는지, 왜 좀더 참된 평안을 바라지 못하는지….

우리는 만세교를 건너 강 건너편으로 갔다. 길가에 노점들을 벌여 놓았는데 역시 부녀자들이 쭉 늘어앉아서 오고 가는 사람을 노리고 있다. 여기도 꽤 큰 부락을 이루었는데 함흥은 만세교를 건너 넓은 평야로 뻗어 나가는 모양이다. 다리에서 조금 떨어진 곳에 수십 명의 부녀자들이 어떤 정미소의 집터를 돋우는데 강바닥의 모래흙을 파서 나르고 있었다.

간혹 그 틈에 섞인 남자들은 지게를 지고 다니고 여자들은 함지박에 담아 이고 나른다. 나는 이 여성들의 눈부신 활동에 놀라지 않을 수 없었다. 열서너 살 된 소녀로부터 스무 살, 서른 살 전후의 여성들과 마흔이 넘었을 법한 여인들이 검정 치마, 흰 치마, 파랑 치마를 냉큼 걷어올리고 적삼 고름이 풀어졌든 말았든 그까짓 것은 상관할 것도 없다는 듯이 맨발로 땅바닥을 텅텅 울리면서 빨리 왔다갔다한다.

모양만 낼 줄 알고 소비만 일삼고 바가지만 긁을 줄 아는 경성의 여성들을 대량으로 모아 가지고 와서 구경을 시키면 그들도 정신을 차리지 않을까 하는 생각이 들었다. 이 곳 부녀들이 이처럼 생활의 일선에서 활약하는 것은 생활이 곤궁하기 때문만은 아니다. 이 곳 여성들은 소비하는 것 대신에 벌어들이는 데에 취미를 붙여 이렇게 밖에 나가서 일을 잘하는 특성이 있다고 한다. 그래서 그들은 남자들이 하는 일을 거의 다 하는데 건축 공사장에서 모래 옮기기, 큰 길에서 리어카 끌기, 우마차를 몰기, 그 밖에 무슨 일이든지 닥치는 대로 잘한다.

8월 7일

오늘은 나의 관북 여행의 중요 플랜 가운데 하나인 부전고원 탐승을 떠나기로 예정한 날이다. 아침 일찍 일어나면서 창문을 열어젖뜨리고 하늘부터 보았다. 날씨는 흐릿한데 안개가 조금 꼈다. 쾌청한 날씨가 못 되어 유감이나 비가 아니 오는 것이 다행이다. 아침 7시 차를 타기 위해서 조반도 못 먹고 함흥역으로 나갔다. 정차장은 언제든지 분잡한 곳이긴 하지마는 이른 새벽임에도 불구하고 사람들이 와글와글 끓고 있다. 출찰구가 열리고 사람들이 늘어서고 출찰구 옆에 장진, 부전 방면이라고 쓴

패가 붙어 있기에 나도 사람들이 늘어선 끝에 가서 섰다.

조금 후에 김 형이 나왔다. 그는 왜 여기에 섰냐고 하면서 나를 바로 옆의 다른 출찰구로 인도해 준다. 그가 오지 않았더라면 시간 낭비가 적지 않았을 것을 생각하면서 조선 속담에 "아는 길도 물어 가라"는 말이 훌륭한 금언임을 새삼 느꼈다. 8월 25전을 주고 회유廻遊 승차권을 사가지고 김 형의 안내를 따라 역전 한 모퉁이에 따로 설치된 조철朝鐵 부전행 승차장으로 가서 기동차에 올랐다. 차내는 더럽고 좁은데 니쿠사쿠를 멘 몇 학생. 등산복을 입은 몇 사람 외에는 가까운 곳에 가는 아이들과 부녀들이다.

차는 함흥 남쪽을 돌아 잠깐 후에 서함흥역에 도착하는데 정차장이 크고 사람들이 많이 오르는 것을 보니 여기가 조철선의 중요 역인 듯하다. 차는 다시 떠나 성천강변으로 만세교를 왼편으로 바라보며 반룡산 공원 아래로 돌아 서북쪽으로 달음질친다. 왼편으로 함흥평야의 일부를 끼고 푸른 곡식의 물결을 헤치면서 몇 정차장을 지나면 오로五老라는 꽤 큰 역에 도착된다. 이 오로역은 조철의 기관차 소재지로서 장진선, 황초령 쪽으로 가는 길과 송흥선, 부전령 쪽으로 가는 길의 분기점이다. 내가 탄 차는 장진선으로 가는 차이므로 송흥선으로 갈 사람은 여기서 바꾸어 타야 한다. 부전고원을 회유할 사람이 장진선을 타고 가면 송흥선으로 돌아서 이 곳 오로로 오게 되고, 송흥선을 타고 가면 장진선으로 돌아서 오로로 오게 된다.

먼저 부전고원의 윤곽을 잠깐 기록하면 함흥 서북방 약 130리 쯤 떨어진 곳에 황초령이라는 높은 고개가 하나 솟아 있고, 함흥 동북방 약 180리 떨어진 곳에는 부전령이라는 높은 고개가 하나 솟아 있는데 이 두 큰 고개를 넘어서 크고 넓은 고원 지대가 이루어져 있는 바 이 두 고개를 연결한 300리 거리의 고원 일대를 일컬어 부전고원이라고 한다.

이 부전고원은 몇 해 전에 장진강, 부전강의 상류를 막아 큰 저수지를 만들었기 때문에 개척이 되면서 이름이 알려졌고, 다시 3년 전에 '대매신문大每新聞'에서 투표로 조선 팔경을 선정하였을 때에 제1위에 당선된 다음부터 일약 명소로 이름이 알려졌다. 근자에 하이킹 열기가 높아짐에 따라 고원 지대의 특이한 풍치를 찾아 이 새로운 명소로 오는 이들이 많아졌다. 차는 오로를 떠나 점점 산간 지대로 들어간다. 동양東陽이라는 역에 이르니 바로 역 앞에 장진강 수력 발전의 제4발전소가 있다. 산꼭대기에서 번들번들한 굵은 수관水管 두 줄기가 길게 아래로 이어져 발전소로 들어왔는데 그 수관으로는 멀리 장진호로부터 흐르는 물이 큰 세력으로 떨어질 것이다. 황초령 북으로 압록강에 흐르는 장진강을 막아 그 물을 황초령 남으로 일본해日本海에 흐르는 성천강으로 떨어지게 하여 가지고 여러 대규모의 발전소를 세우게 된 것이다. 현대의 과학적 성취는 실로 놀랄 만한 것이다.

나는 시장함을 느꼈지마는 이리로 들어오면서는 아무것도 사 먹을 것이 없다. 아침에 여관에서 떠날 때에 역에 나가서 벤또를 하나 사기로 하였으나 역에 나가서는 공연히 분주하게 서두느라고 그만 깜박 잊어버렸다. 구경이 아무리 좋기로 굶어서 구경을 다닌다는 것은 스스로 생각하기에도 우스운 일이었다. 분주한 때에는 가끔 잊어버리는 일이 있는 것은 사실이다. 어떤 일로 마음이 분주한 때에 다른 것을 생각할 여유도 없고 마땅히 하여야 할 것을 잊어버리는 일이 많다. 오늘날 과학이 극도로 발달되고 세상이 물질을 위하여 분주한 만큼 사람들은 과학과 물질 방면으로만 마음이 분주한 가운데 있다. 그리하여 저희는 저희가 마땅히 생각하여야 할 하느님이나 도덕을 잊어버리는 것이다. 이것은 오늘날의 슬픈 현상 가운데 하나이다.

차는 협곡을 돌고 돌아 상통上通이라는 역에 도착했다. 여기서부터 신흥철도선新興鐵道線인데 작은 기관차가 끄는 기차로 바꾸어 탄다. 조그마한 기차는 힘에 겨운 듯 연기를 뿜으면서 경사진 골짜기를 이리저리 돌아 올라간다. 용수역龍水驛에 이르니 여기도 발전소가 있는데 이것이 장진강 제3발전소이다. 여기서부터는 깊은 산중으로 들어간다는 느낌이 생기며 아름다운 곳을 찾아 들어가는 감흥이 생긴다. 길은 더욱 경사지고 굴곡이 심하다. 아슬아슬한 산비탈 길을 우리의 작은 기차는 용하게 돌아 올라가는데 혹 차가 굴러 떨어지지 않을까 하여 가슴이 조마조마하다.

계곡에는 빠른 물살이 바위를 부수고, 기이하게 생긴 봉우리는 앞뒤로 돌아가며 길을 막는다. 차가 터널을 지나는가 하면 어느덧 맑은 물이 콸콸 흐르는 계곡을 건넌다. 깎아지른 듯 한 석벽, 뾰족한 봉우리들이 높고 높게 솟아 그럴듯한 계곡미를 가지고 있다. 산봉우리들은 그리 높지 않으나 골짜기에서 쭉쭉 뻗어 수려하며 장엄한 기운이 감돈다. 차로가 험준하기로 여기보다 더한 곳을 일찍이 보지 못한 것 같다. 하기천역下岐川驛에 도착하니 여기에는 장진강 제2발전소가 있다. 그리고 발전소에 관계된 30호가량의 깨끗한 건물이 한 부락을 이루고 있다.

하기천을 지나서는 계곡의 굴곡과 협곡의 탐승미가 퍽 완화된다. 기차는 삼거三巨라는 곳까지 와서 더 가지 못하고 여기서부터 승객은 케이블 카(인클라인 방식의 기차를 말한다)를 타게 된다. 길이 너무 경사가 지 기 때문에 보통 차는 올라갈 재주가 없다. 그래서 차에다 줄을 매어 가지 고 위에서 잡아끌어 올리게 된 것인데 이것을 케이블카라고 하는 것이 다. 이제부터 황초령을 케이블카로 정복하게 되는데 황초령까지의 거리 는 약 17리가량이다.

우리가 탄 케이블카는 어디서 누가 내다 버린 것을 주워온 것이거나, 그렇지 않으면 돌이나 흙 같은 것을 운반하던 차 같다. 낡아빠지고 더럽 고 좁은데 여기에다 연결한 다른 한 대는 소달구지 같은 데다 함석으로 지붕을 만들어 씌웠을 뿐이다. 유람용으로는 너무도 나쁜 차였다. 차가 너무도 너절하므로 혹 가다가 줄이 끊어지지 않을까, 안전 장치는 되어 있을까, 차를 끌어올리는 권양기捲揚機는 안전할까 하고 불안한 마음이 생기는 것을 어쩔 수 없었다.

이 불안은 믿지 못하기 때문에 생기는 불안이다. 내가 이 케이블카를 믿는다고 하면 이런 불안은 없을 것이다. 그러나 어차피 이 케이블카를 탄 바에는 차라리 이 차를 믿고 평안한 마음으로 여행하는 것이 현명한 일이 아닐까? 믿는 것은 우리의 생애에서 매우 필요한 것이다. 가족이 서로 믿고, 친구가 서로 믿고, 같은 일을 하는 사람들이 서로 믿고, 일꾼 과 부리는 사람이 서로 믿어야 한다. 어떤 때 신의가 없는 자들로 말미암 아 실수하는 경우가 있지마는 믿는 것이 잘못된 것은 아니다.

나는 소달구지 같은 차칸에 올라 널빤지 쪽의 의자에 앉았다. 벽이 없 는 차인 만큼 전망차와도 같아서 구경하기는 제법 괜찮다. 처음에는 구 배가 그리 급하지 않은데 차는 서서히 로프에 끌려 올라간다. 길은 자주 휘지 않고 천천히 돌면서 올라갔는데 경치로는 볼 것이 없다. 보장역保庄驛에 도착했다. 여기는 장진강 제1발전소가 있는데 이 발전소는 동양 제일이라고 하는 만큼 건물이 웅대하고 변전소의 기구가 복잡하다.

나는 이 발전소를 구경할 의향으로 여기서 내렸다. 짐을 역에 맡기고 바로 역 앞에 있는 발전소 구내로 들어갔다. 입구에는 사진 촬영을 엄금한다는 게시가 붙어 있다. 우선 개인으로 구경할 수 있는지 알아보기 위하여 안내소로 가서 물어본즉 개인은 말고 단체라도 발전소 본사에 미리 수속을 해서 본사에서 통지를 보내 와야 구경을 시키게 되어 있다고 한다. 그래서 구경을 단념하고 밖으로 나와 전선이 얼기설기 엉클어진 변전소 기구와 어마어마하게 큰 네 가닥의 수관이 힘차게 내려 뻗은 광경을 바라보며 쾅쾅 발전기 돌아가는 소리를 듣는 것으로 만족할 수밖에 없었다. 역은 기온이 꽤 서늘한데, 역에 붙인 것을 보니 이곳은 해발 약 2만 척 되는 곳이다.

부근의 경치를 찾아보았으나 아무 볼 것이 없다. 잡지를 꺼내어 몇 제목을 보는 동안에 차가 올라올 시간이 되었다. 올라오는 차는 여기까지 와서 멎고 여기서 다른 차가 위로 올라가게 되어 있는데 나는 위로 올라갈 차에 먼저 올라가 자리를 잡고 있었다. 얼마 아니되어 아래서 올라오는 차가 이르러 승객들을 쏟아 놓았다. 와, 하고 사람들이 내가 탄 차로 올라탄다. 대부분 단체로 오는 사람들인 모양인데 시골 노인들이 많고 몹시 떠들어 댄다. 케이블카는 서서히 올라가더니 급한 구배로 올라가기 시작한다. 손잡이를 붙잡고 허리를 앞으로 구부리지 않으면 뒤로 획 나가자빠질 지경이다. 그런데 차는 아슬아슬한 높은 다리 위로 지나간다. 이 때에 한 노인이 아래를 내려다보지 말라고 소리친다.

승객들을 살펴보니 모두 손잡이를 꽉 붙잡고 하늘만 쳐다보고 있다. 아래를 내려다보면 아찔아찔하고 현기증이 난다. 아래를 내려다보지 말고 위를 쳐다보라는 말은 우리의 생애에도 잘 적용되는 말이다. 우리의 생애의 길에는 우리를 떨게 하고 실망시킬 만한 여러 가지 곤란한 사정과 답답한 환경이 있다. 차는 곤두서서 기어오르는데 한 오라기의 줄에 생명을 매달고 끌려 올라가는 승객들은 아무 소리 없이 잠잠하다.

차가 고갯마루에 올라서니 그제야 승객들은 숨을 내쉬면서 떠들어 대는데 한 노인이 말하기를 자기는 모르고 왔지마는 자기 아들은 보내지 않겠노라고 한다. 이 황초령은 해발 약 4천 척 되는 곳으로 이 고개를 넘어서부터 민틋한 고원 지대가 이루어져 있다. 여기서 다시 조그마한 기차로 바꾸어 탔다. 차는 천천히 경사진 구릉 지대로 내려간다. 망막한 광야가 쓸쓸한 대륙적 정취를 가지고 전개되는데 잡초 무성하고 이름 모를 노랑꽃들이 넓은 언덕에 쭉 깔려 있다. 드문드문 경작된 밭에는 아직도 푸른, 키가 한 뼘 밖에 아니 되는 보리가 엉성하게 서 있으며 나슬나슬한 귀리와 감자 나무도 이따금 보인다. 땅이 척박하고 기후가 매우 찬 모양이다.

고토古土, 상평上坪, 하갈下碣 등을 지나 오후 2시경에 사수泗水라는 역에 도착했다. 우리는 황초령에서부터 80리 고원을 달린 것이었다. 사수에서 앞으로 환하게 보이는 강, 이것이 인조 호수로 가장 크다는 장진호이다.

우리는 차에서 내려 도보로 호반으로 갔다. 여기서부터 우리는 배를 타고 수로 50리를 가게 되는 것이다. 이 장진호 주위가 약 400리요, 길이가 약 50리인데 몇 해 전까지도 장진강 상류의 계곡으로 있어서 산간 농가들과 산밭과 사람과 말이 왕래하는 도로가 있었는데 이제 깊은 호수바닥에 묻혀 있으니 상전벽해라는 옛말이 이 이상 함축되기 어려울 것이다. 자연을 정복하는 인간의 힘도 적은 것이 아니다.

호반에서 한 30분이나 기다리니 우리를 태울 모터 보트가 저 쪽에서 오는 손님들을 싣고 도착했다. 이 모터 보트만큼은 유람선으로 부족함이 없는 최신형 쾌속선이었다. 이윽고 보트는 30여 명 승객을 태우고 비단결같이 잔잔한 푸른 물결을 헤치면서 미끄러지듯이 달리기 시작하였다. 지금까지 변변치 못한 탈것에 싫증을 내던 우리는 이 보트의 경쾌한 맛에 큰 만족을 느끼지 않을 수 없었다. 호수 양안으로 나지막하고 푸른 뾰족한 산봉우리들이 조용히 그림자를 물 속에 담그고 둘러 있는데 물결소리, 바람 소리조차 부드러워 고요한 정취를 만끽할 수 있었다. 만일 호수를 둘러싼 산들이 좀 더 수려하고 굴곡이 있었다면 천하 절경이라는 이름을 얻었을 것이다. 뾰족한 봉우리 사이의 물길을 따라 한 시간가량 달렸을 때 멀리 앞으로 긴 댐이 바라보이고 그 오른쪽 조금 높직한 언덕에 두 채의 산뜻한 양옥이 보인다. 그 가운데 큰 건물이 장진산장이라는 여관인데 100명가량 수용할 수 있다고 한다.

이윽고 우리의 배는 호반에 닿았다. 나는 산장에 여장을 풀고 우선 주린 배를 채웠다. 이 산장은 금강산의 구미산장 비슷하게 지었는데 설비도 괜찮고 깨끗하다. 숙박료는 비교적 싼 셈이나 식사가 너무 간소하다. 위치가 고원의 호반인 만큼 거센 바람이 불어 유카타(浴衣)를 입고는 추워서 견딜 수가 없다. 호수를 바라보는 경치가 좋고 또 조용해서 여름 탐승객으로 하룻밤 쉬어 갈 만한 곳이다.

이웃 방 손님들과 같이 댐을 구경하러 산장 아래로 내려가니 넓고 깊은 계곡에 시멘트 콘크리트의 큰 댐이 꽉 가로막혀 있는데 실로 어마어마하게 큰 댐이다. 중간쯤에 전기 장치의 철문들이 있는데 물이 불어날 때에 사용하기 위함인 듯하다. 이 장진강 댐은 크기가 제일로서 높이가 200척, 길이가 2,500여 척이다.

이 댐을 축조하였기 때문에 주위 300여 리의 대호수가 생기고 큰 수력 발전소들이 생기게 된 것이다. 같이 구경 나온 이들 가운데 한 부인은 어떤 감상이 있었는지 왜 우리 조선인 부자들은 이만한 것을 생각하지 못하고 이런 기업을 할 만한 머리가 없었느냐고 한다. 무슨 일이든지 누가 해 놓은 다음에는 그것이 쉬워 보이고 내가 왜 그만한 것을 못하였나 하고 생각하게 된다. 적은 일이라도 다른 사람이 미처 생각하지 못하고 미처 해 놓지 못한 것을 먼저 생각해 내고 먼저 해 놓는 것은 고귀한 일이요, 가치 있는 일이다.

8월 8일

오늘의 노정은 부전산장까지 130리 길인데 승합 자동차로 달리게 된다. 기차로, 자동차로, 보트로 또 승합차로 꽤 다각적 취미를 가진 탐승이다. 자동차는 오전 9시경에 출발하여 동북향으로 계곡을 끼고 비탈길로 자꾸만 내려간다. 길바닥에 돌을 깨뜨려 깔아서 차가 여간 덜컹거리지 않는데 그 때마다 승객들은 비명을 지른다. 이렇게 약 한 시간 반가량 가자 계곡에 물이 많아지더니 공사 중인 장진강 제1 댐이 나타난다. 여기에 석사리라는 한 동리가 있는데 길가로 상점들이 벌여져 있어 제법 상가를 이루었다. 여기도 공사장 인부들을 상대로 하는 술 파는 계집들이 있다고 한다. 무지한 품팔이 노동자들의 주머니를 노리고 쫓아다니는 술과 계집들이 그들의 부평초와 같은 신세를 더욱 망칠 것을 생각하니 딱하였다.

차는 골짜기를 건너더니 비탈길을 버리고 차 쪽으로 뚫린 평지로 빠져나와 가볍게 달린다. 여기서부터는 길이 좋아서 드라이브 맛이 난다. 이따금 원시 그대로의 농가들도 나타나고 아편초 밭에서 일하는 부녀들도 보인다. 차는 이런 길로 겨우 30여 분을 달리고 다시 비탈길을 오르기 시작하여 양장과 같은 비탈진 길을 이리 돌고 저리 돌아 자꾸만 올라간다. 이 길이 표고 5,000여 척의 메물령袂物嶺을 넘는 길이라고 한다. 아슬아슬한 벼랑길, 손에 땀을 쥐게 하는 급커브를 수없이 돌고 돌아 점점 높이 올라갈수록 첩첩한 산봉우리들이 혹은 용맹하게, 혹은 굳세게, 혹은 잔잔하게 나타났다. 산에는 전나무, 잣나무, 잡목 등이 무성하여 나무들이 내놓는 아름다움 또한 훌륭하다. 마침내 우리는 이 높은 고개를 넘어섰다. 차는 숨을 돌이킨 듯이 쾌속력을 내어 아래로 내려간다. 울창한 수림이 꽉 들어차서 대낮이건마는 어둑어둑한데 한참 내려가니 계곡이 나타나면서 맑은 물이 콸콸 흐른다.

물소리의 요란함을 들으면서 좀더 달리니 부전강 본류가 나타난다. 차는 부전강 제3댐을 왼쪽으로 바라보면서 남쪽으로 꺾어 부전강을 끼고 올라간다. 얼마를 가니 제2댐이 있고 다시 산비탈 길을 기어올라 한 고개를 넘으니 눈앞에 활짝 열리는 망망하고 긴 강이다. 이것이 부전강 제1댐 안에 있는 주위 190리가 된다는 부전호이다. 차는 부전산장에 거의 다 와서 기진맥진한 듯이 그만 펑크가 나고 말았다. 우리는 자동차의 신세를 너무 많이 졌으므로 아무런 불평 없이 걸어서 산장으로 왔다. 때는 낮 12시 반이 넘었다. 이 산장도 호반에 지었는데 약 60명가량 수용할 수 있다고 한다. 호수와 산들이 둘러서서 풍치가 퍽 아름답다.

날씨는 쾌청하고 온 방 안으로 따뜻한 일광이 비치어 한없이 명랑한 기분을 선사한다. 점심을 먹고 산책을 나와 서쪽으로 호반을 돌아 한참 가니 자그마하고 얌전한 문화 주택이 몇 채 있고 옷맵시 깨끗한 부인들이 눈에 띈다. 들으니 부전강 발전소 관계자들의 주택이라고 한다.

여기에는 높이가 270척이나 되는 부전강 제1댐이 막혀 있는데 댐이 높이로는 이것이 제일이라고 한다. 좀더 뒤로 돌아가면 가막나무 열매라고 하는 핏빛보다 더 진한 나무 열매가 푸른 수림 사이로 여기 저기 달려 있고, 쇠채꽃이라는 연한 자줏빛 꽃이 여기저기 피어 있다. 그 정열적 빛깔, 그 아름다우며 예쁜 모양, 그 청초한 조화가 마음에 들어서 떠날 줄을 모르고 한참이나 거닐었다. 산장으로 돌아와 「시조時兆」9월호에 실을 원고를 좀 쓰고 나니 이 날도 이미 저물었다. 이 날 저녁은 달이 유난히도 밝았다. 은회색 달빛 아래 고요히 잠든 것 같은 청산과 호수! 어떻다고 형용할 수 없는 아름다운 경치였다.

8월 9일

아침에 원고를 마저 끝내서 경성으로 부치고 산장을 떠나 모터 보트에 올랐다. 우리는 이제 부전호를 종단하게 되는 것이다. 보트는 경쾌하게 아침 호수 위를 달리는데 연안의 산색은 몹시도 맑다. 배는 한 시간이 채 못 되어 건너편 호숫가에 도착했다. 여기서 우리는 기동차의 몸이 되었다. 잠깐 후에 도안道安이라는 곳을 지나게 되는데 200호나 된다는 큰 산촌이다.

철로 변에 이따금씩 원시적 가옥이 나타나는 것은 이 고원 지대의 풍
치를 더욱 특색 있게 하는데 이 가옥들은 전부 통나무로 지었고, 지붕은
나무 토막을 넙적넙적하게 쪼개서 얹었다. 이 지방에는 여진족의 후손들
이 많이 살고 있다 하여 그런 통나무집에 드나드는 사람을 유심히 바라
보았다.

차는 원풍元豐이라는 곳에 이르렀다. 이 곳은 면소재지로 200호나 되
는 곳인데 큰 시가가 이루어져 있다. 이 일대가 신흥군 동상면으로 금광,
은광이 있고, 귀리, 감자 등의 산지로 유명하다. 함지원咸地院을 지나니
벌목한 나무 그루가 쭉 깔린 화전들이 일경을 이루고 빨갛고 파란 가지
각색의 이름 모를 꽃들이 핀 자연의 꽃밭이 전개된다.

꽃의 고원! 차창으로 가볍게 불어 들어오는 서늘한 바람은 향긋한 꽃
향기를 풍기지 않는가! 실로 아름다운 경색이다. 이 지방 승객의 말을 들
으니 유람객들을 위해서 이 꽃의 고원을 개간하지 못하게 한다고 한다.

차는 점점 올라가다가 부전령역에 이르러서는 더 가지 못하고 다시 케
이블카에 손님들을 내맡긴다. 여기서부터 우리는 케이블카에 끌려 해발
5,700척이나 된다는 백암산白巖山 정상에 오르게 된다. 이 고개는 부전
고원에서 가장 높은 곳인데 황초령보다는 훨씬 높고 가파른 경사이다.
손에 땀을 쥐면서 고갯마루에 올라서니 살아난 듯한데 안계는 갑자기 넓
어지며 멀고 가까운 곳에 낮게 엎드린 산들이 발 아래로 내려다보인다.
정상의 조망을 위하여 승객들에게 30분가량의 시간을 주게 되어 있으므
로 우리는 차에서 내려 좀더 높은 곳으로 올라갔다.

아아, 장쾌한 광경! 멀리 남쪽으로 함흥평야가 손짓하며 부르고, 푸른
동해가 구름 아래 넘실거리는데 바로 발 아래를 내려다보면, 기이한 봉

우리와 깊은 골짜기가 천 곳인가 만 곳인가, 푸른 산기운 자욱한 곳에 흰 구름 두어 조각 산봉우리에 걸렸는데 천고의 비밀을 보는 듯 숭엄한 생각이 일어난다.

다시 케이블카를 타매 역장은 승객들을 향하여 안내 겸 송별의 말을 정중히 한다. 차는 즉시 움직이기 시작하더니 그야말로 급전직하의 급한 구배로 꼬꾸라지듯이 내려가는데 일종의 뭐라 말할 수 없는 모험이다. 거의 수직으로 깎아지른 벼랑을 한 오라기 밧줄에 매달려 내려가는 것이다. 통쾌한 스릴을 맛보면서 한참 내려가면 홍엽구紅葉口라는 역에 도착하는데 이 부근은 가을이 되면 단풍으로 절경을 이룬다고 한다. 여기서는 가솔린차를 타고 높고 깊은 절벽을 돌아 천구암역天狗岩驛에 와서 다시 케이블카를 탔다. 여기서부터는 구배가 급하지 않으나 길은 여전히 험하다. 송흥역松興驛에 이르니 여기서 인클라인은 끝나고 기동차를 바꾸어 타게 되었다.

차 시간이 한 시간가량 남았으므로 바로 역 앞에 있는 부전강 제1발전소 사무소에 중역으로 있는 윤일중 씨를 찾았다. 일찍이 그가 본사에 많은 호의를 가지고 있다는 말을 본사 외무원들에게서 들었으므로 인사차 그를 찾은 것이다. 윤씨는 구면과 같이 반가이 맞아준다. 윤씨의 호의로 발전소까지 구경하게 되어 한 안내자와 같이 여기서 좀 떨어져 있는 발전소로 갔다.

발전소에 직접 관계 있는 한 일본인이 친절하게 안내하여 주는데 물을 떨어뜨리는 데 관계된 기계, 발전기와 같은 여러 가지 기계와 장치를 보여주고 설명해 준다. 자연의 힘, 기계의 힘이 얼마나 큰지를 더욱 느꼈다. 역으로 돌아오니 내가 타려던 차는 벌써 떠난 지 오래다. 음식점으로 가서 점심을 먹고 우편소로 가서 내일 행선지인 이원利原으로 전보를 치고 하는 동안에 다음 차 시간이 되었다. 오후 5시 30분에 송흥을 떠나 하송흥, 송하松下 등지를 지나니 점점 평지가 되고 제법 논밭 같은 것이 보이기 시작한다. 어느덧 기차는 신흥을 지나고 엊그제 통과한 오로도 지나 8시경에 함흥에 도착했다.

8월 10일

나는 다시 북쪽의 풍정을 찾아 함흥을 떠났다. 기차는 여름 아침의 서늘한 벌판을 거침없이 달린다. 본궁, 흥남도 어느덧 지나고 벌써 서호진西湖津이다. 여기서부터는 푸른 동해 바다가 기차와 같이 달리고 이따금씩 선로 밑을 철썩철썩 부딪친다. 터널을 지나가는가 하면 바다, 바다인가 하면 해안이 구릉이다. 그 푸르고 맑고 시원한 바다가 언덕에 가리고 산에 가리는 것이 안타까울 지경이다. 기차는 벌써 신포를 지나는데 한동안 보이지 않던 바다가 다시 나타난다.

해안의 깨끗한 백사장, 게다가 푸른 소나무 또한 보기 좋게 서 있으니 실로 아름다운 한 폭의 살아 움직이는 수채화이다. 해안의 어항들은 잠깐씩 바라보기에도 윤기가 흐르고 활기가 넘치는 듯하다. 신북청을 지나서는 함지박을 인 부녀들이 많이 오르고 차 안은 그들의 함지박으로 인하여 통행하기가 곤란하다. 이것도 북쪽 풍경의 하나일까.

보통 열차이기 때문에 400리 미만의 길을 여섯 시간이 더 걸려 오후 4시경에야 이원에 도착했다. 역에는 친구 황승일 군이 마중을 나와 있었다. 역에서 다시 버스를 타고 10여 분가량 들어가니 이원읍인데 자동차 정류장에 내리니 학생복을 입은 한 청년이 인사를 한다.

그는 지금이 초면이지마는 글로는 일찍부터 알았다. 내가 이원에 들른 것도 이 청년 때문이다. 그는 서면으로 자주 나에게 여러 가지를 물었고 북선 지방으로 여행을 하게 되면 꼭 이원에도 들려 달라고 간절히 부탁을 하였었다. 나는 그 청년이 어떤 청년인가 한번 보고도 싶었고 그를 만나 내가 아는 데까지 그의 생각을 시원히 풀어 주고도 싶었다.

나는 여관으로 가고자 하였으나 이 곳에 있는 분들은 나를 기어코 이 곳 교회 장로로 계신 황용담 씨 댁으로 인도하였다. 내 성질은 어디를 가든지 친척의 집이나 친구의 집보다는 여관에 들기를 좋아한다. 식사나 친절한 편으로 생각한다면 물론 친척이나 친구의 집이 훨씬 낫지만 그래도 마음 편하기는 여관이 제일이다. 더욱이 황 장로는 초면인데 그의 집에 머물기는 참으로 미안한 일이었다. 그러나 부득부득 머물도록 하는 데는 어쩔 수 없었다.

황 장로도 여기에 이렇게 찾아왔다가 누추하지마는 내 집에 머물지 않고 여관에 머무는 것이 어디 말이 되오 하며 굳이 권하는 것이었다. 나는 교회 안에 있는 크리스천들의 사랑이 어떻다는 것을 새삼 느꼈다. 처음 만나는 사람을 이처럼 친절히 대접해 주는 것은 크리스천의 사랑이 아니고는 될 수 없는 일이다. 교회 안에 있는 깨끗한 사랑과 숭고한 봉사심은 실로 하늘의 별과 같이 아름다운 것이다.

찾아온 분들과 이런저런 이야기를 하는 가운데 어느덧 이 날의 해도 저물었다. 저녁 후에 황 군과 그 젊은 청년인 서徐 군이 놀러 왔다. 서 군은 재간 있게 생긴 청년인데 서로 이야기를 해 보니 그는 매우 작은 문제에 들어가서도 회의적이요, 그것을 시원히 해결을 짓지 못하는 모양이다. 그는 밤에 잠을 잘 자지 못한다고 한다. 그의 신경은 이미 많이 상한 듯하여 어떤 말을 가지고도 그에게 도움을 줄 수 없다는 것을 깨달았다. 나는 그의 건강하지 못함을 염려하며 의사의 지시를 잘 따르기를 권면하고 많은 말을 하지 않았다.

8월 11일

아침에 일찍 일어나 거리로 나갔다. 내가 이 곳에 와서 벌써 하룻밤을 지냈지마는 이원이 어떻게 생긴 곳인지 볼 시간이 없었다. 어젯밤에 잠깐 거리로 나갔었지만 등화관제로 아무것도 볼 수 없었다. 나는 이원을 꽤 큰 도시로 알고 있었는데 실상은 시골 장터 거리에 불과한, 한가롭고 쓸쓸한 곳이었다. 아직 옛날의 모습을 그대로 가지고 있는 500호가량 되는 시골 소읍이다. 그러나 나는 이 소읍에서 북선의 풍정을 가장 많이 접촉하는 듯했고 어떤 고전적 취미에 싸여 산책할 수 있었다.

이 지방의 특색 있는 가옥 제도와 사투리는 여행자의 기분을 새롭게 하였다. 시가 한복판에는 아침 시장이 열렸는데 역시 북선 일대의 특색인 부녀 시장이다. 벌여 놓은 주요한 물건들은 바다가 가까운 곳인 만큼 해산물이 많다. 아침 차로 청진으로 가려 했으나 이 곳의 여러분들이 시국이 어지러운 이 때에 더 이상 뒤로 더 들어갈 것이 없다고 말하는 바람에 그럴 성도 싫어서 어름어름하다가 북으로 가는 아침 차를 놓치고 말았다.

여기만 해도 꽤 북쪽인 만큼 만주나 소련과 접한 국경의 풍운을 대강 짐작했던 모양이었다. 후에 신문에 발표된 것을 보면 이 때가 일소日蘇 양 군軍의 충돌이 가장 격렬하던 때였다. 이 곳까지 왔다가 북으로 더 가지 못하는 것이 퍽 섭섭하게 생각되었으나 전시 아래에서 풍광을 찾아다니는 여행을 하기도 미안한 일이었다. 그러나 한 분이 찾아왔다가 내가 여행을 중단하고 돌아가고자 함을 듣고 여기까지 왔다가 그냥 돌아간다는 것이 무슨 말이나 될 말이냐, 무슨 일이 있든지 여행할 사람은 여행하고, 장사할 사람은 장사하는 것이지 이것저것을 꺼리고 염려하다가는 아무것도 못할 것이 아니냐, 또 이번의 여행은 그대에게 가치 있는 여행이 아니냐, 그런즉, 아무 염려 말고 여행을 계속하라고 힘 있게 권한다.

그의 말은 꺼져 가는 등불에 기름을 치듯 내 마음에 용기를 넣어 주었다. 주저하던 내 마음은 여행을 계속하기로 결정을 지었다. 과연 한 마디의 말, 그것이 우리에게 얼마나 큰 영향을 주는 것인가? 우리가 한 마디의 말을 바로 하고 또 그 때를 얻을 것 같으면 그것이 무한한 큰 힘이 될 수 있고 큰 위안과 격려도 된다. 그러나 한 마디의 말을 잘못하고 실수하는 때에는 그것이 큰 곤란과 큰 실패를 가져오기도 한다. 이에 전시 아래에서 유언비어를 극력 통제하는 이유도 그런 점에서 잘 알 수 있다.

황 군의 집에서 아침을 먹고 그와 같이 이원의 경치를 찾아 나왔다. 우리는 동리 밖에 따로 떨어져 있는 향교로 가서 누상의 서늘한 바람을 탐하여 놀면서 문단의 이야기로 시간 가는 줄 몰랐다. 황 군은 문학 애호 청년으로 이 방면에 관한 것을 묻고 이야기하기를 퍽 좋아하였다. 다른 데도 좀 가 볼까 하는 때에 서군이 땀을 흘리며 우리를 찾아 올라왔다. 그가 땀을 식히기를 기다려 우리는 이원읍 뒤에 나지막하게 솟은 새재라는 산에 올라 이원 일대의 풍광을 조망하였다. 산하는 역시 맑고 깨끗한데 넓은 벌판에는 푸른 곡식의 물결이 넘실거린다.

여기에 망경루望京樓라는 작은 정자가 있으니 이 정자에서 바라보이는 것은 천애의 흰 구름과 산 너머 또 산뿐인데 이 곳의 옛 사람들은 천

리나 멀리 떨어져 있는 서울이 몹시도 그리웠던 모양이었다. 우리는 산에서 내려와 이원에서 실업가로 알려진 김성한 씨를 찾았다. 그와 나는 군선群仙에 있는 그의 별장으로 가서 놀기로 약속을 하였기 때문이었다. 우리는 김 형이 점심을 내서 같이 먹고 김 형은 자전거로, 나는 자동차로 이원을 떠나 군선으로 왔다.

이 곳은 신흥 항구로 시가를 새로 정리하였고 건물들도 새로운데 이원에 비하여 훨씬 신흥 시가의 면모가 있었다. 이 곳 사람의 말을 들으면 얼마 아니하여 이원읍에 있는 군청이 이리로 이전될 것이라고 한다. 김형의 별채는 시가에서 훨씬 떨어진 조용한 바닷가 언덕에 새로 지었는데 사무소 겸용으로 쓰기 위하여 전화도 가설하였다. 그 별채 아래로 정어리를 가공하는 그의 공장이 있고 여기 부속된 선창과 배들이 있다.

나는 여기서 김 형의 친절한 대접을 받으면서 오랜만에 해수욕도 하고 조용히 산보할 시간도 얻어 그 동안의 여독을 깨끗이 풀었다. 저녁 때 선창으로 나가 뜻밖에 큰 고기 떼를 보게 되었는데 이 광경이야말로 멀리서 온 나그네의 눈을 끄는 것이었다. 고기들이 바로 수면에서 죽 끓듯이 몰려 놀고, 팔뚝만한 고기들이 펄떡펄떡 물 위로 뛰어오른다. 이렇게 고기떼가 몰려 노는 곳은 물빛조차 누렇게 바뀌어 보인다. 김 형의 말을 들으면 바다에는 고기 떼가 이렇게 몰려다니는데 어선들이 이것을 발견하는 때에는 큰 수가 생긴다고 한다. 근자에 건착선巾着船들이 과학적인 방법으로 이런 어군을 발견하고 또 신속히 포획하여 정어리 포획고가 크게 증가하고 있다고 한다. 따라서 북선 일대의 어항에는 정어리 가공 공장들이 많이 생겼는데 상당한 재미를 보는 듯 이 작은 어항에도 정어리공장이 여러 곳이 있다.

8월 12일

아침 10시 50분 차로 군선을 떠나 청진으로 향하였다. 거의 역마다 응소군인應召軍人 환송으로 매우 혼잡한데 그 열렬한 환송은 실로 감격의 장면이었다. 밭에서 일하던 농부, 소 끌고 가던 목동도 손을 흔들어 만세를 불러 준다. 차 안의 대부분을 점령한 응소군인들은 원기왕성하게 손을 흔들고 국기를 흔들면서 환송을 받는다. 얼마 동안 바다와 헤어지다 만났다 하며 달리더니 이윽고 마천령摩天嶺에 다다라 터널을 수 없이 지난다. 아마 여기만큼 터널이 많은 기찻길은 조선에서는 다시 없을 것만 같았다. 어느덧 성진城津을 지나고 길주吉州가 가까워 오는데 바다는 보이지 않은 지 오래 됐고 그리 높은 산도 없다.

다시 길주를 지난 지 몇 시간 만에 푸른 바다가 다시 보이더니 주을朱乙, 나남羅南도 지나고 오후 6시 반이 넘어서 청진에 도착했다. 정차장에는 아무도 마중을 나온 이가 없다. 전보까지 쳤으므로 꼭 마중을 나올 줄 알았던 이가 보이지 않으매 좀 섭섭하였다. 나는 이 곳이 초행인데 만약 자기가 못 나올 일이 있으면 다른 이에게라도 안내를 부탁하여야 옳지 않을까 하며 좀 불유쾌하게 생각되었다.

그러나 나중에 모든 사정을 알았을 때 마음으로 얼마나 미안하게 생각하였는지, 우리는 흔히 독단적 생각으로 다른 사람을 오해하고 너무 가혹한 비평을 하기 쉽다. 나는 한 히끼ひき를 따라 버스를 타고 신암동新岩洞에 이르렀다. 히끼가 인도하는 여관에 여장을 푸니 벌써 날은 저물었고 몸도 피곤하였다.

8월 13일

조반 후에 성경을 읽고 있는데 복도에 걸린 전화기의 벨이 요란하게 운다. 여관 보이가 즉시 전화를 받는데 "네네, 경찰서입니까…? 경성에서 오신 손님…" 하는 말소리가 들리더니 보이가 쿵쿵 발소리를 내면서 내 방으로 달려와서 "지금 경찰서에서 전화가 왔는데 손님이 어느 잡지사에서 왔느냐고 묻는뎁쇼" 한다. 나는 비로소 국경 지대의 공기를 접촉하는 듯했다. 이 곳 경찰의 신경이 꽤 날카로운 것을 짐작할 수 있었다.

오늘은 안식일 예배일이므로 보이의 안내를 받아 예배당으로 갔다. 예배당 울타리 안으로 들어가니 거기는 청진교회 장로회 한필진 씨와 그 밖에 다른 직원들이 있다가 반가이 맞아 준다. 내가 그저께 여기 도착한다는 편지를 받고 몇 분이 정거장에 나가서 오래 기다리다가 그냥 돌아 왔다고 한다. 그리고 전보는 받은 일이 없노라고 한다. 여럿이 이상스럽게 생각하는 때에 한 분이 땅바닥에서 흙투성이가 된 종이 조각 하나를 집어 들었다. 그것은 전보를 받을 사람이 없어서 도로 가지고 간다고 기록한 쪽지였다.

이 때에 내 전보를 받을 사람인 이 교회 주재 목사인 임성원 씨가 왔다. 나는 여러분이 나를 마중 나왔다가 헛걸음을 친 것에 대해서도 미안했지만 어제 역에서의 내 기분을 생각하고 얼마나 미안하고 죄송스러운지 몰랐다. 예배 시간이 되니 신자들이 꽉 들어찬다. 나는 그들을 존경하는 눈으로 바라보았다. 그들의 얼굴에는 하느님의 거룩하신 뜻대로 살겠다는 고상한 결심과 하느님의 명령이면 어떤 견해를 보낼 것 없이 절대로 순종하겠다는 순진한 신앙이 나타나는 듯하였다. 우리가 예배를 보는 동안에 내가 친 전보가 배달되었다.

오후에 임 목사, 한 장로 그리고 다른 한 분과 같이 산보를 나왔다. 생기발랄한 신흥 도시로서의 면목을 볼 수 있었다. 이 곳은 30년 전만 해도 100호 미만의 적막한 어촌이었는데 지금은 인구가 6만에 달한다. 시가의 북쪽으로 천마산天馬山이 얼마 높지 않은 산들과 함께 솟아 있는데 그 남쪽 산비탈로 시가지가 계단식으로 이루어져 있다. 평지 시가는 해안의 매립지로서 현대 건물이 즐비하고 번화하다. 우리는 부두로 나갔다. 시베리아호 등 큰 기선들이 정박되어 있는데 짐을 싣고 부리느라고 큰 혼잡을 이루었다.

어선들이 빼곡하게 들어 찬 선창으로 나가니 여기저기에 정어리가 무더기로 쌓여 있다. 9월, 10월의 성어기에는 실로 정어리가 산을 이룬다고 하는데 자동차란 자동차를 모두 총동원해도 미처 실어 낼 수가 없다고 한다. 청진의 산업 가운데 가장 중요한 것이 수산업이요, 수산업 중에서도 제1위를 점하는 것이 정어리이다. 우리는 이 곳을 떠나 시가지의 동쪽 끝에 있는 고말산高秣山으로 갔다. 매우 풍광이 좋은 곳이다. 산이 바다 가운데로 돌출하였기 때문에 고말반도라고도 하는데 그 가운데 서남쪽으로 바다를 끼고 좋은 길이 만들어져 있어 산책을 하기에 매우 좋다. 이리저리 구부러진 산비탈 길을 걷는 재미보다 실로 상쾌한 것이 없다.

8월 14일

나의 처음 예정은 회령, 나진까지 다녀오기로 하였으나 이 때의 국경 사정으로는 내 예정을 변경할 수밖에 없었다. 그리하여 임, 한 두 사람의 친절한 배웅을 받으며 자동차로 청진을 떠나 주을로 향하였다. 차를 탄지 두어 시간가량 되니 자동차는 주을역 앞에 이르러 서북쪽으로 뚫린 길로 달음질치는데 역에서 한 5리가량 가면 계류에 잇대어 깨끗한 부락이 있으니 이 곳이 금전金田 온천탕이다. 여기서도 한 30리가량 더 들어가니 산수 깨끗하고 공기 맑은 곳에 드문드문 문화 건물들이 섞인 4, 50호의 부락이 있는데 이 곳이 내가 목적한 주을 온천이다.

이 곳에서 가장 오래 되고 좋다는 선선각鮮仙閣이라는 여관으로 들어가 동간桐間이라는 방에 여장을 풀고 우선 욕실로 들어갔다. 욕실의 설비는 그렇게 훌륭하다고 할 수 없으나 물이 맑고, 뜨겁고, 풍부하여 좋았다. 이 주을 온천의 하루 용출량은 1만 4천 석이나 된다고 하는데 알카리 성분이 많고 라듐 함유량이 많다고 한다. 조용한 욕실에서 마음 푹 놓고 한가하게 온천의 매끄럽고 보드라운 맛을 즐기는 것도 꽤 그럴듯한 취미 생활이다.

열흘 동안의 여독이 다 풀리는 듯 심신이 아울러 유쾌하였다. 목욕을 마치고 유카타를 입은 채 산보를 나갔다. 맑고 수려한 산들이 둘러 있고 온천장 앞으로는 풍부한 계류가 굽이쳐 흐른다. 젊은 남녀들이 여기저기서 스케치를 하고 짙은 녹음 사이로는 산보객들이 거닌다. 퍽 깨끗하고 한적한 아취가 흐르는 곳이다. 내가 지금까지 여러 온천장을 다녀 보았지만 경치로는 이 곳이 가장 뛰어난 듯하다.

8월 15일

온천도 좋고 경치도 좋은 데다가 여관의 서비스도 좋으니 비록 잠깐 동안의 호사이지만 퍽 기분이 가벼워진다. 오후에는 여기서 계곡을 끼고 약 5리가량 들어가서 있는 백러시아인들의 별장 지대를 구경하러 갔다. 계곡을 끼고 좌우에 솟은 산은 매우 울창하고 장대한데 계곡에 잇대어 평지 숲 속으로 여기저기 소규모의 양옥이 10여 채 있다. 멀리 상해, 북경 등지에서도 피서객들이 이 곳을 찾아온다고 한다.

회사에 돌아갈 날도 이미 늦었으므로 밤 11시 차로 귀로에 오르기로 작정하고 저녁 후에 독서를 하고 있노라니 비가 부슬부슬 내린다. 10시경에 버스로 온천장을 떠나 역으로 나가는데 어느덧 가랑비는 빗줄기가 굵게 변하여 퍼붓듯이 쏟아진다. 자동차는 앞길이 잘 보이지 아니하여 헤드라이트를 자주 껌벅거리며 속력을 줄이는데 도로는 벌써 군데군데 침수가 되었다. 요행히 역까지 오기는 왔으나 기차가 수해로 인하여 서너 시간 연착되리라고 한다. 우리를 태워 가지고 온 운전수는 우리가 차부에서 역까지 왔다갔다하는 동안에 친절하게도 우산을 들고 승객을 일일이 내려 주고 태워 주고 여러 가지 안내를 성의껏 하였다. 우리는 그의 친절에 다 같이 감격하였다.

더러는 역 앞의 여관으로 가고, 더러는 금전 온천으로 가고 나머지 우리 몇 사람은 차부에서 치워 주는 방에 들어가서 기차를 기다리기로 하였다.

8월 16일

새벽 3시경에 그 친절한 운전수가 우리를 깨워서 역으로 나갔다. 기차를 타기는 하였으나 차가 떠날 줄을 모른다. 이윽고 차장은 우리에게 와서 수해가 심하여 서너 시간 기다려 보지 않고는 차가 갈는지 못 갈는지 알 수 없다고 한다. 우리는 주먹밥을 얻어먹어 가면서 정오가 지나기까지 기다렸으나 끝까지 차는 통하지 못하였다. 할 수 없이 금전 온천으로 와서 선일관鮮—館이라는 여관에 들었다.

8월 17일

비가 좀 개는 듯하나 기차는 여전히 불통이다. 한 여관에 든 손님들 가운데 만주국의 관리인 지세룡이라는, 경험 많고 이야기 잘하는 분이 있고, 동경의 주부지우主婦之友사의 특파원인 김형찬이라는 신사가 있어 시간을 보내기에는 심심치 않으나 집에 돌아갈 걱정이 태산 같다. 좀 멎는 듯하던 비는 저녁부터 다시 무섭게 쏟아진다.

8월 18일

오후에 마침내 이 금전 온천장이 탁류에 휩쓸리고 말았다. 온천장의 시설, 전답, 가옥이 전멸 상태에 빠졌다. 실로 무서운 광경이었다. 요행히 우리가 든 여관은 위치가 높았기 때문에 겨우 수난을 면하였으나 도망갈 준비는 다하고 있었다. 워낙 산간을 흐르는 급류이기 때문에 손쓸 사이도 없었다. 한 늙은 부인은 저금 통장을 꺼내려고 집에 다시 들어갔다가 그만 급류에 휩쓸려 내려가 시체도 찾지 못하였다.

8월 19일

날이 좀 드는 듯하였으나 이번 비로 철로가 더욱 파손되어 차가 언제 개통될는지 모른다고 한다. 기차는 남북 행을 물론하고 전부 불통이요, 전화도 불통이다. 돌아갈 길은 멀고 시간은 바쁜데 기찻길이 남북으로 다 끊어지고 더욱이 여비조차 부족하니 사실로 큰 걱정이다. 주부지우의 특파원인 김 형에게 내 걱정을 이야기 삼아 말하니 그는 나를 어떻게 보았는지 자기에게 돈이 넉넉하게 있으니 안심하라고 하면서 지갑까지 꺼내 보여준다. 요즈음 같이 각박한 세상에 오다가다 여관에서 잠깐 만난 사람에게 이렇게까지 하는 것을 볼 때 감격하지 않을 수 없었다.

8월 21일

20일도 지나고 21일이 되었으니 아직 기차는 개통되지 않았다. 할 수 없이 주부지우사의 김 형과 나는 길이 뚫리지 않은 주을, 회문會文 간을 걸어가기로 하고 짐꾼에게 짐을 지워 40리 길을 걸었다. 회문에 와서 오후 7시경에 기차를 타니 집에 다 돌아온 듯 기뻤다. 김 형은 길주에서 시찰 차 내리고 나는 성진까지 와서 하룻밤을 잤다.

8월 22일

아침 차로 홍남까지 왔다. 홍남과 원산 사이의 선로도 불통이어서 여기서 원산까지 기선汽船으로 연결하도록 마련되어 있었다. 부두의 선승장에는 배를 탈 사람으로 큰 혼잡을 이루었는데 인원 제한이 있어서 오늘 신청하면 내일이나 그 다음 날에 타게 된다고 한다. 다시 이틀, 사흘을 더 묵을 생각을 하니 기가 막혔다. 몇 시간을 기다려 겨우 신청서를 제출하였을 때에 우연히 배표를 샀다가 배를 타지 못하게 된 사람이 있는 것을 보았다.

사무원에게 그 배표를 내게 팔기를 청하니 쉬쉬하면서 그러면 얼른 돈을 내라고 한다. 5원짜리를 주었더니 잔돈이 없으면 다른 사람에게 팔겠다고 하므로 질겁하여 주머니를 뒤지니 이상스럽게도 꼭 그 배표를 살 수 있을 만큼의 잔돈이 있었다. 이리하여 배표를 사 가지고 승선장으로 급히 달려가 허둥지둥 배에 올랐다.

1938년 10월호부터 1939년 3월호까지 모두 여섯 차
례에 걸쳐 「시조時兆」에 연재된 이 글은 당시 「시조」의
주필이었던 김창집이 썼다. 「시조」는 1910년 10월에 창
간되었으며 제7일안식일 예수재림교회에서 발행했다.
그 보다 4년 앞서 천주교회에서 발행하기 시작한 「경향」
잡지 시조

은 처음에는 주간이었다가 1910년 12월을 기점으로 월간으로 바뀌었으
니 월간 잡지로서는 「시조」가 가장 오래 된 잡지이기도 하며 지금까지도
둘 다 발행되고 있다.

이 글의 필자는 8월 5일부터 22일까지 무려 17박 18일 동안 관북 일
대를 여행했다. 마지막 일 주일 동안은 폭우가 내려 기차가
끊어지는 바람에 고립되어 어쩔 수 없이 머문 시간이지만
그것을 감안하더라도 열흘이 넘는 여행이니 요즈음과 같
이 교통이 발달한 시대에는 좀처럼 쉽지 않은 여행길이다.
김창집
그의 여행 방법 중 독특한 것은 발걸음이 닿는 곳마다 시가지
구경을 하는 것이다. 작은 읍이라도 반드시 시가지 구경을 하고 그 감상
을 써 놓았으며 근처의 문화 유적지를 찾았다.

특히 인상적인 것은 연재에서 두 차례나 할애한 부전고원에 대한 것이
다. 무척 상세하게 기록해 놓은 덕분에 가 보지 않고도 그 모습들이 눈에
그리듯 선하다. 또 일대의 지명들이며 기차역 그리고 인클라인 기차의
모습까지도 세세하게 기록해 놓은 덕에 자료적 가치도 충분하지 싶다.

또 하나의 특징은 사물이나 자연을 보고 그 느낌으로 삶의 방법을 비유하는 방식은 자연이나 사물을 있는 그대로 묘사하는 글쓰기와는 다른 사색적인 글쓰기여서 여느 기행문들과는 달리 보인다. 더군다나 자신의 감정의 기복 또한 가감 없이 기록하는 솔직함도 보이고 있어 더욱 돋보이는 글이다.

두만강을 거슬러 | 허수만

실생활
1931년 12월

나는 이 글을 찾아 읽고는 몹시 놀랐다. 국사당의 위패를 뽑아 지팡이를 삼은 것도 그렇거니와 하필이면 그것으로 지팡이를 삼고 산길을 내려오다가 곰을 만난 것을 국사천왕지위라고 쓰인 그 위패 탓으로 돌렸기 때문이다. 거기에서 그쳤으면 좋았을 것을 그것이 분하여 국사당에 불을 지르고 희희낙락했다니 입이 다물어지지 않는 것이다. 그것도 번연히 글로써 밝히고 있으니 참으로 소인배가 할 짓이 아닌가 싶은 것이다. 곰을 만난 것은 단지 그 날 자신이 지닌 운이었을 뿐일 텐데도 말이다.

그러면서도 오국산성에 대해 역사적 이야기들을 늘어놓는 것이 어쩌면 우리 문화에 대한 자가당착에 빠진 것이 아닌가 싶을 정도로 고약하다 싶었다.

회령읍에서 서쪽을 바라보면 군함 형으로 가로나선 오국산성五國山城은 춘추로 끊이지 않고 여행객이나 등산객을 끄는 곳이다. 며칠 전부터 준비하던 '추계의 오국산성을 향하여'라는 등보登步(하이킹)를 신진문예사 주최로 실행하게 되었다. 우리 일곱 명의 등보객 어깨에 건 벤또와 물통이 행각의 거동과 같이 이리저리 몸부림친다. 회령읍을 나와 계림행 철교를 다닥다닥 건너 읍에서 30리쯤 되는 산성을 향하여 전진하였다.

철교를 지나 회령 벌에 나서니 광활한 들엔, 흥성하게 나부끼던 이삭이 떨어진 볏단은 시절을 지킴이었던가. 태반 이상이 묶인 채 누렇게 변하여 겨울이 다가옴을 소리 없이 우리에게 전하고 있다. 추수를 하느라 빠른 손을 놀리는 농부 형제들은 우뚝우뚝 고개를 들고 우리 일행을 쳐다보며 "어떤 자는 원족이니 산보이니 하며 한가롭게 노니는데, 우리만은?" 이렇게 농촌 생활을 애송하는 듯함을 생각하고 보니 심히 미안하였다.

주룩주룩, 쏴아 하며 예나 이제나 끊임없이 흐르는 두만강의 목숨 줄을 틀어쥐듯이 강안에 장사진으로 늘어선 철선을 밟으며 상류로, 상류로 물을 거슬러 올라갔다. 우리 일행은 유쾌한 기분으로 걷고 또 걸어서 이제 한 5리쯤 된다는 고원 지대를 오르락내리락하며 등산한다. 그런데 문득 길가에서 돌로 지은 작은 집을 발견하여 옥내를 엿보니, 흰 헝겊, 검은 헝겊, 붉은 헝겊, 콩, 배추, 조, 고추, 쌀 등이 형형색색으로 다양하게 놓여 있고, 그 후면에는 '국사천왕지위國師天王之位'라고 쓴 목패가 서 있었다.

때마침 문득 회상되는 것은 6년 전의 일이었다. 이 곳에서 그리 멀지 않은 차수령에서 같은 문구가 쓰인 목패로 지팡이를 하여 짚고 하산하다가 곰을 만나던 때의 일이 생각나 분하기 그지없었다. 이에 나는 동행한 친구들에게 여기에 불을 지르자 하니, 그들은 웃음 반, 말 반으로 "산신님께서 죄를 줄 텐데?" 하나, 나는 "죽으면 좋지, 별일 있나?" 하고 성냥한 알로 방화하였다. 인가가 멀고 당국이 먼 관계로 방화죄로 검거는 면하였으나 동무들의 공포담에 귀가 아플 지경이었다.

여하튼 말이 나왔으니 말이지만, 우리는 도처에서 이러한 미신을 신봉하지 않으면 죽더란 말인가. 그와 같이 미신에 혹하고 보면 먹을 것과 입을 것이 생기던가? 아니면 병으로 죽은 사람이 회생되던가? 천만에…, 나는 대답하련다. 문명 시대, 과학 발달 시대에 부모 처자가 발병하면 즉시 의사에게 보이고 약을 먹거나 함이 상책이다. 그렇거늘 점술가에게 가서 점을 치고 살 사람이니, 고생할 사람이니, 죽을 사람이니 한다. 더구나 최후의 수단으로 늙고 큰 나무 아래 있는 국사당에 가서 기도를 드려야 되니 운운한다. 호구지책이 어려운데도 백미를 올리도록 지정된 크고 오래 된 나무 아래나 신을 모시려고 지은 당집에 가서 다람쥐마냥 손을 비비며 백 번, 천 번 배례함은 참으로 앙천대소를 금치 못할 바이다. 그와 같이 하면 무슨 효력이 있던가? 그리하여 살아난 자가 몇 분이더냐? 아무러한 효과도 없었다고 나는 말한다. 열에 여덟, 아홉은 약의 힘을 바라지 않고 신의 힘을 바란다면 모두 죽음을 앞에 하기는 당연한 일이라 본다.

끝이 없이 이어지는 산 위의 고원지에 이리 뒹굴, 저리 뒹구는 낙엽들을 헤집으며 등산하는 우리 앞에는 신비스럽다는 오국산성의 문이 어서 속히 오란 듯 가까워져 온다. 걸음은 바빴다. 도중에서 S군은 인삼 뿌리 비슷한 풀 뿌리를 얻어 가지고 인삼을 얻었다고 한참이나 환희하며 즐거운 웃음이 연출되었다. S군이 "금일 등산에 20, 30원을 의외에 영득하였다" 하며 흰 종이에 뿌리를 싸고 수건에 고이 묶어 쥠도 등산객이 아니고는 꿈에도 맛볼 수 없을 재미 진진한 일이다. 누런 풀이 자라는 땅을 밟은 지 20분 만에 우리 일행은 목적지인 오국산성 출입구에 도착하였다. 나는 성벽을 칼로 찍어 놓은 것처럼 작고 뭉툭한 문이 나 있는 성을 손으로 만지지 않을 수 없었으며 무심히 늙은 성이 지닌 뜻을 깊이 되새기지 않을 수 없었다.

오, 오국산성이여! 그대를 찾아온 이 나그네에게 옛이야기나 전해 주려나? 쑥스러운 그대여! 너의 이름을 오국산성이라 칭하기는 지금으로부터 800여 년 전, 금나라의 경조景祖가 이 곳에 여러 부락을 합치고 너의 근방, 즉 두만강 연안 일대에 백산, 야해, 통천, 토골론, 야라의 오국五國制를 설치하였을 당시에 너는 오국의 수도였었지? 그리하여 한동안 행복하다 하였지? 우쭐거리지 않았던가? 왜 너는 말 없느냐? 말 좀 하려무나! 네 알고 내 모르나! 내 알고 네 모르냐!

어디 보자. 옛 추억의 길을 밟을 오국산성아! 옛날 옛적에 금나라의 태종은 요나라의 천조제天祚帝를 없애고, 남쪽 송나라의 약점을 엿보고, 연산주를 싸움으로 빼앗았을 뿐더러, 수도 즙경을 둘러싸고 금은을 빼앗아내고, 송나라와 백질伯姪의 관계를 지었다는구나? 불평에 가득 찬 송나라가 어쩔 줄 모를 때, 금나라는 맹장 점한粘罕을 보내 송나라의 수도를 휩싸고 태상황인 휘종과 흠종 황제를 사로잡아 오지 않았더냐? 그것이 유명한 정강란靖康亂이었더냐? 붙잡혀 간 휘종, 흠종 황제는 지금의 장춘의 남방 8면 성인 한주에 갇혔다가, 그도 가벼운 벌이라 하여, 다시 금나라의 수도인 회령 서편 오국산성, 즉 너의 팔굽 안에 유폐하고 비참히 사

전에서 최후를 마치지 않았겠니? 너는 그 때의 일이 생각되지 않느냐?

오국산성아! 또한 우리는 옛 추억을 거들떠보자꾸나! 그 후 조선의 숙종 연간 정유년이었다는구나. 청의 강희제가 목극등을 내보내 조선과의 국경 정계를 정하게 하였을 때, 양국 사자가 저 백두산상에 올라갔다가 귀로에 너의 등에서 발을 멈추었지. 그 때 기이하게도 너의 밖에 코끼리만큼 큰 무덤이 있어서, 지방인이 말하기를 황제총이라 전하는지라, 목극등이 사람을 부려 그 무덤을 파게 하였다는구나. 그러자 그 근방에서 '송제지묘宋帝之墓'란 네 글자를 새긴 짧은 비석이 발굴되었다는구나. 극등은 그 비석을 바로 세워 다시 쌓게 하고 돌아갔다는구나. 그후부터 송나라 황제가 유폐되었던, 금나라의 오국산성인 것이 분명해졌다는구나. 오, 늙어진 오국산성아! 말 좀 하려무나. 물어도 대답 없고 귀통을 쳐도 대답 없으니, 두어라, 뜻있는 객이 왔다 갈 뿐이런가?

六百年前五國時代
金나리大都城
◇會寧名物 五國山城

얼른 보아도 성 주위가 20리는 훨씬 넘을 듯한, 중앙에 길다란 길이 얽혀 있는 곳을 일행이 밟을 제, 덧없는 생각에 빠졌던 나도 뒤를 따라나서지 않을 수 없었다. 우리 일행 앞에서 30여 명의 농촌 형제가 호미, 괭이 자루를 들고 메고 무엇인지 웅성거림이라. 일동은 도로 수선이란 자, 혹은 9월 9일 제사라는 자도 있었다. 결국 다다라 보니 틀림없이 통행을 위하여 땀을 써 가며 도로를 수선하느라 분주하던 농촌 형제로, 길 닦기가 종료되어 휴식 중인데 운연수雲淵水를 마시고 있다 한다.

그들의 뒤에는 '운연'이란 두 글자가 뚜렷이 새겨진 석비가 서 있고, 그 주위에는 나무를 세워 울타리를 하였으며, 그 앞에는 끊이지 않고 샘물이 솟아나고 있는데 이를 운연천이라 전한다. 우리 일행도 샘물을 마시고 운연비를 만지며 이 이야기, 저 이야기 하느라고 농부 형제들과 합치니, 훌륭한 어떤 집회가 원만하게 구성된 듯하였다. 그러나 그 무엇을 토의할까. "?" 다른 것은 없다. 아까 S군이 도중에서 인삼이라고 얻은 초근을 길 닦으러 나온 노인에게 보이며 "이것이 인삼이 아니고 무엇입니까?" 했다가, 정직한 노인이 "도라지 뿌리구마" 하는 느직한 대답에 코떼인 S군을 비롯하여 일동의 웃음소리는 높아졌다. 이 '운연'이라는 두 개의 큰 문자를 새긴 비는 휘종제의 필적이라 전해 온다. 우리 일행은 운연이란 작은 비석을 중심으로 좌우에 우두커니 서서 기념 촬영을 했다. 사진기를 도로를 수선하러 나온 농부에게 맡겨 사진사 M군까지 모두 7인의 얼굴과 석비를 한 자리에 넣고 찍었다.

운연 샘에서 점심밥을 맛있게 풀어 먹고 성 위에 기어올라가 아래를 내려다보기로 하자. 1만 8천 여 인구를 소유한 회령! 나이 어린 우리에게 역사가 전하는 말에 의하면, 옛적에는 숙신, 옥저의 땅이었다가 여진의 땅이 되었다. 그 뒤 윤관尹瓘의 공으로 고려 땅이 되었고, 금나라의 일족인 동진국이 되었다가, 마지막으로 이 태조에 이르러 조선의 땅이 되고 말았다. 그 뒤 태종 때에 이르러 여진족인 타리朶里의 동맹가첩목아童孟哥帖木兒가 승기를 잡은 후 이 곳을 점거하고 간목하斡木河의 추장이 되었다. 그 때 지명을 간목하 또는 오음회吾音會라 칭하였다 한다.

그러다가 세대의 풍파에 내란으로 인하여 스스로 멸망하고, 세종 16년에 김종서가 6진 개척에 이르러 지금의 부령인 영북진을 지금의 종성인 백안수소에 옮겼다가 간목하 서북(지금의 회령)에 널린 번蕃족들이 침략을 우려하여 간목하 강변에 석성을 쌓고 남도의 백성 2천여 호를 이

주케 한 뒤에 회령진이라 칭하였으며, 6진의 수도로 삼았던 것이다. 그 뒤 세조 5년에 회령진이 부府로 승격되었다가 고종 28년에 이르러 군郡이 되어서 금일까지 내려오게 된 회령!

회령이라 칭하게 된 것은 옛날 오음회의 '회' 자와 부령 북진의 '령' 자를 합친 것이라 한다. 그러한 옛이야기는 그만두고라도, 요사이 지방 인사의 말을 들으면, 이 곳 회령에 각지 사방에서 사람들이 다수히 모여든다 하는데, 모여 온 사람은 모두 병이 없고, 자손을 많이 낳으며, 돈도 모이고야 만다 하여 참으로 회령이라 운운하는 회령!

다시금 얼굴을 북쪽에 돌리고 멀리 바라볼 제 중국 병사와 일본 병사의 칼춤, 총소리가 눈에 빤하며 완연히 들려오니 아마 물질 문명이 최후를 고하는 애달픈 울음소리이며 춤인가? 서산으로 해가 저물 때 일행은 귀로를 향하고 나만은 회사의 업무가 끝나지 않았으므로 두만강을 거슬러 추풍 낙엽 사이로 운연사립학교를 거쳐 간도의 사백사四白社를 목적으로 하고 한 많은 오국산성을 떠났다.

꙳

이 글은 1931년 2월 「실생활實生活」에 실렸던 것이다. 글쓴이 허수만 許水萬은 아동 문학가였다. 1934년 「봄 동무」라는 동요집을 냈으며, 잡지

「시성」, 「비판」, 「영화」, 「시대」 등의 회령 지사를 운영하였다고 알려져 있다.

나는 이 글을 찾아 읽고는 몹시 놀랐다. 국사당의 위패를 뽑아 지팡이를 삼은 것도 그렇거니와 하필이면 그것으로 지팡이를 삼고 산길을 내려오다가 곰을 만난 것을 '국사천왕지위'라고 쓰인 그 위패 탓으로 돌렸기 때문이다. 거기에서 그쳤으면 좋았을 것을 그것이 분하여 국사당에 불을 지르고 희희낙락했다니 입이 다물어지지 않는다. 그것도 번연히 글로써 밝히고 있으니 참으로 소인배가 할 짓이 아닌가 싶은 것이다. 곰을 만난 것은 단지 그 날 자신이 지닌 운이었을 뿐일 텐데 말이다.

그러면서도 오국산성에 대해 역사적 이야기들을 늘어놓는 것이 어쩌면 우리 문화에 대한 자가당착에 빠진 것이 아닌가 싶을 정도로 고약하게 느껴졌다. 국사당을 섬기는 것과 같은 민간 신앙이 한낱 미신에 불과한 것이라는 생각은 지극히 위험천만한 것이기 때문이다. 문화란 제각각 소용에 닿는 법이고 종교 또한 그와 다르지 않다. 산에서 사는 사람들이 산을 섬기고 바닷가에 사는 사람들이 바다를 위하는 것은 가장 큰 위안을 얻는 방법이거늘 어찌 그것을 미신으로 치부하고 하찮은 것으로 여겼는지 안타깝다.

유초도 가는 길 | 김우철

신인문학
1935년 1월, 4월

이 글은 유초도로 향하는 과정과 유초도에 머문 이야기이다. 유초도는 압록강 하구에 발달한 삼각주와 같은 섬으로 큰물이 들면 이리저리 모양이 바뀌곤 하던 섬이었다고 한다.

글 속에서 당시 지주와 소작인들 사이의 관계며 수익 배분 그리고 소작인들을 감시하는 마름의 존재와 벼 장사꾼들의 수익까지도 알 수 있어 흥미롭다. 또 사찰은 없지만 개신교회와 천주교회가 섬 속에 자리 잡은 것 또한 눈길을 끌며 일제 강점기의 국민정신작흥주간이라는 얼토당토않은 모습을 기록해 둔 것은 귀한 것이지 싶다.

1

표랑漂浪하는 마음은 누구나 그렇겠지만 나 젊은 인텔리 청년은 방랑 생활을 특히 좋아한다. 날마다 되풀이되는, 아무런 충동도 자극도 없는 무미건조한 생활의 회색 감방에서 잠시라도 해방되어, 새파랗게 높아 가는 만추의 창공과, 아득히 바라보이는 수확 후의 평야를 가슴에 안아 보며 산뜻한 대기를 호흡하는 맛이란⋯. 아아! 생각하면 할수록 그리워지는 표랑 생활이여! 자유로운 여행의 달콤한 추억이여! 그리고 어느 때나 내 귓바퀴에 쟁쟁한 서글픈 표박漂泊의 노래여⋯.

지금은 우수수 낙엽 지는 늦은 가을, 농촌에서는 타작 마당질로 한창 눈코 뜰 새 없이 바쁠 때이다. 나는 가리로다! 흙의 품으로⋯. 촌락의 초가지붕 밑⋯. 자혜로운 엄마의 유방에서 꿀맛 같은 백색의 젖과 그것을 줄기차게 내뿜는 꽈리 같은 젖꼭지가 나의 동심을 끝없이 유혹한다. 아아, 나는 이제 자연의 엄마 품에 돌아가서 길이길이 안기리라! 농촌의 한가로운 타작마당에서 세차게 회전하는 탈곡기의 쇳소리를 명랑하게 들으면서 농사꾼들과 같이 농담도 치고 근심과 걱정을 나눠 겪으며, 고요한, 그러면서도 항상 긴장된 분위기 속에서 남은 세월을 보내다가 생명의 샘이 마르는 날, 한 줌 흙으로 돌아가리라.

나는 그 옛날, 심산유곡의 한적한 승방 생활을 은근히 동경하여 보았다. 절간 마당에 고요히 울리는 만종 소리와 새벽의 목탁 소리에 스스로의 마음을 다스리고, 이름 모를 산새들의 신비스러운 노래 곡조를 귀담아들으며 소요할 때와 산새 소리에 맞추어서 미묘하게 흔들리는 동정童貞의 심사를 물들인 순백의 노래를 불러 보고 싶은 심경. 계곡을 돌돌 굴러 내리는 옥계수를 하얀 손에 한 움큼 받아 양치질을 한 뒤 들이마시고,

하얀 물줄기가 쏟아지는 폭포 그 밑에 몸뚱이를 맡겨 세례를 받고 싶은 알뜰한 심경을 가슴 깊이 품고 있으면서도, 나는 산 속의 계곡을 찾아 진세에 더럽혀진 몸을 맡긴 적이 없으며 승방에서 하룻밤은 보냈을지언정 오래 머물러 있지 않았다. 그것은 나의 생활과 그것과의 거리가 퍽이나 동떨어져 있기 때문에 그런가 싶다.

나는 심산유곡이며 승방 생활을 동경함보다도 한층 더 바다를 그리워하고 바다의 정열에 찬 노래, 해조음을 사랑한다. 현대 인간의 심리가 정적이기보다 동적이어서 현대의 나와 같은 젊은 인텔리와 새 세대의 제너레이션은 산보다 바다를 동경하고 사랑한다. 바다의 노래는 현대인의 복잡다단한 생활 감정을 표현한 악보이다. 사회 생활의 오케스트라이다. 바다는 때로 기뻐 날뛰고 때로 격렬하게 성을 낸다. 어느 때는 사교 댄스를 하다가도 성나면 비바람이 몰아치고 노도와 같이 일어나 광란하여 어족들에게 선전 포고를 터뜨린다.

해조음, 나는 히로시마의 유리알같이 희맑고 잔잔한 세토나이카이(瀨戶內海)를 보았다. 목 메인 상선의 경적을 귀담아들으면서 일본 3경의 하나로 꼽히는 이쓰쿠시마(嚴島)와 미야지마(宮島)에서 하룻밤의 여정을 풀어 보았었다. 상선 갑판에 올라서서 십오야 푸른 달이 은구슬을 뿌리는 내해內海를 발밑에 굽어보며, 궐녀의 흑색 치마 자락에 문화 주택의 설계도를 그려도 보았다. 독사 꼬리같이 능실거리는 부산 부두 앞바다는 나를 죽음의 문으로 유혹하였고, 흰 이빨을 빼물고 백사장으로 기어드는 인천 월미도 앞바다의 짠물을 명이 길어지라고 마셔도 보았다.

그 언젠가 압록강에 배를 띄우고 하류로 흘러내려 갈 때, 용암포龍岩浦 앞바다에서 격노한 파도를 바라보며 니힐리스틱한 공상선空想線을 그려 본 적도 있다. 바다는 볼 때마다 새롭다. 다르다. 끊임없이 나의 몸뚱이를 유혹하고, 정열의 화로에 불을 붙여 주고, 생명의 샘을 용솟음치게 하며 또 젊은 피를 날뛰게 한다.

바다가 그리워, 섬나라와 강줄기가 하도 그리워서 초가지붕 밑을 분연히 뛰어나온 나는 압록강 하류의 강 위에 나앉은 황금섬, 유초도柳草島를 찾기로 하였다. 내가 찾기로 마음먹은 유초도는 신의주와 안동현을 이어 놓은 압록강 철교에서 물길로 15리, 시간으로 한 시간 반쯤 걸리는 곳에 놓인 사방 10리쯤 되는 섬이다. 유초도에서 다시 서남 방향의 용암포로 흘러내리자면 수로로 20리 내외이다. 용암포만 내려가면 고래의 나라, 황해의 검푸른 물결이 늠실거리고 산더미같은 기선과 상선이 연해 연방 경적을 울리며 연기같이 가물가물 오고 간다.

유초도에 서면 건너편은 만주국, 이 쪽은 배달의 땅이다. 유초도의 북쪽에서 압록강은 남북으로 갈라져서 두 가닥, 아니 세 가닥으로 흐르다가 유초도 서남쪽에서 다시 합류해 흐르고 흘러서 황해로 간다. 맞은편의 만주국 땅에는 랑투浪頭라는 항구가 있어서 신의주 및 안동현의 관문을 이루었다. 압록강 수심이 얕은 탓으로 상선은 신의주, 안동현 부두에까지 올라오지 못하므로 짐은 랑투에서 풀게 된다.

여기서 푼 짐은 범선이나 기타 소형 발동선 및 중국배로 올려 간다. 그러므로 랑투는 신의주, 안동현의 출장소이다. 1934년 10월 27일, 보리 저녁 때쯤 나는 신의주 세관 앞 선창에서 유초도행 범선에 몸을 실었다. 안동현 전투錢鬪에 건너가서 톡톡선이라고 하는 기계배를 타면 랑투까지 한 시간 반, 배표는 백동전 한 닢인 10전이면 충분하지만, 기계 배의 통통거리는 소리가 듣기 싫어서 이 배를 잡아탄 것이다.

"어어야, 디이야." 뱃사공이 힘차게 젓는 노에 검푸른 강물이 흰 거품을 물고 좌우로 갈라지며 배가 요동을 친다. 철썩, 철썩…, 뱃머리를 때리고 물러가는 흰 파도와 푸른 물결, 이 강을 가리켜서 우리들의 선조는 '얄룹강' 이라 했고, '아리나레' 라고도 불렀다. 그리고 중국 사람들은 '얄루쟝' 이라고 불러 내려온다.

백두산 천지 물이 넘쳐흘러서
동쪽으로 흘러가면 두만강의 물줄기.
서쪽으로 굽이돌아 흘러내리니
예가 천리 장강 압록강이외다.

달밤에 이 강을 건너는 나그네의 눈물과
캄캄 칠야! 밀매꾼의 발자취 소리와
안개 낀 새벽 뗏목군의 콧노래를
귀담아들으면서
산곡山谷을 굽이돌고 섬을 지나
황해로 흐르기 몇 해던가?

얄룹강, 얄룹강,
흰 돛, 검은 돛을 싣고 흘러내리는 '아리나레' 여!
내 사랑하는 청년
그대 오리(鴨)강의 구슬픈 노래에

두 귀를 기울인 적이 있었는가?
이 강가에 사는 수백만 백성들의
가난한 생활 악보를!

국경을 그림 그리며
독사 꼬리같이 줄기차게 흘러내리는
얄룹강, 검푸른 흐름이여!
우리는 너를
사랑하면서도 사랑하지 못할
삶과 죽음의 장강長江이라 부른다.

우리를 실은 범선은 신의주 상부두를 떠나 강 한복판에 저어 나왔다. 하늘 바람이 거세고 물결이 거칠다. 뱃사공은 배의 돛을 높이 달아 올린다. 배 돛은 바람을 담뿍 안고 급속도로 강상을 미끄러진다. 방향을 서남쪽으로 정하고…. 압록강 열두 칸의 무쇠다리가 시야에서 점점 멀어져 가고 인구 십만을 헤아리는 건너편 안동현의 질펀한 시가지며 6만에 가까운 국경 도시 신의주 거리가 뒷걸음친다.

나는 이 모든 국경의 풍경을 하나도 잃지 않고 감상하려고 두 눈동자에 초롱을 달았다. 만주국 8경 중 첫손을 꼽는 절승지인 안동현의 진강산鎭江山공원이 아물아물 바라보이고, 섬인 북하동北下洞의 포플러 나무가 철교 및 저편으로 가물가물 사라져 버린다. 창공을 무찌른 왕자제지회사의 굴뚝에서 내뿜는 연기는 신의주의 상공을 낮게 떠돌고, 안동현과 신의주의 부두 앞과 강변에 늘어선 수백, 수천의 돛대가 모여 선 가운데

팔락거리는 깃발, 깃발, 깃발…, 팔락, 팔락, 팔락….

해관海關 전속의 소형 경비선이 제비같이 물살을 차며 오락가락하는 광경은 우리로 하여금 국경 정조에 몸을 젖게 한다. 어어야, 디이야. 하늘 바람을 마시며 뱃노래와 조화를 이루어 노를 저어 올라가는 배가 여기도 한 척, 저기도 한 척, 흰 돛, 검은 돛에 바람을 한 아름 지고 고요히 움직이는 중국 배와 조선 배. 멀리 섬 뒤에 숨바꼭질하는 흰 돛, 검은 돛의 무수한 행렬에 눈을 보내면서 우리의 배는 흐르고 흐른다. 어느 때는 서 있는 듯도 싶고, 건너편을 바라보면 급속도로 흘러내리는 것도 같다.

"이 배는 몇 섬이나 싣수?"

나는 선주에게 물었다. 심심파적이나 될까 하여.

"기껏 실어야 예순 섬밖에 못 실어요. 보통 쉰 섬이 좋아요. 어어야, 디이야."

사공의 성량은 부드럽고 인품이 붙임성이 있어 뵌다.

"얼마나 주셨나요?"

"이 배요? 재작년에 6백 냥(60원) 주고 샀는데 작아서 안 되겠어요. 어, 아, 디이야…. 올 겨울에 한 백여 석 싣는 큰 배를 하나 장만해야겠수다."

사공은 자기의 뱃속을 털어놓는다. 이 배로 말하면 하루에 한 번씩 유초도에서 신의주로 내왕하는 배로서 타작한 벼를 40, 50섬씩 싣고, 게다가 섬 주민을 그저 태우고, 새벽녘에 올라왔다가 저녁에 내려간다. 벼 한 섬에 10전씩 배 삯을 받으니 이것만 해도 5, 6원 수입이다. 그 외에 소금도 싣고 이삿짐도 싣고 뭍에 사는 우리로서는 상상도 못할 잡수입이 많다. 여름에는 농사도 약간 짓고 가을부터 이듬해 늦은 철까지 배를 따라 다니면 4, 5백 원 내지 7, 8백 원이 손바닥에 떨어진다.

그러나 이렇게 고역을 하는 그들 대개는 술과 계집과 담배의 알뜰한 맛을 자연 알게 되고 여기에 뿌리는 돈이 적지 않다. 서西 조선에 있는 달구지꾼과 뱃사공 치고 술 안 마시는 친구가 없다 해도 과언이 아니라는 말을 나는 여러 번 들었었다. 그만치 고되게 노역하는 이들에게 석 잔 술의 향취와 어여쁜 갈보들의 위로가 없어서는 안 될 것이란 아마 부분적 진리인가 싶다.

어야아, 디이야! 배는 물결에 미끄러지고 바람은 배의 돛에서 장난친다. 우리의 배는 바람에 밀려 한 5리나 내려왔다. 바른편으로 신의주의 큰 제방 너머로 바라보이는 영림서 제재 공장의 웅장한 건물들이며 우뚝 선 굴뚝으로부터 솟아오르는 검은 연기가 나의 시야에 전개된다. 이 중에 연기를 내뿜지 않는 굴뚝이 한 개 서 있으니 이것은 금년 초가을에 화염 속에 소진한 제일공장의 건물로서 그 때의 손해액이 30만 원이었다고 전한다.

신의주와 안동현의 강변은 거의 뗏목으로 꽉 메워져 있다. 상류 지방에서 흘러온 뗏목으로 강변과 부두 근처는 어느 때나 부산하다. 영림서와 크고 작은 각 제재소에 소속하여 일을 하는 중국인, 조선인 노동자만 실로 4, 5천 명에 달하고 이외에도 부두의 자유 노동자, 어시장 상민이 몇 천을 세도록 많다. 신의주에

鴨綠江漲水
뗏목표류다수

지난날 십팔일부터 이십일까지
시삼사일간련하야 대강에
하고 비가옴으로 압록강은약사
흐럿도 만히늘며하고 웃치지아니
노쳐갈낭이나 중소되야 뗏목갓
십여쳐표류되얏스며 홍수가 맹
렬하야 쉰쳐대왕에 크게불떳함
잇더라 (신의주)

사는 자유 노동자와 소시민, 토막민土幕民은 이 밖에도 강을 넘나들며 밀매를 하여서 근근이 생활을 보장해 가는 형편이다. 그러므로 신의주의 화류가 음식점 거리는 자정이 넘어서야 활개를 편다.

금 밀수출에 얽힌 많은 범죄 비화와 그로테스크한 에피소드를 간간이 들려주는 국경 도시 경기가 좋다고 남국으로부터 남부여대하고 몰려온 농민들은 지금 이 거리에 새로 만든 제방 바깥 토막과 초가집 셋집에서 굶주림에 신음하고 있다. 이제 엄동설한 매서운 북풍이 동사와 아사로써 채찍질할 때 그들은 어떻게 이 겨울을 넘길 것이랴!

눈물과 한숨은 뭍에만 있는 것이 아니라, 강 위에도 있고 배에도 있다. 강 위를 흘러가는 조그만 배에도 쓰라린 현실의 물결은 찾아간다. 밀수출과 밀매로 이 강의 고기밥이 된 생명이 얼마나 많은가? 아아, 모든 것을 잊어버리고 눈을 감자고 하면서도 나를 괴롭히는 현실이여! 나는 이 괴로움에서 한시나마 벗어나려고 노래를 부른다.

흐름도 세차다, 알룹강물
푸른 물결 부딪치는 건너편 부두에
망명 가는 사나이를 보내는 여자
손수건을 흔들며 잘 가라 하네.

진강산에 곱게 핀 진달래
한 가지를 꺾어서나 향기를 맡아
거리에 황혼은 깃들었는데
어디로 갈까나.

얄룹강, 얄룹강, 이 얼마나 아름다운 서정시냐! 이 얼마나 아름다운 이름이냐? 그렇다. 그러나 한 가지 잊어서는 아니 될 신조는, 슬픔이 있는 반면에 기쁨이 있고 향락과 유흥이 있는 것과도 같이, 아름다움 속에 더러움이 숨어 있고 착함 속에 악이 포함되어 있다는 걸!

금 밀수출. 포목 잠상으로 유명해진 국경 도시는 요즈음은 밀수입으로 수라장을 이루고 있나니, 한때 금 밀수출이나 밀수입으로 오십만장자가 된 이 모를 필두로 대소 자본가 상인은 다투어 가며 은덩이를 사서 조선으로 건너온다. 이렇게 건너온 은괴는 부산으로, 다시 오사카로! 그것이 다시 미국으로 향하여, 이리하여 세계지도는 축소되고 자본가는 부자가 된다.

두 시간 후에 우리는 유초도에 닻을 주었다. 나는 뱃사공에게 업혀 푹푹 빠지는 모래판을 지나 둑 위에 올라섰다. 여기가 섬이구나! 하고 생각하니 새삼스럽게 외로워진다. 뱃사공에게 '마코' 한 대를 빼어 주고 나는 섬 중에 있는 육촌 형님 댁을 찾아갔다. 황금섬 유초도에 한 달 가까이 있으면서 나는 아침마다 밤마다 압록강 근처를 소요하였다. 달밤의 얄룹강 그윽한 노래에 마음껏 취해나 보려고 새벽의 안개 낀 강변 백사장에 나가서 모래판에 즉흥시를 손으로 쓰면서 그리운 임을 알뜰히도 그리워한 적이 몇 번이던가?

바람이 몹시 부는 날, 나는 강변에 왔다가 미친 사람이 될 뻔하였다. 고요한 날 강변의 버들 숲을 거닐면서 휘파람 곡조에 흥이 겨워 행복의 노래도 불러 보았다. 압록강의 노래는 때로 나를 죽음에로 유혹하였고 때로는 나를 유토피아로 인도해 주었다. 배를 타고 강변을 한 바퀴 돌아가면서 강 위에 공상의 자유스런 날개도 펴 보았다. 폭풍이 땅을 울리고 노한 물결을 광란시킬 때 나는 멀리 앞바다 황해를 운행하는 상선의 목

메인 경적을 들으려고, 건너편 만주국 랑투의 희미한 등불을 바라보려고, 양산을 받고 외투에 몸을 싸고 강변에 나간 적도 있다. 아아! 나는 죽어도 얄룹강의 노래를 잊지는 못하겠다.

1934년 12월 1일

2

유초도를 왜 황금섬이라고 부르는가. 첫가을 섬 안에 찾아들면 주위 10리가 넘는 이 섬에는 황금 물결이 굽이친다. 대개가 논이다. 해마다 벼만 7천 섬이 쏟아진다고 한다. 그래서 황금섬이라고 하는지…, 섬사람들은 별로 즐겨 부르지 않지만 나는 이 섬을 황금섬이라 부르는 데 말할 수 없는 쾌감과 아름다움을 느낀다.

때가 흘러서 황혼이 깃들고 곧 밤의 회색 장막이 소리 없이 드리웠다. 섬 속의 밤은 묘지와 같이 고적하고 무시무시하다. 다만 랑투 부두에서 짐 푸는 소리만이 신비스럽게 고막을 때린다. 산촌에서와 같이 개 짓는 소리를 별로 들을 수 없다. 피곤한 다리를 이끌고 밖에 나왔다. 하늘에는 고양이 눈동자 같은 뭇별이 총총 박혀서 호랑이 앞의 토끼처럼 떨고 있고 맞은편 랑투의 부두에 밝힌 전등불은 고요한 밤 심산 협곡의 담뱃불처럼 신비스럽다. 출렁거리는 물결 소리, 기슭을 적시고 물러갔다가 밀려오는 밀물! 강변의 세관 파출소에 앉은 관리는 끄덕끄덕 졸고 있다. 고단한 하루 생활의 뒤끝에 꿈의 유혹이 없다면 인생의 삶은 무미건조하기 비길 데 없을 것이다. 인생은 누구나 제각기 자기의 꿈을 가지고 있다.

그 꿈이 깨지는 날, 가련한 인생은 최후 수단으로 자살의 궤도를 밟게 되고 추락의 길을 달리게 되지 않는가.

새벽, 선잠을 깬 강변으로 나갔다. 시계는 5시 반을 가리키고 있었다. 나는 헤맨다. 강변을 둘러막은 방죽을 따라 강변을 따라 걸어간다. 이 섬을 한 바퀴 돌아 제자리에 돌아오는 데에 얼마나 시간이 걸리는가 실제로 시험해 보기도 할 겸, 담배를 한 대 피워 물었다. 새벽 산책할 때 담배의 신통한 맛이란 잊지 못하겠다. '태양 없는 집'에서 처음으로 맛을 들인 담배지만 비 오는 날 우산 받고 먼 길을 혼자 걸을 때나 밥 먹고 나서 한 모금 들이키지 않으면 머리가 무겁다. 처음에는 멋으로 배운 담배가 지금은 습관과 유혹에 끌려 가끔 빨게 된다. 꼬불꼬불 피어오르는 '삐종'의 연기를 바라보면서 나는 지금 강변을 따라 방죽 위를 걷고 있다.

섬 속 마을, 이마를 맞대고 있는 초가집에서는 아침 짓는 연기가 꼬불꼬불 피어오른다. 그것이 허공에서는 짙은 안개처럼 어우러져서 낮게 깔린다. 총 호수 217호, 인구 1,317명을 포용하고 있는 유초도, 기와집이라고는 예수교 예배당, 천도교 종리원 그리고 소지주 두서너 명의 저택뿐이다. 파출소도 해관 출장소도 그리고 천주교 공소도 역시 초가집이다. 섬 속에 사는 사람들은 대부분 소작농이며 배를 부리는 사람도 예닐곱 명은 된다. 농한기만 되면 농사를 짓던 농군들도 배를 따라다니며 고기잡이에도 따라다닌다.

뭍에서 살다 못해 쫓겨 들어온 그들이 여기에선들 안주할 땅을 찾을 것이랴. 그들은 몇 번씩이나 쫓겨남을 겪었는지 모른다. 또 여러 번 홍수의 참화를 겪기도 했다. 집칸이나 잡혀서 돈푼이나 손에 남으면 뭍으로 나가려고 마음은 먹지만 종내는 떠나지 못하고 불안한 생활을 하는 그들이다. 가장 냉혹한 지주들이 위험 천만한 섬 속에 파묻혀 살 까닭이 있을까? 그들은 열이면 열 모두 부재 지주들이다. 마름을 두어 농사를 감시하고 초가을이면 자기네들이 며칠씩 섬에 들어와 타작을 시킬 뿐이다.

압록강 위의 섬인지라 수리 조합도 일없고 따라서 한 푼의 수세도 바치지 않으며, 땅이 비옥한 탓으로 비료도 다른 곳의 1/3밖에 치지 않는다. 그런 까닭에 뭍에 있는 지주들은 유초도의 전답을 즐겨 산다. 예전에는 방죽이 낮고 약하여 웬만한 물에도 무너졌지만 지금은 방죽이 견고하고 물살이 맞은편으로 밀리므로 떨어져 나가는 일이 없다. 그래서 근년에 땅값이 평당 칠팔십 전 내지 팔구십 전으로 폭등하였다. 지금으로부터 49년 전, 물살에 떨어져 나간 땅덩이를 막아 처음으로 유초도를 형성하였던 것인데 매년 물살을 막고 막아서 지금에 이르렀다고 섬의 노인은 옛말을 한다. 자연의 흐름도 무섭지만 사람들의 조화 역시 무서운 것이라고 생각된다. 50년 전의 강이 오늘 큰 섬을 이루다니…, 인간의 끊임없는 조화여!

방죽을 위로 올라가는 나와는 정반대로 압록강은 밑으로 황해로 흘러내린다. 꿈에서 깬 흰 돛, 검은 돛이 물살에 밀려 미끄러진다. 강변 백사장에는 다 낡은 배가 모래 속에 반쯤 파묻혀서 꿈을 꾸고 있다. 방죽 앞에 늘어진 버들 숲, 그 속에서는 이름 모를 물새가 노래를 부른다. 고요한 아침, 고요한 흐름을 바라보는 고요한 마음, 비단 방석보다도 더 부드럽고 햇솜보다도 더 포근한 정서.

그 중 가늘고 느릿한 거문고 줄을 어느 임이 퉁긴다면 신묘한 음악으로 만들어질는지도 모른다. 모두 다 꿈과 같다. 꿈을 꾸고 있는 사람들, 이 얼마나 행복한 인간들이랴. 꿈을 잃은 사람들, 이 얼마나 가련한 사람들이냐.

하룻밤의 꿈을 깬 유초도와 압록강의 흐름은 지금 새로운 행진곡을 울리고 있다. 강변 백사장으로 나는 발자국을 헤며 걸어 나간다. 때때로 나는 내 그림자를 바라보고 고독함을 느낀다. 이럴 때 누가 여기에 나온다면 나는 대번 그에게 담배를 권하였으리라. 그가 만일 이성이라면 나는 나의 발자국을 따라오라고 속삭였을 것이다. 그러나 두루 살펴보아도 아무도 보이지 않는다. 나와 나를 사모하는 그림자만 쓸쓸한 강변을 헤맬 뿐이다.

나는 추억의 노래를 불러 본다. 나의 작곡에 나의 가사를 붙여 은근하게 노래 부른다. 노래 부르다 그치면 사방은 더 한층 고즈넉하고 다만 철썩이는 물결 소리만이 내 귀를 의심하게 한다. 백사장에는 한두 개 조개껍질이 떨어져 있다. 문득 장 콕토의 유명한 시가 생각난다.

나의 귀는 바닷가의 조개 껍데기
물결 치는 그 소리가 그립습니다.

나는 이 시를 뜯어 고쳐서 나의 마음에 맞도록 고쳤다. 그리고 모래 위에 손으로 새겨 둔다.

나의 입술은 강가의 버들 잎사귀
유초도가 버들 숲이 그립습니다.

나는 재빠른 걸음으로 걸어간다. 백사장과 버들 숲에서 시간을 보낸 것을 이번에는 빠른 걸음으로 보충할 심산으로…. 두 대째의 담배를 피워 물었다. 강 건너 중국에 낀 아침 안개와 임자 없는 나룻배를 곁눈으로 살피며 휘적휘적 걸어 나간다. 멀리 신의주에서 사이렌이 울려 온다. 이제야 국경의 거리도 선하품을 하고 일어난 모양이다. 아침 해는 어느덧 한 뼘이나 솟아올라서 무한한 빛을 뿌리고 있다.

방죽을 한 바퀴 돌아 제자리에 와서 시계를 보니 7시 10분 전이다. 강변 백사장에서 15분을 잡아먹었다고 하더라도 한 시간이 더 걸린 셈이다. 주위를 10리로 생각하면 과히 틀리지는 않겠다. 집에 와서 아침을 달게 먹고 곧 일어나서 배 닿는 곳으로 갔다. 돌로 쌓아올린 선창에는 꿀을 실은 배가 한 척 머물러 있었다. 섬 부인네들은 사발을 들고 나와서 꿀을 사 간다. 뭍에서 들어온 부재 지주와 마름을 청하여 한 끼 밥을 대접하려거나 혹은 술안주 감으로 사 가는 것이렷다. 마당질 하는 날, 소작인들은 지주 영감을 초청하여 맛난 음식을 대접하는 것이 북선의 풍습이다. 지주 영감들은 한동안 닭고기와 술에 파묻힌다. 소작인들은 서로 곱게 보이려고 마름과 지주에게 '삐종'이나 '난蘭'을 사다 바친다. 그러니 그들은 담배를 사지 않아도 되고, 그러므로 그들은 돈의 위력을 한층 더 직감하게 된다.

나는 돌로 쌓은 섭교涉橋에서 한참 기다리다가 부두 쪽에서 건너온 나룻배를 집어 타고 맞은편 부두로 건너갔다. 랑투 부두 앞에는 안동현 전투錢鬪로 다니는 연락선이 와서 경적을 울리고 있었다. 좀 떨어진 강 한복판에는 꽤 큰 상선이 두 척 머물러 있고 그 주위에 무수한 배가 다닥다닥 붙어서 짐을 풀고 있다. 부두의 선창에는 모자를 비스듬히 쓴 중국 경비와 총대를 거꾸로 멘 초병이 서 있고 그 앞을 어수룩한 수병들이 오락가락한다.

배에서 내린 선객들은 부두 시가로 밀려들어 간다. 시가 입구에는 호떡집이 대부분이며 여관, 상점이 간간이 섭섭하지 않게 끼어 있다. 그 중에는 조선인이 경영하는 여관이 하나, 사발전이 한 군데, 음식점이 두 곳 끼어 있다. 좀 안으로 들어가면 을종乙種 요리점이 좌우로 늘어서 있다. 나는 우선 깨끗한 요리점으로 찾아 들어가 '야게교즈'를 시켰다. 그것이 되는 동안 '허쑈즈'를 청하였다. 이것은 만두 비슷한 호떡으로 중국 노동자들이 즐겨 먹는다. 10전에 다섯 개를 준다.

요즈음은 양전洋錢이 일본 돈인 금표보다 올라서 요리점도 다 비싸졌다. 요리점에서 식사를 하고 신시가지로 들어갔다. 잉크와 잡기장을 사려고 무척 쏘다녔지만 살 수 없다. 할 수 없이 중국 소학생들이 사용하는 산초부算草簿와 장기, 낙화생과 사탕을 한 움큼 사 가지고 다시 유초도로 건너왔다.

때는 정오, 멀리 신의주에서 정오의 사이렌이 은은히 들려온다. 여기저기 타작마당에서는 탈곡기가 돌아가는 요란한 소리가 섬을 진동시킨다. 벼 장수들은 이 마당에서부터 저 마당으로 분주히 오락가락한다. 벼 장수도 수가 많아서인지 서로 경쟁이다. 한 섬에 10전씩의 구전을 먹는다고 한다. 지주 영감들과 마름은 마당 한쪽에 버티고 서서 그들을 감시한다.

나는 우물가를 지나 오다가 섬 처녀들이 물동이를 이고 가는 뒷자태를 바라보았다. 왼손으로 꼭지를 잡고 바른손으로 흘러내리는 물방울을 씻어 내는 아담한 모습. 탐스럽게 땋아 늘어뜨린 머리 꼬랭이를 볼 때 청춘의 약동하는 생명을 느꼈다. 이것도 백발이 되면 느껴 볼 수 없다. 야릇한 정서가 아닐까. 북선의 처녀들은 남선의 여자들에 비기면 내외법이 별로 없다. 그들은 자기 곁을 지나가는 젊은 청년을 뚫어지게 바라보고 감정하는 총명함을 지녔다. 그러나 그만치 풍기가 문란하냐 하면 그렇지도 않다.

일찍 타작이 끝난 마당에서는 볏섬을 지고 강변으로 나간다. 벼는 배에 실려 신의주로 팔려가기 때문이다. 어느 마당에서는 북데기라는 불길이 혀를 날름거리고, 연기가 솟아오르고 있다. 타작마당에서 빈손만 털고 돌아서는 그들 섬사람들은 지금쯤 억울한 눈물을 흘리면서 쓴 입맛을 다실 것이다. 팔자를 한탄한들 무엇 하며, 운명을 저주하고 하느님을 원망한들 무슨 소용이랴! 작년만 해도 만주로 건너간 농군들이 수두룩하다고 한다. 금년 겨울이면 또 얼마나 많은 농사꾼들이 밤도망을 해 갈 것인지…. 내 옆을 우편 배달부가 허술한 복장을 걸치고 지나간다. 뒤에 들으니 그 사람은 10원씩 월급을 받고 이틀에 한 번 뭍에서 건너온다고 한다. 공동푸리 섬에서 4원, 유초도에서 6원씩 분담해서 준다고 한다. 가련한 인생이여!

5시 50분. 해는 랑투 뒷산으로 꼬리를 감추었다. 황혼이 섬나라를 지배하기 시작한다. 3일 예배를 본다고 알려 주기에 심심파적이나 될까 하고 예배당으로 발걸음을 옮겨 놓았다. 회당 앞에서 멀지 않은 농가에서 굿을 하고 있다. 챙챙, 챙챙. 소란하기 짝이 없다. 예배당에서 찬미가와 종소리가 들려오는데 한쪽에서는 귀신에게 지성을 올리고 있으니 이 얼마나 조화로운 현실인가. 목사는 목쉰 연설보다는 우선 그들을 찾아가서 회개하고 하느님을 믿게 하는 것이 상책이 아닐는지 하고 생각해 본다. 예배가 파하여 돌아올 때도 굿 소리는 여전하다. 지금 묘신이 왔는지 더욱 소란스럽게 쟁쟁거린다. 마을의 개들이 아우성을 친다. 남몰래 담배를 피워 물고 꼬불꼬불한 소로를 더듬어 내려간다. 내려오다가 길가에 있는 국수집으로 들어갔다. 거기에는 지주와 마름을 모시고 온 사람들이 툭 터지도록 모여 있었다.

11월 7일부터 13일까지는 국민정신작흥주간國民精神作興週間이라고 한다. 이른 아침, 구장 영감이 대문간에서 주인을 찾는다. 나가 보니 오늘부터 일 주일 동안 국기를 게양하라고 한다. 그리고 생각난 듯이 설교를 베푼다. "담배와 술을 끊고, 검은 옷을 입고, 일찍 자고 일찍 일어나며 부지런하구, 참 저기 동쪽을 향하여 아침마다 절하구 하슈! 알았소?" 그러고는 주인의 대답도 듣지 않고 훌쩍 가 버린다. 주인에게 물으니 일본기를 달지 않으면 벌금이 50전씩이라고 한다. 주인은 일본기를 달아맨다. 아침을 먹고 동리를 두루 쏘다녔다. 나는 집집에서 일본기의 박람회를 보았다. 반쪽짜리 종이에 크레용으로 동그라미를 그려 붙인 것, 백로지에 물감으로 알록달록 물들인 것, 굵은 베에 뻘건 천을 오려 붙인 것, 수숫대에 아무렇게나 매단 것, 별의별 흉한 것이 다 많다. 구장은 그저 자기 직무만 했으면 다라고 생각하는지 여기에는 무관심한 모양이다. 유초도의 국민정신작흥은 이럴까?

발이 헛놓였는지 의외로 천주교 공소 앞에 이르렀다. 초가이지만 규모 있는 집이었다. 마당에서 노는 아이를 붙들고 물어 보았다. 그 애는 천주교 신도였다. 전에는 예수교를 믿었으나 얻는 것이 없어서 이리로 왔다고 한다. 그 말이 하도 우스워서 천주교에서는 뭐 얻는 것이 있느냐고 물으니 천주교에서는 연보전錢도 받지 않고, 아플 때 모든 약을 무료로 배급한다고 한다. 그 말을 들으니 그럴듯하다. 지금은 신도가 100명이 채 모자라지만 얼마 아니하여 예수교의 세력을 꺾으리라고 장담한다. 같은 신을 신봉하는 종교 간의 암투를 생각할 때 우리의 종교적 신앙을 의심하지 않을 수 없다.

방죽 근처에 사는 농가에서는 우물 없이 산다. 그들은 집 앞 개천가에 마른 판에 구덩이를 파 놓았다가 밤에 밤물이 밀려들어 왔다가 빠지는 새벽쯤이면 구덩이 속의 물을 퍼다 마신다고 한다. 그야말로 원시적 생활이다. 그들이 대개는 이 섬에서 태어나 이 섬에 파묻혀 가난한 생활에 시달릴 것이다. 뭍이 그리워서 나갈 때만 고대하던 그들은 살아생전에는 나가 살지 못하고 싸늘한 시체가 되어서야 처음으로 배를 타고 뭍에 있는 공동 묘지로 나간다.

그들은 노래를 잊은 사람들이다. 지금의 뱃사공은 콧노래마저 잃어버렸다. 추위와 가난을 잠시라도 잊기 위하여 술병을 기울이는 그들이다. 나는 랑투의 음식점에서 외상술을 먹으려다가 계집에게 쫓겨 나오는 뱃사공을 보았다. 노래를 잃어버린 유초도의 뱃사공이여, 그대들은 언제나 봄의 노래를 찾아 오려느냐, 앗아 오려느냐?

1935년 2월 23일

"꿈의 창조를 향한 혁명적 낭만 정신" 김우철(1915-1959)은 낭만주의를 통한 새로운 창작 방법을 찾으려고 시도했고, 그것을 통해 사회주의적인 리얼리즘을 주장했던 인물이다. 이 곳에 실린 "유초도 가는 길에"도 낭만주의와 리얼리즘을 한 군데 버무리려 했던 그의 냄새가 강하게 풍기는 글이다. 그는 압록강의 작은 섬인 유초도에 대한 기행문을 「신인문학」 1935년 1월호와 4월호와 그리고 1936년 3월호에 연이어 발표했다.

그의 고향이 신의주인 까닭도 있었겠으나 유초도에 육촌 형님이 한 분 살고 있었던 덕분에 자주 방문하였던 것으로 보인다. 이 책에 실린 것은 1935년 1월호와 4월호에 발표 한 것으로 1월호는 유초도로 향하는 과정이며 4월호는 유초도에 머문 이야기이다. 유초도는 압록강 하구에 발달한 삼각주와 같은 섬으로 큰물이 들면 이리저리 모양이 바뀌곤 하던 섬이었다고 한다. 그것을 인위적인 둑을 쌓아 흙이 떨어져 나가는 것을 막아서 섬의 모양을 유지하였던 것이다. 둑을 쌓기 전 큰물이 들면 섬의 한 쪽이 떨어져 나가곤 했는데 그것을 강락江落이라 했다. 글쓴이가 유초도를 황금섬이라고 했던 것은 뭍의 다른 비옥한 땅 못지않게 많은 수확을 할 수 있기 때문이었는데 이는 강 하구에 쌓인 퇴적물의 영향으로 땅이 기름졌기 때문일 것이다.

글 속에서 당시 지주와 소작인들 사이의 관계며 수익 배분 그리고 소작인들을 감시하는 마름의 존재와 벼 장사꾼들의 수익까지도 알 수 있어 흥미롭다. 또 사찰은 없지만 개신교회와 천주교회가 섬 속에 자리 잡은

것 또한 눈길을 끌며 일제강점기의 국민정신작흥주간國民精神作興週間
이라는 얼토당토않은 모습을 기록해 둔 것은 귀한 것이지 싶다.

육당의 「백두산근참기」를 읽고 | 이은상

동아일보
1927년 9월

「백두산근참기」에서 가장 본받을 만한 것으로 최남선의 풍부한 어휘력을 들고 있다. 사학자이면서도 문학을 하는 사람들보다 더 풍부한 어휘를 구사하는 것에 놀라움을 금치 못하며 존경을 표하기까지 한다. 그리고 풍부한 어휘에서 비롯되는 시적 상상력으로 온갖 사실을 만지작거린 여행가라는 찬사조차 아끼지 않는다. 하지만 지나치게 전설에 치우친 신화적 신앙에는 동의할 수 없음을 분명히 밝히고 있으며, 또한 당시 지식인들이라면 누구나 말하던 조선심朝鮮心을 지니고 살아야 한다는 말도 빠뜨리지 않았다. 그러나 그렇게 말하던 지식인들이 진정으로 조선심을 지닌 조선 사람으로 살았는지에 대해서는 곰씹어야 할 문제일 것이다.

최남선

조선의 석학, 최 육당崔六堂이 최근에 내 놓은 「백두산 근참기白頭山覲參記」는 작년 여름부터 수 개월에 걸쳐 동아일보에 연재되었다. 그것이 단행본으로 간행되어 세상에 나오게 된 것이다. 저자의 사상적 경향 내지 진수, 또는 문학적 소양과 재능, 더구나 사학적 지식과 연구 등은 세간에 정평이 나 있으며 누구나 두루 알고 있는 바이다. 그러므로 이에 새삼스럽게 그의 저서 하나를 끄집어내어 몇 마디의 말을 보태려는 것이 오히려 필자 스스로의 생각에도 어째 열적은 일 같기도 하다.

그러나 이 「백두산근참기」가 그의 저서로는 가장 최근의 것이요, 또 필자가 보기에 이 한 권에 그의 사상, 재능 그리고 지식 등을 통틀어 그의 됨됨이가 담뿍 실려 있고 비쳐 있는 것이기에 망설임 없이 붓을 들었다. 또 책 한 권을 선물로 주신 저자에게 답례하는 정과 아울러 이 책에 나타난 몇 가지에 대해 나의 견해를 속임 없이 적어 보기로 하겠다.

기행문이란 것! 이것은 인생의 기록이다. 넓게 말하면 역사나 과학이나 온갖 문학이 삶을 살아가는 인생이 기행문이다. 천체의 운행, 돌고 도는 시간의 흐름 속에서 혹은 밭을 갈며 씨 뿌리고, 혹은 사냥꾼이 산에서 헤매고, 어부가 고기를 낚는, 또는 한 민족이 어느 한 시대에 흥하고, 망하는 온갖 생활, 온갖 운명, 인생의 사업과 행정行程은 그대로 기행문이다. 사랑하고 미워하고 즐거워하거나 한숨짓는 온갖 사람의 마음, 생명 그대로 기행문이다.

실상은 우리의 일상생활, 세상을 살아간다는 그것이 곧 산을 넘고 물을 건너는 기행문이다. 육당이 첫머리에 "열흘 동안에 걸친 궂은비가 겨우 그치고 오래 피신하였던 태양이 다시 위용을 내놓았건마는 찌는 듯한 무더위가 오히려 사람을 더위로 시달리게 하여 쓰러뜨리지 아니하면 마지아니하려는 7월 24일이었다" 하고 써 놓은 것만 기행문이 아니요, 어느 생활의 기록이나, 업적이나, 각오나, 발명, 발견…, 말하자면 인생 생활의 전부를 죄다 기행문이라 못할 바 없는 것이다.

그러나 우리가 기행문이라 부르는 것은 문학 중의 일부분을 말하는 것이다. 기행문을 읽으면서, 혹은 쓰면서 인생의 나아갈 길을 생각함은 반듯한 일이라 아니할 수 없는 것이다. 그러니 시나 소설을 읽고 쓸 때보다 더 한층 인생을 조명하게 되는 것도 까닭 없다고 하지 못한다. 인생이란 느낌으로 가득 차 있다. 물론 문학은 그 어떠한 것을 불구하고 느낌의 산물이거니와 이 기행문이란 더 한층 느낌으로 사람의 마음을 끌어야 한다. 강을 에돌고, 산을 넘을 때, 발걸음을 뗄 적마다 보이지 않는 느낌의 선을 그어 놓아야 하고, 발자국을 놓을 때마다 느낌의 점을 꼭꼭 찍어 두어야만 하는 것이다. 그것을 그대로 써 놓은 것이 기행문이요, 그것은 온통 느낌 속에서 푸드득거리는 생명을 가진 것이어야 할 것이다. 느낌 없이는 문학이 아니요, 기행이 아니다.

한 순간에서 다른 한 순간으로 넘어가는 것과 한 지점에서 다른 지점으로 밟아 가는 것이 인생의 생활이다. 생활은 곧 이동이다. 변환이다. 이동과 변환을 그대로 연결시켜 놓은 것이 인생의 역사라는 것이요, 체계를 세워 이르되 문화라고 하는 것이다. 그것을 그대로 보아도 기행문이다. 다시 좁혀 본다 하면 "검불랑 마루턱을 넘어 오봉산 꼭지를 잡아탄다"는 「백두산근참기」 맨 처음의 기록도 곧 생각하면 인생의 길과 다를 것이 없는 것이다.

그러므로 기행문이 기행문의 행세를 하고 제 티를 내려 할수록 인생에 대한 관조와 사안史眼 그리고 시상詩想이 한데 어울리고, 그것을 스스로의 확고한 인생관과 사회관 내지 생활관 위에 세워진 강한 열정과 느낌으로 휩싸서 가치 있는 것으로 만들어야 하는 것이다. 그렇다면 기행문일수록 문학의 문학이 되어야 하는 것이다.

육당은 사가史家이다. 「백두산근참기」는 기행문이다. 사가의 기행문이다. 흔히 문예가의 기행문은 그의 생활과 작품에 반영됨이 많은 것이요, 사가의 기행문은 사료에 공헌함이 적지 않은 것이니 책을 뒤져 내용을 독파하기 이전에 벌써 육당의 여행기로는 후자에 응할 것이리라고 짐작할 수 있다. 그리고 전자와 같은 예술미를 만나게 된다 하면 그것은 더욱 귀히 여겨야 할 것이라 아니 할 수 없다.

이로부터 그 기행문의 독후감을 적어 보려 한다. 나로서 가장 깊이 존경하고 머리숙이고자 하는 점은 저자가 그렇게도 많이 사용한 어휘이다. 그가 "간簡하고 요要를 득得한다 함은 원래 재주를 믿지 못하는 바요. 덜 퍽지게나 하여 속이 좀 시원하자고 하건마는 이에는 내 생각의 뿌리(想源)가 옅으며, 내 어휘가 모자람을 근根하기도 하는 것입니다" 하고 말하였으나 그 말이 실상은 "재주야 믿지고 남으나 소홀히 할 백두산기가 아니요. 내 상원도 꽤 들어갈 곳까지 갔고, 어휘도 남보다는 많이 썼습니다" 하는 말과 같다. 그렇게 생각하는 만큼 나는 그 어휘의 많음에 놀라지 않을 수 없었다.

어휘란 문학자의 혀이다. 생각이 있어도 혀가 없으면 말을 못함과 같이 느낌이 있어도 어휘를 많이 알지 못하는 사람은 표현하지 못하는 것이다. 문학자의 생명은 느낌에 있고, 그 생명의 권위와 빛남은 표현에 있는 것이다. 그러니 표현 없는 느낌은 권위도 없고, 빛이 없는 생명이라고 밖에 더 말 못할 것 같다.

문학자는 표현에서 살고, 빛나고, 그 의의와 활동을 가지는 것이다. 표현에는 어휘가 가장 으뜸이라 하여도 그만일 것이니 어휘는 문학자의 가장 귀한 도구이다. 이에 그 어느 누구를 꼬집어다가 어휘로 그와 육당을 비유할 것 없이, 당당히 육당을 어휘의 대가로 문학적 위치를 정하여도 탈잡을 사람이 아무도 없으리라 믿는다. 예로부터 우리는 어휘에 대한 주의가 부족하였고, 원체 어휘의 가치를 절실히 느끼지 못하였으므로 문학의 진수에 다다르지 못하였고, 또한 번창함을 기대하지도 못한 것이었다.

문학자로서는 누구나 반드시 이 어휘에 대하여 빈곤하지 말아야만, 아니 그것을 귀한 보배로 생각할 줄 알아야만 가히 그 면목을 지킬 것이다. 이로써 보건대 육당은 어휘로써 그 문학자적인 면모를 지니고 있는 것이라 할 수 있다. 이 「백두산근참기」 속에서 장장마다 그 많은 어휘에 놀라는 동시에 그 시적 자질의 넉넉함에도 상당한 경의를 표하지 않을 수 없다. 육당은 시인이 아니다. 그러나 그는 확실히 시인이다. 시상인詩想人이다. 시상으로 사실을 만지작거린 신선한 여행가라고도 할 것이다.

그는 이 기행문에서 타고난 시적 풍부함도 분명히 보였다고 생각한다. "해가 돋을 때에 채색된 숭엄한 고원을 쌀쌀한 대로 풋풋한 봄"인 듯이 느낄 줄 안 것과, "꽃 없는 채로 찬란한 봄 동산이다"라고 볼 줄을 안 것이라든지, "기차도 운의韻意 있게, 궤도도 공연히 신비와 희망으로의 지로표指路標"인 듯이 안 것이 그것이다. 보이지 않는 것을 있는 것으로, 또 이런 것을 저런 것으로 느낄 줄 알고 볼 줄 아는 그것이 곧 시인의 자품을 가진 한 끄트머리라도 보인 것이며, 군데군데에 미문을 볼 수 있고 그대로 산문시이다. 또 시임을 볼 수 있는 것은 굳이 인용할 것까지도 없이 허락할 수 있는 시인이요. 시상인임의 증좌라 할 것이다.

어떠한 의미에서는 누구나 시인 아닌 사람이 없다고들 말한다. 그러나 나는 한 걸음 더 나아가, 무엇이든지 시인 아닌 것이 없다 하고도 말할 수 있으리라 생각한다. 세상은 시로써 가득 차고, 시로써 움직인다. 그러나 실상은 이렇게 볼 줄을 알지 못하면 못 보는 것이요, 이렇게 보는 사람은 또 시인이라 아니 할 수 없는 것이다. "아낙네가 물을 떠서 고개로 이고 나르는 모습은 마치 유태인의 풍속도 중에서 보는 그것과 같다" 한 것을 보면 분명히 생활과 예술이 조화와 일치를 맛보는 시인이 아니고는 그러한 소리를 하지 못하는 것이요, "그릇의 갖가지 모양이 그지없이 고아古雅하여 깊은 운치가 물방울과 한가지로 뚝뚝 떨어지는 듯하다" 한 것도 그의 사상을 엿볼 수 있는 말이다. 또한 그 시인적 태도도 환히 나타낸 말이라 할 것이다. 이렇게 보건대 사가인 저자의 됨됨이 또한 뚜렷이 시인으로 보이는 것이며, 사료에 공헌이 많으리라고 짐작하였던 것이 곧 책 전체가 시가 되어 우리 앞에 나타난 것이다.

여기서 잠깐, 육당의 시관詩觀에 비쳐 볼 만한 몇 마디를 보았으니 "또 여기는 시도 있다. 천지를 온통 뒤덮어 버리는 여름의 창록蒼綠과, 산, 들, 촌과 거기에 담긴 생활 현상의 모든 것을 그대로 흠뻑 깊이깊이 파묻은 겨울의 빙설은 그 속에 얼마나 많은 불문不文의 '워스워드'와 무운無韻의 '베른손'을 담았는지 모른다"고 한 것을 보거나, "진정한 의미의 시인은 오직 야인野人 그네들일지도 모르며, 그네들의 입에서 떨어지고, 코에서 새어 나오는 것이야말로 진실로 천연天然한 걸작의 묘운신율妙韻

神律일지도 모를 것이다" 한 것을 보면 어렴풋이 그의 시관을 짐작할 수 있다. 더구나 "누가 인생의 낙이 대리석 집에만 있고, 자동차 위에만 있고, 오색 양주에만 있다 하였느냐. 누가 시의 생명과 가치와 형용을 썩은 글자와 낡은 운율의 가장자리에만 있는 줄 아느냐" 한 것을 보면 분명히 그의 유심적唯心的 시관과, 동시에 그의 소박한 미의 동경 내지 생활관을 볼 수 있는 것이요, 그는 언제나 귀한 유심주의 사상을 한층 강렬히 지킨다는 것을 다시 보인 것도 되는 것이다.

이미 말하던 길이니 다시 한번 그가 물상物象을 보는 태도, 말하자면 그의 시안詩眼에는 물상이 어떠한 것으로 보이는지를 되짚어 보려 한다. 나는 이 한 권의 책 속에서 그의 관점이 한 곳에 합일된 것을 보았으니 그것은 물상을 언제든지 인격화하여 만물에 꼭 같은 생명과 호흡과 정위를 인식하였다는 것이다. "정평지계定平地界로 돌면서 멀리 오는 빚쟁이를 알아본 사람처럼 사방의 산들이 꽁무니를 슬금슬금 빼길래…"라고 한 것이나, "들쭉의 사이에는 고산 백합의 어여쁜 꽃이 보는 이는 없어도 억울해하지 않고, 낙엽송의 숲이 군데군데 있어 땅딸이 나무들 틈에서 키는 내가 크니라 하고 있음을 본다"라고 한 것이나, "철인적哲人的 고산 초화高山草花를 대하매 허영이 스러짐이 엷은 연기와 같다"라 한 것이나, "구름이 여기저기 한 덩이씩 떨어져 있는 것은 선인仙人이 왕국을 옹호함인 듯," "바람은 금선金仙을 초청하는 옥녀의 차사인 듯… 자동차도 숭고한 광경에 얼었는지 올라올 때 게걸게걸하던 소리는 조금도 내지 않고 행여나 바퀴에 소리가 있을세라"라고 한 것, 이와 같은 것들이 바로 그 예증이다.

"불어 내려오는 고원의 바람은 주야로 야인 그네들에게 제경선향帝京仙鄕의 무슨 소문을 속살거려 주는 것이며, 깊은 골짜기에 숨은 향기를 구석구석 배달하려는 것이다"라든지 "아리따운 붉은 '쇠채꽃'과 야단스럽게 하얀 '구리대'가 하마 쓸쓸할 뻔한 협곡을 겨우 생기 있게 만드는 데 새빨가니 다닥다닥한 '닭의 밥,' 여름은 내가 있거늘 어디를 쓸쓸히 가려오, 하고 고함지르며 어르는 듯하다"와 같은 것들도 그가 온갖 물상을 인격화하는 시안을 지녔다는 것을 증명하는 말들이다. 생물을 그림으로, 그림을 생물로 삼라만상과 인격의 일치는 오직 시인의 정감에서만 볼 수 있는 일이며, 시안에 부딪친 후에는 모든 것이 꼭 같은 생명의 소유자요. 호흡의 주체, 존하尊下 없는 대립이면서 또 일체의 원융권圓融圈 속에서 동화하는 것이니 거기엔 '아사트asat(無)'와 '사트sat(有)'의 합일되는 원리에까지 꿰뚫어 가고, 톺아 가는 무한한 역량과 끝없는 노력이 그득한 것이다.

스스로 자신이 자신임의 까닭을 알고, 남도 자신처럼 될 수 있는 모든 생명의 화융化應 그리고는 동양에서 이르는 바 소위 물화物化의 경지를 알 수 있는 것이니, 그만치 순화된 정감으로 물상을 대하고 언제든지 그러한 시안詩眼과 심회心懷를 게을리하지 않은 것은 또 한번 이 저자의 자랑이라 아니 할 수 없다. 그는 이리하여 자기 스스로 웅대한 삼림의 진짜 무대에 나선 기이한 사실의 소설적 주인공처럼 생각하기도 하고, 생각을 초월한 고사古史에 매달려 혹은 천체나 물상과 가슴을 서로 토한 것이었으니, 이 같은 것을 보아 그가 시인이 아니고 무엇이랴. 오직 시인은 남과 물상을 대하는 때의 그 마음을 판정한다 하여도 그만일 것이다.

이만큼 하여 이 책에 나타난 그의 문학적 표현과 자질 그리고 능력의 방면을 헤아려 보았거니와 다시 붓을 바꾸어 그의 지식과 사상의 한 편을 어루만져 사견을 더 말해 보려 한다. 먼저 생각하건대 그의 지식은 한학과 불경으로부터 얻어 온 것이 많으므로 평이한 지식만이라도 활개를 펴려고 하는 이 마당에서는 더욱 한층 남에게 나타남이 많고 패익稗益되는 점이 조금도 없는 것이다. 또한 더욱 제 나라의 역사에 대해서는 고금의 어느 것이든지 너무나 무심하고 멸시하는 요즈음에 그는 거기에 대한 풍부한 지식을 가진 것만으로라도 사회적 교직敎職을 들기에 부끄럽지 않은 것이다.

그가 백두산의 지식만을 일깨우려 함이 아니요 조선의 의식을 고무시킨 것이며, 백두산 실정을 알릴 필요가 있고 백두산에 대해 보고 들은 지식을 나누어 깨우쳐 이끌 필요가 있다 하였으나 기실은 조선의 실정과 지견을 바로 지니게 하고 가르치려 한 것으로 볼 수 있는 것이다. 선조들은 우리에게서 욕을 먹어야 할 사람이기만 한 것은 아니다. 그만한 예찬의 정성이 없고 그만한 자기 전개의 욕심과 성찰력이 없으매 오히려 우리는 부끄러운 마음을 가져야 할 일이다. 다만 육당은 한껏 쓸모없다고 여기며 무관심한 지금과 같은 때에 자기의 소임을 깊이 느끼고 행하여 가는 사람이라고 아니할 수 없다.

「백두산근참기」는 얼른 말할지라도 신화와 전설, 사화와 인물담 그대로 곧 교과서 노릇을 할 수 있고 우리의 정신을 북돋움에 이바지함이 많다고 할 만한 책이라 아니 할 수 없다. 여기에 백두산 근참안眼과 백두산 지식율律이 어떠하고 얼마만한지를 생각해 보려 하거니와, 그는 백두산을 동방 원리의 텃밭이라고 생각하였다. 동방 민물民物의 최대 의지로 보았고, 동방 문화의 가장 중요한 핵심으로 믿었고, 동방 의식의 최고 뿌리로 느꼈다. 그가 하나의 산에 불과한 백두산을 제도신읍帝都新邑으로서 역사의 출발점이었다 함에 있어서는 사학의 문외한인 나로서는 시비할 바 못 되는 일이다.

다만 언급할 수 있다면, 모든 산중의 성스러운 산이라 하여 신앙의 대상으로 삼는 것이라는 그 사상을 섬기는 태도에 대하여서만일 것이다. 그러나 그도 역시 전자를 부정하지 못하는 비판으로 하여 도저히 후자에 손댈 수 없는 사실이다. 그러므로 "백두산의 천개天蓋에 저장된 불함문화권不咸文化圈의 비판"을 시험한 연후가 아니면 거기에 따라 일어나는 온갖 신앙을 무엇으로 막을 아무 재주도 부려 볼 길이 없는 것이다. 문예인인 나로 하여금 보라 한다면 백두산은 시적 신비의 영산이라고 보련마는, 사가인 그는 "조선인에게 세워진 운명이 드리운 탑"으로, "동방 조화의 법상의 연기"로, "세상에서 가장 성스러운 역사적 존재"로 본 것이다.

여기에서 나는 다만 이것 하나를 생각한다. 그가 "더구나 가슴 속에 쌓인 기가 돌 떨어지듯 쿵쾅거리고, 빈 속에 쌓인 피는 솟구치고, 어딘가에 매이지 않으려는 것이 있고, 뛰어오르려 하는 것이 있는 채 상想은 더욱 제멋대로 놀려 하고, 사辭는 더욱 무성하게 넝쿨을 이루려 하고, 문文은 더욱 어지러워지고, 의意는 더욱 어려워진 것입니다" 하듯이, 참으로 그와 같은 혐의가 없지는 않으나, 다시 그의 말을 빌려 "남은 혹 어수선하고 번거롭게 보고, 번져 퍼질 것으로도 보고, 혹은 지나치다 하고, 격앙이라 할 곳이 없지 않을지라도 나는 도리어 큰 절제를 더 한 것이요 큰 부족을 느낀 것입니다"라고 한 말을 보면 과연 자기로서는 "좀더 푸넘하고, 좀더 잔 사설을 하지 못한 것을 섭섭"해하였을 것이다.

그만큼 진심으로 본 채로 안타까워하고, 밟은 채로 뛰고 싶어하고, 느낀 채로 기록함을 아는 그 마음, 그 순례심을 취하고자 함은 필자의 숨길 수 없는 마음이다. 그만한 애착, 동경, 경앙景仰…, 이와 같은 마음은 순례자가 반드시 가져야 할 귀한 마음이라 할 것이요, 거기에서라야 느끼고, 거기에서라야 얻는 바가 있는 것이다. 필자는 그의 문학적 재질 이상으로 그 탐탐하고, 쇠끝같이 꿰뚫어 가고, 쏜살같이 빠르고, 머뭇거림 없이 순례에 오직 전심을 바친 그 아름다움과 성의 그득한 뜻을 뜨거운 마음으로 받아들이고자 하는 것이다.

이러하였으므로 그는 백두산 순례에서 눈에 보이지 않는 백두산의 그 많은 모퉁이조차 만지작거렸고, 거기에 영원한 노력과 구원한 치성을 바쳐 조선의 한 사람으로서 참되고 뜨거운 마음을 나타낸 것이다.

다시 그의 사상의 소극적인 면에 대하여 헤아려 보고자 한다. "이만한 것에서도 우선 타는 듯한 목을 여기 와서 축이며, 시들어 가는 고갱이를 여기 와서 생겨나게 하면 그만이 아니냐"라든지 "대 백두 천지의 탄덕문嘆德文" 등에 있어서는 이와 같은 감이 없지 않다. 그는 과학적임을 언제나 주장하지만, 필자가 보기에는, 언제나 신앙적이며, 너무나 객관성이 모자라는 만큼 너무나 주관적이며, 실재적이거나 현실적인 것에 반하여 너무나 신화적이고 이상적이다. 절대적인 신념 위에서야 주관과 객관의 대립을 용납할 여지가 무엇이며 전설과 사실을 이어주는 경계가 어디 있으랴 하고 그가 굳이 몸을 비켜서려고 한 듯한 느낌도 없지 않다. 생각하면 실제에 있어서 도저히 객관적으로 허락할 수 없는 사상에 소극적인 면이 있다.

여기에서 그의 소극은 늘 옛것이요, 신화, 신앙적인 사상에 있어서는 필자로서 받아들일 수 없는 것이며, 이러한 태도에 대하여는 오히려 극렬히 반대하고자 하는 마음이 없지 않다. "마음과 마음으로 물려 나오고" "관념과 관념에 얽매여 있는" 국민 신념이란 것은 전통 정신에서 존재 가능성을 가진 것이거니와 또한 풍토와 혈족을 통하여 길이 흘러온 동일성을 버리려고 해야 버릴 수 없는 일이다. 신화 전설에 대한 요즈음 사람들의 과학적 태도라든지, 역사적 인식의 분야에 대한 정한적定限的 측도測度라든지, 문화 진전의 능률에 대한 인식 비판에 관한 것 등은 도저히 소극적으로나 신앙적으로나 주관적으로나 섣불리 손대지 말 것이라는 생각이다.

오늘은 옛날과 서로 같이 존재하는 것이 사실이요, 여기까지 뻗쳐 오고 끌려나온 요즈음 사람들의 마음을 되잡아 옛날로 보낼 수 없음을 생각하지 않을 수 없는 것이다. 그러니 여기에 마지막으로 이러한 몇 마디를 기어이 더하고자 하는 것이니 그의 "민족 호흡, 역사혼의 활력을 자유롭게 일으켜" 조선인의 생활에 자기 의식의 함양과 문화 향도의 지침을 잡자는 것에 대하여는 같은 생각을 드리지 않을 수 없다. 그가 민족 시인, 역사 시인을 갈망한다 함은 전 민족이 같은 마음으로 기다리는 바이요, 이 헐고, 거칠고, 어질러지고, 엉킨 것을 닦고 다듬고, 모으고, 묶고자 하는 것은 다 같이 삼가 할 일이라 하겠다.

"남은 다 그만둘지라도 각기 자기만은 마음속에 깊이 또 탄탄하게 이 나라를 배포하자…, 마음에 밴 자식은 결국 낳고 말 것이니, 마음의 나라보다 더 적확한 실지實地가 없는 것까지를 생각하여라. 마음속의 것과 현실의 것이 그리 먼 것만은 아닌 것이다" 한 것은 그 얼마나 이상적이며 관념적이냐. 하나 그것이 한쪽으로 기울지 않았으니 육당의 사상에도 현실을 믿고 현실을 기다리는 적극적인 면도 있는 것이다.

이리하여 보건대 그 "내 것을 나대로 경앙하고, 흠모하고, 탄미하여 우리가 구원한 생명을 북돋우고 길러 가기만 하자" 한 것 또한 믿음성 있고 기다림성 있는 그의 꾸준한 사상은 오늘날 멋없이 팔딱거리고 기우뚱거리는 청년들에게 가르침이 될 것이요, 육당 그 자신도 먼저 "가시덤불 밭에, 흐린 구름 속에서라도 밝게 빛나는 외로운 달이 만심을 직조하는," 말하자면, 아직 남아 있는 희망을 몸소 느낀 것임이 분명하다고 생각한다.

"본래의 면목을 잃어버린 이여, 자기로 돌아가라! 고고孤苦의 궁자窮子로부터 사랑의 보금자리인 어머니의 품 속으로 돌아가라!" 조선인은 조선인으로 돌아가라고 하는 말을 비웃으며 흔히 하는 말이 "언제는 조선인이 아니었더냐, 허허" 하면서 듣는 체 마는 체하지만, 조선인이 아니고도 조선인 아닌 줄을 알지 못함은 더욱 우스운 노릇이 아닌가.

그는 확실히 이랬다. "죄지은 자가 조선인이요, 화禍 받을 자가 조선인인 것을" 아는 것이 장한 것이 아니라, 조선인이면 그것을 알 것이니 그것이 귀하다는 말이다. 조선은 조선으로 살아야 할 것이거늘, 남으로 제가 제 노릇을 하려 하므로 오식誤識의 오식이라 아니할 수 없다. 조선이 살아갈 길은 오직 하나뿐이니 그는 자기가 자기이어야 할 줄 알고 조선인이 조선인이 되는 사상, 지식, 관념, 신조, 성찰, 용기, 비판 그리고 실행을 가져야 한다는 것이다.

백두산 하나를 백두산으로 아는 것보다 조선인의 백두산으로 아는 것은 이 저자의 영광이요, 조선인이 다 같이 알아야 할 바이다. 백두산은 조선의 백두산이요, 육당의 「백두산근참기」는 조선의 문헌이다. 할 말은 더 많이 있으나 그친다.

＊

이 글은 쓴 이는 노산鷺山 이은상(1903-1982)이다. 1927년 9월 8일부터 12일까지 동아일보에 "六堂의 近業, 白頭山記를 읽고"라는 제목으로 모두 다섯 차례에 걸쳐 연재하였다. 최남선(1890-1957)은 동아일보에 "백두산근참白頭山觀參"이라는 제목으로 1926년 7월 28일부터 1927년 1월 23일까지 모두 89회에 걸친 방대한 연재를 했으며 그것을 책으로 묶은 것이 「백두산근참기」이다.

이보다 한 해 먼저 나온 최남선의 호남 지방 기행문인 「심춘순례尋春巡禮」에 대한 감상 평은 춘원 이광수(1892-1950)가 썼는데 1926년 6월 1일 한 차례로 그쳤다. 그것으로 미루어 보면 백두산이 지니는 상징성과 당시 사람들이 「백두산근참기」에 대해 지녔던 기대를 짐작할 수 있을 것 같다. 백두산을 주제로 책을 엮었으니 「백두산근참기」를 싣는 것이 옳을 것이나 분량이 만만치 않고 또 기왕에 책으로 출판된 터라 이 글로써 대신하게 되었다. 육당은 「백두산근참기」를 발표한 다음 해인 1928년, 의

아하게도 조선총독부의 조선사편수회 위원직을 수락함으로써 역사 왜곡에 합류하는 오류를 범하였지만, 1925년에 발표한 불함문화론에서 이어지는 「백두산근참기」만은 그가 남긴 탁월한 업적임을 인정하지 않을 수 없다.

노산이 작품 활동을 시작한 것은 1922년이다. 그러니 이 글을 쓸 당시만 하더라도 문단에 나온 지 겨우 5년 남짓하였다. 그럼에도 그는 글머리에 기행문이라는 정의를 명쾌하게 내려놓았다. 반드시 그것이 옳은 것은 아니겠지만 기행문에 대한 그의 생각을 엿볼 수 있으니 그가 남겨 놓은 다른 기행문을 읽는 데에도 도움이 되지 싶다.

그는 「백두산근참기」에서 가장 본받을 만한 것으로 최남선의 풍부한 어휘력을 들고 있다. 사학자이면서도 문학을 하는 사람들보다 더 풍부한 어휘를 구사하는 것에 놀라움을 금치 못하며 존경을 표하기까지 한다. 그리고 풍부한 어휘에서 비롯되는 시적 상상력으로 온갖 사실을 만지작거린 여행가라는 찬사조차 아끼지 않는다. 하지만 지나치게 전설에 치우친 신화적 신앙에는 동의할 수 없음을 분명히 밝히고 있으며, 또한 당시 지식인들이라면 누구나 말하던 조선심을 지니고 살아야 한다는 말도 빠뜨리지 않았다. 그러나 그렇게 말하던 지식인들이 진정으로 조선심을 지닌 조선 사람으로 살았는지에 대해서는 곰씹어 보아야 할 문제일 것이다.

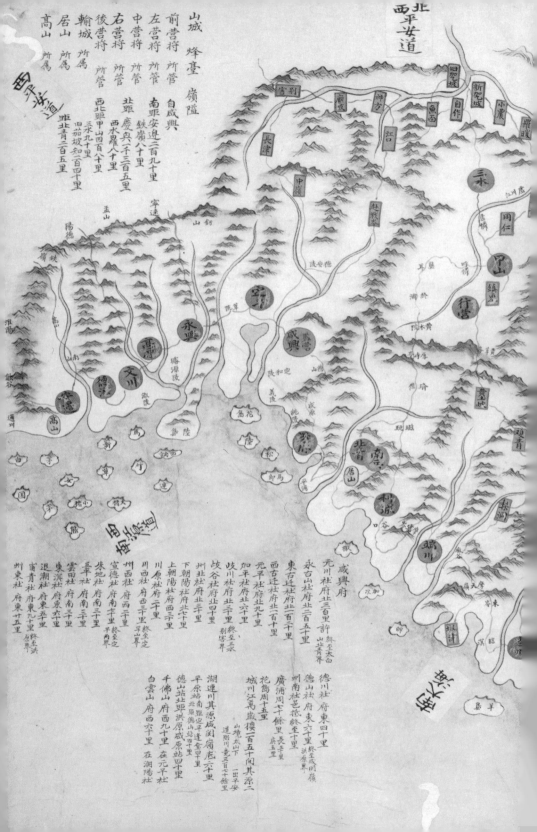

山城 烽臺 嶺隘

前營將　所管　自成興、
左營將　所管　南距安邊二百九十里
中營將　所管　鐵嶺八十里
右營將　所管　北距慶興二千三百五十里
後營將　所管　西水羅八十里
　　　　　　西北距甲山四百八十里
輸城　所屬　三水九十里
居山　所屬　舊茄坡二百四十里
高山　所屬

咸興府
元川社府北三百里　許山至青坪
永古延社府北二百五十里
東古延社府北二百里　終至大白
西古延社府北一百十里
元平社府北九十里
加平社府北六十里　終至孟山
岐川社府北三十六里
岐川北社府北三十里　終至永
岐谷社府北二十四里
州北社府北三十里　別將界
下朝陽社府北三十里
上朝陽社府北二十五里
川原社府西二十里
川西社府西三十里　終至定
州西社府南三十里　平山郡界
宣德社府南三十里
朱地社府南三十里
雲田社府南三十里
東溟社府南六十里
退潮社府南五十里
甫青社府東九十里
州東社府東二十五里

湖連川其源威陽嶺志六里
平原站南距龍窟平里
德山北距洪原站出平里
千佛山府西九十里　在元平社
白雲山府西四十里　在湖陽社

德川社府東四十里
德山社府東六十里　終至咸興
州南社抱終至平里
　廣浦周七十餘里　長毛里
花島周十五里
城川江萬歲樓一百五十間其源二
　　　　　　　　　一出永安
　　　　　　　　　道熙川至元平里

咸鏡道

地方　東抵　西抵　東西　南抵　北抵　北抵　百三十里　南北

摩天嶺以稱為南關屬邑十二　以北稱為北關屬邑十一　合為二十三

監營在　去京八百七十里

元民戶八萬三千六百二十九口內　男二十五萬四千七百五十四　女二十二萬六千七百六十六口

元田畓十三萬五千一百五十五結內　畓八百七十七結七十六結　旱田三萬五千四百六十八結　續田三萬六千二百六十結

祝太八千六百六十石　依關西例收取軍餉　而田每結太三斗合夕

旱田三萬三千三百六十石　每結米一斗升合夕　旱田每結太三斗合夕

大米八百二十石　每結米一斗升合夕

四布九百二十七同　續田所入

小米九百七十石　抄大同

各鎮都數五十六萬三千三百四十石　各鎮所在七　七千六百十石

峰軍十三萬二千百五十六名　南五營　此十衡

驛兵五千七百六十名　保一萬三千二百二十五名

步兵四千五百四十九名　保七千四百五十五名

束伍軍三萬二千二百五十名　南五營

親騎衛二千二百名

土卒三千五百四十四名　保四千一百三十四名

馬吏奴婢三軍四千二百三十四名

遞上奴婢二千一百三十六口

地名（圖上）：

白頭山　大澤　定界碑　野人界　栅木

鴨綠江　豆滿江　西川

小白山　天坪　南甑山　隱山　長白山

茂山　梁永　豐山　南下　高嶺　會寧　防垣　鍾城　潼關　行營　永遠　柔遠　美錢　穩城　黃柘坡　訓戎　安原　慶源　乾元　阿山　撫戎　阿吾地　慶興　造山　西水羅

富寧　寶化　鏡城

八池　鹿野　赤池　次加　草　松　赤　居官　鹿屯